KB152658

죽어나간 시간을 위한 애도

죽어나간
시간을 위한
애도

김
홍
신

장
편
소
설

해냄

억울하고 서러운 세상을 살아가는 모든 이에게

우리는 세상이 힘들어도 사랑하는 사람을 지켜내려는 마음으로 버티고 살아갑니다. 때로는 그 마음이 다른 사람에게 상처를 주기도 합니다. 과거에 어떤 선택을 한 것인지, 그게 옳았는지 실수였는지 누구도 단정할 수 없습니다. 훗날 다음 세대가 그 선택에 의미를 부여해 줄 뿐입니다.

이 소설에서 분단과 이데올로기의 희생양인 주인공 한서진이 처한 상황은 우리 역사 속 비극의 단면이라고 할 수 있습니다. 거친 삶과 시대의 아픔 속에 써 내려간 한 사람의 일대기이자 스러져간 모든 이름들의 연대기입니다.

무너지는 자신의 존재 가치를 지키려는 인간의 본능을

통해 '사람은 무엇으로 사는가'를 표현하고 싶었습니다. 최고의 복수는 상대에게 똑같이 되갚아주려고 발버둥치는 게 아니라 제 삶의 가치를 굳건하게 지켜내는 것이라 생각합니다.

내가 이렇게 당당하게 우뚝 설 수 있는 사람이었다는 걸 보여줘야 합니다. 또한 자식을 사랑하는 아비이자, 소설 한 편을 남기고 스러진 주인공의 삶으로 무엇이 사람다움인지 말하고 싶었습니다.

코로나19로 멈추어버린 일상에서, 응급실과 음압실을 오가는 고통과 절망과 깊고 깊은 고독을 견디며 스스로 위로하고 다독일 수 있는 게 읽고 쓰는 것뿐이어서 이 소설을 마무리할 수 있었습니다.

본문에 나오는 함경도 말은 북한이탈주민이자 북한군 여성 간부였던 전수예 선생님의 도움을 받았기에 고마움을 전합니다. 군형법에 관한 조언을 아낌없이 해주신 군법무관 출신 김양홍 변호사님께도 고마움을 전합니다.

대학 시절, 우여곡절 끝에 ROTC를 선택한 걸 평생 자랑스러워하게 만들어준 학군단 동문들께도 고마움 전합니다.

제 작품을 냉철하고 품격 있게 해설해 주신 문학평론가 김종회 교수님께 감사 말씀 드립니다.

억울하고 서러운 세상을 살아가는 모든 이에게 이 글을 바치며, 세상의 시련과 고난을 마침내 통과하고 평안한 일상이 되기를 기도하겠습니다.

2023년 가을
논산 김홍신문학관
모루정에서 김홍신

| 차례 |

한 남자의 마지막

그 남자는 주삿바늘을 통해 몸으로 스며드는 수액으로 목숨을 이어가고 있었다. 아니, 그는 이미 죽었다고 해도 틀린 게 아니었다. 그가 살아온 시간은 삶에서 죽음을 토해 내려는, 마치 죽음의 구역질을 하는 행위와도 같았다.

외삼촌의 전화를 받고 서울에서 한 시간 반 정도 거리에 있는 작은 병원으로 달려가 한서진을 퇴원시키던 날, 그는 들릴락 말락 꺼져가는 목소리로 소주 한잔 마시고 싶다고 말했다. 그가 절대 술을 마시면 안 되는 걸 알지만, 그의 절박한 한마디를 무심하게 지나칠 수 없어 허름한 가게에서 과자 한 봉지와 소주를 주워 담았다. 무언가를 씹기조차 힘들어하는 그를 위해 힘들이지 않고 입 안에서 녹여 먹을 수 있는 걸 골랐다. 어쩌면 그의 인생을 마감하는 마지막 만찬이 이것일 수도 있겠다는 생각을 했다.

빈 들에 홀로 선, 삭아버린 고목처럼 초라한 그가 내 시선을 외면한 채 가까스로 소주를 한 모금 마시고 아주 짧은 순간 희미하게 웃었다. 마치 50여 년 사는 동안 거의 웃을 일이 없었던 것 같았다. 그러고는 눈을 감은 채 미안하고 고맙다고 말했다. 저렇게 고통스럽게 사느니 차라리 죽는 것이 낫겠다는 마음이 들 때마다 이러면 안 되지 하며 자책했지만, 살아 있는 것이 그에게는 지옥이겠다는 생각이 머릿속에 맴돌았다.

갓 돌이 지난 지수는 한참을 칭얼거리다 급기야 울기 시작했다. 방문 밖에서 아이를 안고 기다리던 남편이 이제 그만 나오라며 성화를 부렸다. 그러나 뭔가 할 말이 있는 듯 입술을 달싹이는 그에게서 나는 눈길을 거둘 수 없었다. 배가 고픈지 보채는 딸의 울음소리가 귓전을 때렸으나, 거친 숨을 내쉬는 그를 두고 선뜻 일어설 수 없었다.

그의 옆을 지키고 있는 것밖에 내가 해줄 수 있는 게 없다는 사실이 참담하게 느껴졌다. 그렇게 그의 임종을 지켜야만 마침내 그를 잊고 살아갈 수 있을 것 같았다. 내가 아니면 임종을 지켜줄 사람이 이 지구상에 단 한 명도 없다는 걸 알기에 오도카니 그 옆에 앉아 있었다. 오래지 않아 마지막 숨을 내쉰 그의 몸은 이내 잠잠해졌다.

그사이 자지러지게 울어대는 지수의 목소리가 건넌방 장지문을 뚫을 듯했다. 나는 그를 가지런히 눕혀주고 그의 얼굴을 물끄러미 쳐다보았다. 문이 열리고 남편이 재촉하며 말했다.

"가셨네. 가셨다니까."

남편은 그 사람이 20여 년 전 전과자가 되어 우리 모녀를 힘들게 했다는 말을 장모에게 들었기에 내가 임종을 지키는 걸 다소 못마땅해했다. 그러나 나는 생부에게도 뭔가 사정이 있었을 것만 같았다. 다그치는 남편에게 죽은 사람의 체온이 이렇게 따스하냐고 묻고 싶었지만, 그 말은 차마 목에 걸려 나오지 않았다.

외삼촌은 전날 통화 중에 "이대로 죽어서는 안 될 사람이다"라고 말했다. 그 사람이 오래전 억울하게 죽었다는 건 무슨 소린지, 어떤 사연이 있었는지, 대체 왜 엄마와 나를 떠난 건지……. 스스로 잘못된 선택을 했든 억울한 누명을 썼든, 나는 그 내막을 알고 싶었다.

그래서일까. 그의 죽음 앞에서 눈물은 한 방울도 나지 않았고, 굳어가는 그의 시신에서 뭔지 모를 향기가 나는 것만 같았다. 처절한 고통과 하염없는 외로움을 삭혀 만든 향기. 나는 이불을 끌어 올려 몸을 덮어주고는 방을 나와, 자지러지게 울어대는 딸을 남편에게서 받아 안았다. 그러자 곧 아이의 울음소리가 잦아들었다. 적막이었다.

오토바이를 타고 온 보건소 의사는 찬찬히 시신을 살펴
보고 사망진단을 내린 후 서류를 작성하면서, 당신은 가족
이냐, 고인이 가실 때 지켜본 사람은 누구냐, 왜 병원으로
모시지 않았느냐, 언제부터 아팠느냐, 복용하던 약이 있었
느냐 따위를 꼬치꼬치 캐물었다. 사건 현장에 출동한 형사
같은 느낌이었다.

"가족은 아니고……."

임종의 순간에도 아무 말이 없던 엄마는 먼 산을 바라보
며 웅얼거렸다.

"한때 가족이었나……."

"동거인은 없습니까? 관계가 어떻게 되세요?"

엄마는 나를 흘깃 보더니 고개를 저었다. 뭐라고 해야 좋
을지 떠오르지 않아 난감해하는 표정이었다.

나는 의사에게 그가 퇴원할 때 받은 진단서를 내밀었다.
의사는 대충 훑어보더니 가방에서 꺼낸 작은 카메라로 이
리저리 방향을 바꾸어가며 시신을 촬영했다.

나는 왠지 카메라를 뺏고 싶었다. 분명 어딘가에 증거로
남을 것 같아서였다. 외삼촌의 말에 따르면, 그의 유언은
이 세상 어디에도 자신의 흔적이 남지 않게 해달라는 것이
었다.

의사가 제 할 일을 하고 떠난 후, 나는 임종에 참여하지 못한 외삼촌의 말대로 그의 몸이 굳기 전에 옷을 갈아입히려고 서둘러 옷을 벗겼다. 뼈에 가죽을 얇게 붙여놓은 듯 온몸의 뼈가 고스란히 드러났다. 그는 싸늘하게 굳어가고 있었다.

서랍에서 군복을 꺼냈다. 소위 계급장이 선명한 국방색 윗도리에는 명찰이 붙어 있었다. '한서진' 그의 이름은 낯설기만 했다. 몇 달 전 그의 존재를 알고 나서도 어떤 이유에서인지 이름을 알려고 한 적이 없다. 수의 대신 입힌 군복에선 나프탈렌 냄새가 진동했다. 헐렁한 군복을 입힌 시신이 겨우 묻힐 만큼 흙을 파내는 데 얼추 두어 시간이 걸렸다.

땅속에 그를 눕혔다. 잘 닦은 군화를 신기고 군모도 씌웠다. 군모에는 세모꼴 두 개를 위아래로 붙여놓은 듯한 소위 계급장이 달려 있었다. 엄마는 화장을 하자고 했지만, 나는 그의 마지막 소원을 들어주어야 한다고 우겼다.

그가 남긴 유언은, 반드시 군복을 입히고 땅에 묻되 그가 일군 텃밭 위쪽 비탈진 곳에 북향으로 묻어달라는 것이었다. 나뭇가지로 십자가를 만들어 봉분 없는 무덤에 꽂아달라고도 했다.

봉분이 없으면 무덤인 줄 모를 테고 허술한 나무 십자가는 오래지 않아 삭아버릴 텐데, 굳이 그런 유언을 한 이유는 자신의 흔적을 이 땅에 결코 남기지 않겠다는 의도였던 것 같았다.

　시신 위에는 면포를 덮어주었다. 지수를 업은 엄마는 시신을 외면한 채 먼산바라기만 했다. 남편이 일러주는 대로 흙을 뿌리고 삽을 엄마에게 내밀었다. 엄마는 마지못해 황토를 한 삽 떠서 시신 위에 살며시 흩뿌렸다. 삽을 쥔 엄마의 눈가에 그제야 물기가 어렸다. 엄마는 삽을 내게 건네고는 자신의 목걸이를 풀어 시신 위에 던졌다. 내가 황토 서너 삽을 뿌리자 엄마는 그새 눈물이 말랐는지 한마디 했다.

　"참 모질게도 살았다. 그리 박복하게……."

　우리는 부지런히 흙을 퍼 옮겼다. 면포 밖으로 나온 군모와 군화가 보이지 않아야 낯설고 복잡한 마음이 좀 가라앉을 것 같았다. 남편은 서둘러 삽질을 했다. 나무 그늘에 앉아 말없이 지수를 내려다보며 도닥이고 있는 엄마의 머리칼은 바람결에 산발을 한 듯했다. 그에 대한 어떤 말도 이젠 다 부질없다는 생각을 하는 것 같았다.

　삽질을 끝낸 남편이 황토를 자근자근 밟기 시작했다. 엄마는 지수를 안고 서성였다. 봉분을 올리지 말라는 유언대로 흙을 다져 평장을 하고 나무로 만든 십자가를 무덤 앞에 꽂았다.

　남편과 나는 함께 절을 했다. 붉은 색깔이 선명한 황토가 햇살을 받아 더욱 선명해 보였다. 외롭게 저승길을 떠난 그와 닮은 듯했다.

"죽어서까지도 참 유별나다. 누가 알아준다고…….."

엄마는 혼잣말을 하며 굽 낮은 구둣발로 평장한 황토를 힘주어 밟았다. 그를 여태까지 지켜주었던 작은 밭뙈기와 오종종한 천수답에는 갖가지 풀들이 웃자라 농지였는지조차 알아보기 어려울 정도였다. 어찌 됐든 그는 이 세상에 살다 간 흔적을 남겼다.

몇 달 전까지 늙은 개 한 마리와 이곳 오두막집에서 살던 그는 스스로 몸을 가누지 못하는 상태가 되자 마을 사람들이 서둘러 병원으로 데려갔다. 이후 배곯던 개는 어디론가 사라졌고 집 안팎은 벌레들의 놀이터가 되었다.

해 기울기 전에 떠나려면 집 안에 있는 유품을 서둘러 정리해야만 했다. 유품이랄 게 있을까마는, 태워 없앨 것도 있을 테고 혹여 챙겨야 할 게 있나 싶어 이부자리며 찬장, 작은 서랍장과 궤짝을 뒤져보았다. 말끔했다. 죽음을 예감하고 흔적을 남기지 않으려 미리 정리한 듯했다. 종이로 된 유서 한 장 남기지 않아 태워 없앨 것조차 없었다. 그는 달랑 군복 한 벌만 입은 채 구천을 향해 날기 시작했다.

"뭔가 있을 텐데. 이렇게 아무것도 없을라고…….."

나는 허망한 마음을 추스르며 엄마 들으라는 듯이 말했다. 엄마는 대답 대신 고개를 가볍게 저었다.

"삼촌이 치워버렸을걸. 구질구질한 것들은 다 태워버리라고 했다더라. 하긴 남길 게 뭐 있겠어."

"소설도 썼고 일기장도 있다던데, 그걸 왜 없애?"

몇 달 전, 내 생부라는 사람이 청년 시절 한때 주목받던 소설가였고, 지금은 병원에 있지만 아마도 오래 살지는 못할 것 같다고 외삼촌이 말했다. 성격이 괴팍해서 동네 사람들과 어울리지도 못하는 별난 사람이고, 자살 시도도 몇 차례 했었다는 말도 들었다.

그는 결코 평범한 사람이 아니었다. 그가 아무것도 남기지 않고 그냥 죽었을 리 없다고 생각했던 것은, 오랫동안 세상과 연을 끊은 작가인 그가 분명 그동안 써놓은 글이 있었을 거란 생각 때문이었다. 대학 시절, 신춘문예에 응모하기도 했고 여러 문학잡지에 소설을 투고하면서 왕성하게 글을 썼다고 했다. 펜을 끝까지 손에서 놓지 않았기에 그토록 힘든 인생을 버텨낼 수 있었을 거라는 말도 들었다. 그런데 집을 다 뒤져도 쪽지 한 장 나오지 않는 게 이상했다.

"이제 그만 가자. 빨리 잊어버리는 게 신상에도 좋고 죽은 사람 놔주지 않으면 산 사람한테 잡귀가 붙는데. 얼른 놓아줘야 허공 장천 떠돌지 않지. 한 많은 귀신은 저승길 동무 삼으려 이승길 헤매고 다닌다잖아. 그러니까 얼른 잊는 게 도와주는 거야."

"난 귀신보다 엄마가 더 무서워. 왜 여태 이런 걸 숨겼어?

뭘 잊어야 하는데? 왜 말을 못 해?"

엄마는 마치 저승 행차에 대해 잘 안다는 듯이 대꾸하고는 지수를 안고 저만치 앞서 걸어갔다.

엄마를 따라 걷다 말고 뒤돌아보았다. 봉분 없는 묘지는 머잖아 풀 더미가 될 터이고, 오두막이나 다를 바 없는 집은 벌레들이 파먹고 비바람이 들이치고 주인 없는 걸 눈치챈 하늘이 눈을 흘겨서 삭여버릴 테니 한 해도 지나지 않아 폭삭 주저앉을 것 같았다. 십자가도 너무 초라해 장난삼아 애들이 만들어놓은 것 같았다. 목공소에서 십자가를 다시 만들거나 소박한 비석을 만들어 세워야겠다고 마음먹었다.

해거름이 아니면 주저앉아 좀 더 그를 애도하는 시간을 가졌을지도 모른다. 그와 한집에서 살아본 적도 없고 철들고 나서 만난 적도 없으니 그가 세상을 떠났다고 눈물을 흘릴 정도로 슬픈 건 아니었다. 그런데도 자꾸 가슴에 통증이 일었다. 그건 지난 몇 달 사이에 그에게 정이 들어서라기보다는 나를 세상에 태어나게 해준 한 남자의 마지막이 너무나 비참했기 때문이다. 군부독재 체제가 자행한 여러 부조리한 일들을 다 청산하지 못한 상황에서 한 사람의 생이 소리도 흔적도 없이 사라져버린 게 너무도 허망했다.

1장

운명적인 인연과

빨간 대문 집

호젓한 강변을 끼고 작은 집들이 모여 있는 마을은 고즈넉했다. 고샅길 따라 이어진 돌담이 정겨워 보였다. 산자락 아래 키 작은 기와집 담장은 어린아이라도 넘나들 만큼 나지막했다. 일부러 기별하지 않고 왔지만 외삼촌을 만나지 못할 것 같지는 않았다.

외삼촌은 위암 진단을 받고 서둘러 수술을 받아 경과가 좋다고 했다. 항암 치료까지 하느라 고생한 남편을 위해 부지런한 외숙모가 양평에 집을 구했고, 제대로 몸을 추스를 수 있을 때까지 전원생활을 하기로 했다.

대문이 열려 있어 들어가 보니 인기척이 없다. 얼추 30분

정도 마루에 걸터앉아 있다가 전에 들은 얘기가 떠올라 분교 옆 마을회관 쪽으로 부지런히 걸어갔다. 외삼촌은 회관의 작은 문간방에서 같은 연배로 보이는 남자와 바둑을 두고 있었다. 올 줄 알았다는 듯이 반가운 얼굴로 나를 맞은 외삼촌은 소주 한 병이 걸린 내기라며 삼세판을 마치고 가야 하니 집에 가서 기다리라고 했다.

외삼촌은 한때 밥벌이 삼아 기원을 차린 적이 있었다. 남들은 외숙모가 수완이 좋아 돈 걱정 하지 않고 호강한다고 했지만, 외삼촌은 기가 센 마누라 눈칫밥 먹기 싫다는 핑계로 일을 시작했다. 그러나 어릴 적부터 친구들과 어울리기를 지나치게 좋아했으니 3년도 못 채우고 거덜 낸 것은 당연한 일이었다.

외삼촌은 스스로를 실패한 문학도라고 일컬었다. 제법 글재주가 있어 학창 시절엔 각종 문학상을 수상하여 집안의 자랑이었다고는 하지만 말이다. 내가 소설가가 된 것은 외삼촌을 닮아 그런 거라는 말을 가끔 들었다.

한참 만에 빵 봉지를 들고 마당으로 들어선 외삼촌은 대뜸 언성을 높였다.

"그 인간이 봉분 없는 평장을 하랬다고 맨땅에 그렇게 묻어두는 게 어딨냐? 사십구재나 지내고 깎아내면 될 걸. 엊그제 가서 봉분 올려주고 왔으니까 사십구재까지는 건들지 말어."

외삼촌에게서 술 냄새가 풍겼다. 병치레를 하는 사람이 술을 마신 걸 보면 작정을 했지 싶었다. 마시던 소주병을 내밀며 한잔 마시겠냐고 했다.

"술 마시면 안 되잖아요. 몸조리 잘하셔야죠."

"세상에 술이 없다면 모를까 이렇게 맛깔스러운 술이 있을진대, 어찌 마시지 않고 배기랴. 내 위를 실컷 파먹은 암세포란 놈들한테도 술맛을 봬주고, 사는 게 얼마나 고달픈지 알려줘야 할 거 아니냐."

인생이 고달프다고 말하는 외삼촌의 눈은 다소 충혈된 듯했다.

집 안은 마루 밑이며 문설주며 나무 기둥 주변에 거미줄이 주렁주렁 걸려 있었다. 색깔 고운 거미가 바람결에 그네를 타는 듯했다. 거들어주는 사람 없이 홀로 지내는 외삼촌이 청소도 하지 않은 것 같아서 얼른 빗자루를 들었다.

"건들지 마라. 그놈들도 살 작정으로 거미줄을 쳤는데, 걷어내면 어디 가서 살란 말이냐. 살아 있는 건 벼룩 한 마리, 모기 한 마리라도 다 세상에 보탬이 되는 거야."

내가 빗자루를 내려놓자 외삼촌은 소주 한 잔을 가볍게 비우고 씨익 웃었다. 외삼촌과 가까이 지내지 않아서 살아온 날이 얼마나 힘들었는지 모르지만, 듣기로는 하는 일마다 실패하고 누구에게도 인정받지 못해 기죽어 살았다고 했다.

"내가 말이다, 암 덩어리를 잘라낼 때 얼마나 통쾌했는지 아무도 모를 거다. 이 더럽고 비열한 놈의 세상이 내 몸속에 암 덩어리를 심었어. 내가 심은 게 아니고 세상이 심은 거야. 병원에서 진단받고 악에 받쳐 지랄을 했다. 암에 걸려 뒈질 놈들은 따로 있는데 왜 나한테 붙어서 지랄이냐고 말이다."

엄마 말에 따르면, 외삼촌은 평소 말버릇이 삐딱해 시비가 잦았다고 했다. 나는 외삼촌의 마음이 가라앉을 때까지 그의 말을 들어줄 참이었다. 할 말을 다 해야 내 말을 들어줄 것 같아서였다. 외삼촌은 빈 술병을 흔들면서 따지듯이 물었다.

"무슨 소리가 듣고 싶어 찾아온 거냐? 이 멀리까지."

서울에서 양평이 지척인 줄 뻔히 알면서도 굳이 먼 길이라고 표현한 것은 내게 서운한 게 있다는 말 같았다. 그동안 안부 전화도 드물었으니 할 말이 없었다.

"서진이 그 인간이 어떤 종잔지 궁금해서 온 거지? 나도 그 인간이 궁금해 미치겠다. 세상 좋아질 때까지 죽으면 안될 놈인데. 하기야 살 생각이 없으니 그따위로 살았겠지. 그놈은 비참하게 죽는 게 복수라고 생각했을 거다. 엊그제 그놈 산소에 가서 나뭇가지 꺾어 십자가 열 개 만들어 꽂아 주고 소주 세 병을 쏟아부었더니 그놈이 히죽 웃더라. 죽은 놈이……."

죽은 사람을 찾아가 푸념을 늘어놓을 만큼 외삼촌과 그는 절친한 사이였나 보다.

"듣고 싶은 얘기가 뭐냐?"

또 다른 소주병의 뚜껑을 따며 외삼촌이 물었다. 취해야 무슨 말이든 할 것 같은 눈치였다.

"이제는 뭐든 말해 주실 수 있잖아요, 삼촌. 저 정말 궁금해요. 제가 어떻게 태어났고, 왜 아버지가 둘이고, 왜 저는 한씨가 아니라 이씨인지. 어른들끼리 무슨 비밀이 있었던 건지……. 이제라도 제대로 알고 싶어요."

"악착같이 잘 살아야 한다. 하늘이 무너져도 잘 살아야 해. 서진이 그놈 몫까지 살아줘야 하니까. 너 아니었으면…… 네가 없었으면 무슨 일이 나도 큰 사달이 났을 거야."

"그러니까 사실대로, 있는 그대로 다 말씀해 주세요. 삼촌도 이제 다 털어버리고 마음 편히 사셔야죠."

나는 뭔가 안다는 듯이 말했다. 어느 정도 아는 척해야 외삼촌이 속에 든 말을 토해 낼 것 같았다.

"삼촌, 저한테는 친아버지인데 어떤 사람인지 무슨 사연이 있었는지 아무도 얘기해 준 적이 없어요. 무슨 비밀이 있는 건가요? 제가 알면 안 되는 사연이라도 있는 건가요?"

"비밀은 무슨 놈의 비밀. 너 하나 마음 편하게 살라고 그냥 쉬쉬한 거지. 서진이도 그걸 바랐으니까."

"전에는 그랬더라도 이제는 말해 주셔도 되잖아요. 저도 알 건 알아야 하고 마음 정리도 해야죠. 엄마는 입을 꾹 닫고 그딴 게 뭐가 알고 싶으냐고 하니, 전 삼촌밖에 물어볼 데가 없어요."

나는 따지듯 채근할 수밖에 없었다. 나의 생부는 이미 세상을 떠났다. 그러나 내 마음속에는 그가 헐벗은 허수아비처럼 남아 있었다.

"어찌 그 사연을 말로 다 하고 글로 다 쓰겠냐. 생각하기도 싫고 떠올리면 심장이 터져 피가 거꾸로 솟구칠 판이다."

"말씀해 주셔야 해요. 죽은 사람 한을 풀어주는 게 산 사람들의 도리잖아요. 안 그러면 죄인이죠. 멀쩡한 사람을 그렇게 되도록 내버려뒀다면요."

"나도 입에 발동기를 단 듯 말하고 싶다만…… 어디서부터 말을 해야 할지 아직 잘 모르겠다. 골목 끝에 구멍가게가 있으니 내 입을 열고 싶으면 소주 두어 병하고 마른안주 좀 사오거라."

주머니에서 돈을 꺼내는 외삼촌을 뒤로하고 나는 얼른 가방을 들고 일어섰다. 이참에 좋아하는 술이라도 사드려야겠다고 생각했다. 잰걸음으로 가게를 찾아갔다. 자그마한 가게 안, 주인 할머니는 비닐봉지에 소주와 북어포를 담으며 물었다.

"누구네 집에 왔나? 이 동네 사람이 아니네……."

"골목 안 빨간 대문 집에 다니러 왔어요."

"아, 그 양반⋯⋯. 뱃속이 양조장인데⋯⋯ 작작 마시라고 해도 꿈쩍도 안 해. 대문에 빨간 뼁끼칠까지 했으니 그만 마실 때도 됐건만."

외삼촌네 대문에 빨간 페인트를 칠한 건 당골네 만신이 외숙모한테 시킨 거라고 했다. 그래야 병이 도지지 않고 귀신이 물러간다며 말이다. 외삼촌이 회복되기를 바라는 외숙모의 마음이 전해지는 듯해 술병을 든 내 가슴이 아릿했다.

거푸 소주잔을 비운 외삼촌의 눈가에 물기가 서렸다. 왠지 눈물이라곤 없을 것 같았는데 의외의 모습이었다. 삼촌은 한숨을 길게 내뱉고는 낮은 목소리로 말했다.

"어디서부터 말해야 할지 아득하다만⋯⋯ 서진이 그놈은 참 별종이었다. 그래서 내가 엄청 좋아했지."

외삼촌의 한마디에 내 가슴이 뛰기 시작했다.

"그러니까 말이다. 서진이⋯⋯ 걔가 공부를 잘했어. 책도 많이 읽고 글도 잘 써서 어릴 때부터 우등상도 타고 글짓기상도 많이 타고⋯⋯ 집안 형편이 어려워 대학 시험을 포기했다더라고. 그래서 막노동을 하고 있었는데, 전쟁 전에 이북에서 국어 선생을 했던 걔네 아버지가 홍명희의 『임꺽정』 같은 작품을 쓸 수 있으면 대학도 가고 죽기 살기로 해 보라고 했대. 무슨 짓을 해서라도 학비를 마련해 주겠다고. 그래서 서진이가 다시 공부해서 대학에 입학했지. 대학에 다니면서는 성동경찰서 근처에 선배가 만든 야학당에서 구두닦이들이나 석탄 훔치고 넝마 줍던 애들한테 국어를 가르치기도 했어."

"야학당에서요?"

"그 짓도 오래 못 했어."

"왜요?"

"애들이 사고를 쳤어. 한 녀석이 경춘선 철로에서 기차털이를 하다가 죽었지. 경찰에서 조사하다 보니 역사 가르치던 서진이 선배가 애들에게 금지된 걸 가르친 게 들통난 거야. 대한민국에서 잘나가는 고위 인사들이 친일파였고, 그 친일파들이 독립유공자 선정을 했고, 진짜 독립운동을 한 사람들이나 그 가족들은 가난하게 살고 공부도 제대로 못하게 됐다…… 거기다 박정희가 친일파였고 쿠데타를 일으켰고…… 어쩌고저쩌고한 모양이야. 그 선배는 한일회담 반대투쟁을 주도적으로 이끈 사람이라서 끌려가 심하게 고문당하고 풀려났어. 서진이는 잡혀갔다가 그 선배가 자살하는 바람에 훈방됐지."

"그때도 삼촌하고 친하셨어요?"

"그런 놈을 어찌 안 좋아하고 배기겠냐. 서진이 따라다녀서 나도 이 꼴이 됐는지 모르지. 그래도 그런 게 사는 것처럼 사는 거 아니겠냐. 돈 잘 벌어 떵떵거리는 녀석들처럼 욕심부리고 살지는 않았으니까. 누구든 한 번밖에 못 사는 인생, 죽을 때 보면 욕심 부리고 사는 게 결국 해피엔딩이 아니더라고."

"삼촌도 야학을 같이 하셨어요?"

"그러진 않았지만 자명종이라는 서클은 같이 했지."

"자명종? 그건 무슨 서클이었는데요?"

"요즘 말로 하면 이념 서클이라고 해야겠지. 역사 바로 세우기라든가, 외제 물건 안 쓰기, 역사 유적지 청소하기, 독립유공자 돕기나 친일파 색출하기…… 심지어 중국 식당 안 가기도 했어. 자명종은 사학과 박판근 교수가 주도 해서 만든 거였는데 하는 일마다 여기저기서 미움받고…… 찍혔지, 한마디로. 그래도 몇 년 동안 자명종 애들이 총학 생회장이 됐고 단과대학 학생회장도 수두룩할 정도로 학교 에서 명성이 자자했다. 근데 박 교수가 쫓겨나면서 자명종 세력이 차츰 줄어들었어."

"무슨 일이 있었어요?"

"우리 대학 총장이 친일파라고, 자명종에서 대자보를 붙 이고 총장실 앞에서 농성을 했거든. 결국 박 교수가 학교에 서 쫓겨났지. 박 교수가 교수직을 내던지는 대신 학생들을 처벌하지 않겠다는 약속을 총장한테서 받아냈기 때문에 우 리는 살아남았어. 그러다 서진이가 네 엄마와 사귀면서 좀 잠잠해지나 싶었는데……."

궁금한 것투성이였다. 내 뿌리인 한서진이란 사람을 속

속들이 알고 싶었다. 출생의 비밀을 알아내려는 영화 속 주
인공의 심정을 이제는 좀 이해할 것 같았다.

"서진이가 대학 3학년 때 문학상을 받고 이제 마음잡고
소설을 쓰겠구나 싶었는데, 그게 1969년이었지……. 학훈
단(학도군사훈련단) 1년 차였을 때…… 어렵게 학훈단원이
됐으니 딴짓은 않겠다 싶었지. 하긴 말린다고 들을 놈은 아
니었어. 학훈단은 데모하다 걸리면 바로 잘리게 되어 있었
거든. 그런데 서진이가 자명종 멤버들하고 어울려 삼선개
헌 반대 데모를 한 거야. 총학생회장과 단과대 학생회장,
학생회 간부들도 나섰다가 앞장선 애들이 연행됐고, 그때
서진이도 잡혀갔지."

"그런데 어떻게 소위로 임관하고 철책선 소대장까지 했
어요?"

"우리 대학 총장 끗발이 대단했다. 나중에 문교부 장관까
지 했으니까. 대학 간부들을 풀어줘야 학생들 사이에 있던
'친일파 갈등'을 해소할 수 있다고 판단했겠지. 총학생회장
과 단과대학 학생회장…… 그리고 자명종 애들을 구해 줘
야 학교가 조용해지겠다 싶었을 거야. 그래서 법과대 학생
회장하고 학훈단 단원 한 명이 희생양이 됐어……. 걔들이
구속되고 나머지 애들은 풀려났지. 나랑 서진이도 풀려나
서 졸업했고……."

"힘든 시절이었겠네요."

더 많은 얘기를 해달라고 부추기기 위해 나는 추임새를 슬쩍 넣었다.

　"그놈은 말이다, 너무도 인간적인, 개도 안 물어갈 인간적인 놈이었어. 그 시절에는 말이다, 인간적인 놈은 억울한 일을 당해도 누구 하나 거들떠보지 않았고 희망이 없었어. 아무나 걷어차도 되는 주인 없는 짐승이랄까, 실험실에 갇힌 동물 같은 거였으니까. 젠장."

애틋한 사람

외삼촌의 말투에는 뭔지 모를 복잡한 사연이 숨겨져 있는 것 같았다. 그가 한서진이란 친구를 많이 아끼고 사랑했다는 걸 느낄 수 있었다. 외삼촌은 또 소주잔을 단숨에 비웠다. 말리면 말문이 닫힐 것만 같아 보고만 있었다. 그의 성미로 미루어 한번 입을 열어 토해 내기 시작하면 가슴에 맺힌 사연을 거침없이 터뜨릴 것 같았다.

"네 엄마 만나서 네가 생기고는 한동안 잠잠했고…… 졸업장도 받고 소위 계급장도 달았지. 너도 키워야 하고 말 많은 아내도 건사해야 하니까 마음을 잡았구나 했지. 그런데…… 서진이 그놈 핏속에 꿈틀거리는 그게…… 사라진 건 아니었나 봐."

또 무슨 사연이 있는지 마음이 조마조마했다. 삼촌은 자꾸만 소주잔을 입에 가져갔다.

"임관해서 전라도 광주 보병학교에서 훈련받을 때였으니까…… 1971년 봄일 거다."

소주잔을 기울이는 삼촌의 말이 끊어질 듯 이어졌다.

"삼선개헌 이후 첫 대통령선거였지. 현직 대통령인 박정희가 출마했으니 부대에서 박정희 표가 잔뜩 쏟아져 나와야 했거든. 그 시절에 뻔한 일이 생긴 거지. 기표소에 들어간 서진이가 투표하는 걸 지켜보고 있던 장교와 하사관에게 소리를 질렀다지 뭐냐. 헌법에 보장된 투표인데 왜 기표소를 감시하느냐고 따진 거야. 그놈의 성깔이 어딜 가겠냐. 어찌 보면 참을성 없는 놈도 아닌데 말이다……. 참을 때는 또 참 지독하다 싶거든……."

"그래서요? 어떻게 됐어요? 당시에는 엄청 살벌했다던데. 더구나 삼선개헌으로 사회가 시끄러웠을 때잖아요?"

20여 년 전 이야기에 내 가슴은 뛰기 시작했다. 내게도 그런 피가 흐르고 있었다. 그리고 그 이유를 이제는 확실히 알 것 같았다.

"운이 좋았지. 투표가 끝나고 보안대에 끌려갔는데, 기표소 소란죄로 곤욕을 치렀지만 다행히 개표 때 박정희 표가 잔뜩 나오니까 위에서 시끄럽게 하지 말라는 지시가 내려왔대. 서진이 혼자였으면 무슨 꼴을 당했을지 모르는데, 다른 기표소에서도 항의한 훈련생이 있었다나 봐."

외삼촌의 흥분된 표정과 주먹을 흔드는 모습에서 답답함과 암울함이 느껴졌다.

"어엿한 장교였잖아요. 학훈단 장교였다면서요."

"서진이가 영웅이 된 건 비극의 시작이었지. 빽도 없는 촌놈에, 국문과 출신에, 게다가 실향민 자식인데⋯⋯. 그놈 인생이 곤두박질친 건 소설을 읽어보면 알 거다. 더 이상 내 입으로 말하기는 싫다. 아무튼 서진이 별명이 뭉치였어⋯⋯."

"소설⋯⋯이요?"

"그런 게 있어. 언젠간 보게 될 거야. 어쨌든 그놈은 사고뭉치였어. 오죽하면 그랬겠냐. 서진이는 별명처럼 살다 갔으니 원이 없을지 모른다. 그래도 너 때문에 모든 한을 내려놓기로 작정했다더라고. 그래서 그랬는지 건강도 꽤 좋아졌지. 그러다 자명종 서클 친구들이 만든 출판사에 들어갔어. 한때는 밤새도록 원고를 쓰길래 어쩌나 봤더니 그해 문학잡지에 응모해서 덜컥 등단도 했더라고. 이젠 됐구나, 드디어 사람 구실 하겠다 싶었지. 우린 자주 만났다. 내가 중신하려고 소개도 시켜주고 그랬어. 그런데⋯⋯."

외삼촌은 목이 타는지, 할 얘기를 잠시 거르는지, 옛이야기를 애써 기억하려는 건지 소주잔을 비우고 잔 가득 소주를 따랐다. 암에 걸리고 나서 꽤 고생한 티가 났다. 나이보다 더 늙어 보였다.

"80년, 한창 더울 때 모처럼 휴가철이라 우리는 해수욕장에 가기로 약속했는데, 서진이가 사라져버렸어. 출판사에서 서진이 소식을 묻는 바람에 나도 산지사방에 연락했지만 오리무중이었다. 등골 서늘한 생각이 들지 뭐냐. 혹시 또……."

"사고가 났나요?"

그의 죽기 전 모습을 떠올리면 큰 교통사고를 당했을 수도 있겠다는 생각이 들었다.

"이왕 털어놓은 김에 마저 털어놔야 내 맘이 좀 풀릴 것 같다……. 80년에 전두환 신군부가 광주에서 무자비한 학살을 했을 때 서진이가 광주에 같이 가자고 해서 죽으려고 환장했냐고 말린 적이 있어. 그래도 서진이랑 몇 명이 광주에 가다가 군인들 때문에 못 들어가고 돌아왔지. 그러고는 문학 하는 친구들하고 '문학청년동맹'을 결성해서 성명서를 작성해 가지고 외국 기자들한테 몰래 전달하려다가 체포되었어. 모진 고문으로 육신이 다 망가졌지만 문학청년동맹 동지들을 불지 않은 게 얼마나 다행인지 모른다고 하더라. 이런 걸 가리켜 운명적인 인연과(因緣果)라고 하는지 모르겠다."

내 가슴은 거세게 출렁거렸다. 어머니가 한서진의 주검 앞에서 했던 소리가 떠올랐다. '참 모질게 살았다'는 말이 내 마음을 찌르고 있었다. 더 이상 무슨 일이 있었는지 묻고 싶지 않을 만큼 지금까지 들은 그의 행적은 나를 아프게 했다.

"그놈의 속은 하늘도 모를 것이다마는, 나한테 이런 하소연을 한 적이 있어. 자기 인생 망가뜨린 놈을 용서한 걸 후회한 적도 있고 다시 복수하자는 생각도 여러 번 했다고. 하지만 혈육을 살린 은인이라 생각하면…… 그게 참아지더라고……."

"혈육을 살렸다는 것은 무슨 의미죠? 그리고 고문 후유증이 심했나요? 그때 고문당한 사람들, 후유증으로 평생 고생을 심하게 했다던데."

"그랬지. 서진이가 후유증 치료를 하려고 용한 의사를 찾아다녔는데 영 차도가 없고 걷지도 못하고 나중엔 대인기피증이 생겼어. 그러다가 종적을 감췄지. 한참 만에 찾았는데 시골 고물상에 얹혀살더라고. 몸은 바싹 마르고 말하는 것도 시원찮지, 그렇게 잘생겼던 녀석이 폭삭 삭아버린 몰골이라니…… 영 사람 노릇을 못 하게 생겼더라고."

"병원엘 데려갔어야죠. 그냥 놔두신 거예요?"

"그냥 죽게 놔두라고 막무가내로 버티더라. 고물상 아저씨가 별의별 짓을 다 했지만 말을 안 듣더란 말이다."

"아, 그래서 저를 데리고 갔었나요?"

"기억하는구나. 소식 듣고 내가 네 엄마를 설득해서 너를 데리고 갔지. 내가 고물상으로 가서 네가 왔다고 말했어. 서진이가 담배를 물고 변소에 가겠다고 해서 기다렸는데 그길로 도망갔어. 그런 몰골을 딸에게 보여주기 싫었을 거야. 그래서 또 종적을 감췄지. 그 몸으로, 그래도 오래 산 거야. 오래 살았지."

"……."

"이제 그만하자. 더 이상 기억도 거의 없고, 말해 봤자 서진이가 살아 돌아올 것도 아니고. 너나 나나 속 터지기밖에 더하겠냐. 그만 일어서라. 어쨌거나 내가 나쁜 놈이다. 아마 죄받아서 속이 썩어 문드러졌을 거다."

"삼촌이 왜 나빠요?"

"서진이가 살아 있을 때, 그놈의 기구한 사연을 소설로 써놓은 걸 다듬어서 출간하겠다고 말했는데, 내가 암 투병을 하느라 미처 챙기지를 못해. 이렇게 살 만해졌는데 그놈이 먼저 죽어버렸으니 이 일을 어쩌나 싶다."

"지금이라도 해주시면 되죠. 삼촌도 글 쓰는 데는 내공이 있잖아요."

"그런 말 마라. 나는 진즉에 퇴물이 됐어."

겸손해 보이려 그러는 것 같지는 않았다. 삼촌도 명색이 작가인데, 아쉽게도 출간한 책 한 권이 없는 처지였다. 문인 단체 회원 명부에도 이름이 올라 있지 않았다. 혈기 넘치던 시절을 훌쩍 넘기고 중년에 친구 주선으로 문학잡지에 응모한 수필이 당선되었다고 들었다. 작가로 출세할 거라고 흰소리했지만 여태 그를 수필가로 알아주는 사람은 아무도 없었다.

"유품을 삼촌이 다 정리했을 거라고 엄마가 얘기하던데, 설마 없애지는 않으셨죠? 찾아야 할 게 있어요. 원고가 하나 있을 거라던데 이젠 제가 보관하고 싶어요. 제게 그럴 자격이 있으니까요."

장례를 치른 후, 별것 아닌 물건이라도 유품으로 전해 받고 싶은 마음이 들었다. 외삼촌 성격에 원고를 쉽게 내줄 것 같지 않아 일부러 강하게 말했다.

"그런 걸 어디에 쓰려고 그러냐. 다들 그만큼 아팠으면 됐다. 이제 와 들춰내서 지지고 볶아봐야 득 될 게 없어. 가슴을 후벼 파고 담금질한 쇠로 푹푹 지지기밖에 더하겠냐. 이쯤 해서 다 덮고 그놈이 구천에서 떠돌지 않게 얼른 보내버리자. 인생살이도 험난했는데 하늘살이라도 편하게 해줘야지. 염라대왕도 그놈 인생을 돌이켜보고 얼른 좋은 자리 하나 챙겨줄 거다. 허공 장천 떠돌게 하지 말고 얼른 보내주자."

"안 돼요. 절대로…… 이렇게 잊을 수는 없어요."

"그렇기는 하다만……."

마침내 외삼촌은 술잔을 비우고 일어섰다. 나갈 채비를 하는지 벽에 걸린 겉옷을 꺼내어 걸쳤다.

"삼촌, 원고 꼭 저 주셔야 해요. 안 주시면 평생 원망 들으실 거예요. 삼촌 가슴에 못 박힐 정도로요."

"내 손으로는 줄 수 없다."

"왜 못 주시는데요? 왜요?"

"그놈하고 약속했으니까. 꼭 책으로 만들어준다고. 살아 생전에 내가 그놈 얘기를 반드시 정리해 주겠다고 맹세했는데 어떻게 내 손으로 내줄 수 있겠냐 말이다. 아무래도 내가 오래 살지는 못할 테니까 그때 가져가라."

"그럴 작정이라면 지금이라도 하시면 되잖아요. 삼촌은 하실 수 있을 거예요. 하셔야만 하고요. 그 숙제를 하지 못해 몸이 아픈 건지도 모르잖아요."

"그럴 재주가 있었으면 여태 이 궁상을 떨며 살았겠어? 막상 해보려고 하면 몸이 아프거나 교통사고를 당하거나 뭔 일이 일어나더라고……."

항암 치료를 받는 동안 많이 쇠약해진 삼촌은 마음도 위축되었는지 모른다.

"어쨌든 제가 한번 읽어볼게요. 삼촌이 가지고 계시면 마음만 계속 쓰이실 거예요."

내가 원고를 가진다고 해서 뭔가 해낼 수 있으리라고는 생각지 않았다. 한번 읽어봐야 응어리가 풀릴 거라고 생각했다. 글재주라면 조금 있다고 할 수도 있었는데, 국민학생 때부터 일기나 글짓기 숙제를 제출하면 늘 칭찬을 받았기에 외가의 영향이겠거니 생각했었다. 그를 알기 전까지 내 아버지는 직업군인이고 글 쓰는 것과는 거리가 멀었다.

"아무리 그래도 내 손으로는 못 준다."

"그럼 어쩌시게요? 왜 못 주신다는 거예요? 법적으로 제게 소유권이 있잖아요."

말한 걸 순간 후회했다. 법적으로 그 유품의 소유권은 이 땅의 그 누구에게도 없다. 그렇다고 법이란 말 대신 윤리적이라거나 인간적이라고 바꿔 말하고 싶지 않았다. 아무리 생각해도 유품의 소유권이 내게 있는 것 같았다.

"네가 훔쳐가든가 빼앗아가면 모를까. 그냥은, 내 손으로는 못 준다. 그런 줄 알아."

삼촌의 목청에서 쇳소리가 났다.

"그냥 주시면 되는 걸, 왜 그러세요? 어디에 뭐가 있는지 알아야 훔치든 빼앗든 하죠."

내 목소리는 뾰족했다. 마치 송곳이라도 튀어나올 듯했다.

"바보 같은 것아, 이 방에 숨길 데가 어딨겠냐?"

그가 턱짓으로 가리킨 곳은 자물쇠가 채워진 벽장이었다.

"열쇠 주세요."

"훔쳐갈 거면서 열쇠 달라는 게 말이 되냐. 마루 밑에 장도리가 있는 걸 알려주면 내 할 도리는 다한 셈이다. 서진이가 탄탄하게 잘 써놨으니 읽기는 어렵지 않을 게다. 나는 약속 있어 나간다. 궁금한 게 있으면 언제든지 연락해. 다음엔 빈손으로 오지 말고 소주 한 병은 사와야 한다. 반병은 내 술이고 반병은 서진이 그놈 거고."

삼촌은 지갑에서 만 원짜리 몇 장을 꺼내 방바닥에 놓고 나가버렸다. 서울로 돌아갈 때 쓸 차비치고는 꽤 많았다.

나는 서둘러 장도리를 찾아 벽장 문고리를 힘껏 뜯어냈다. 벽장 안에는 잡동사니들이 많았지만 원고를 찾는 것은 어렵지 않았다. 원고는 마치 내가 찾으러 올 줄 알고 기다렸다는 듯 나를 반겼다. 종이 상자 겉면에는 '한서진'이라는 글씨가 선명했다.

외숙모의 잔소리를 들어야 하는 외삼촌의 처지를 생각하면, 외삼촌이 놓고 간 돈을 선뜻 가져올 수 없었다. 나는 지갑에 비상금으로 넣어둔 10만 원짜리 수표 한 장을 꺼내어 삼촌이 꺼내놓은 지폐 위에 포개어놓고 방을 나섰다.

담장 너머로 햇살이 걸려 넘어진 듯 고샅길이 환해 보였다. 산마루를 넘느라 바삐 걷는데 강아지가 나를 보고 자발맞게 짖어댔다. 엄마를 찾으며 울어댈 지수의 얼굴이 떠올라 발걸음을 재촉했다. 이렇게 쉽게 유품을 받아낼 수 있을 거라고는 기대하지 않았다. 외삼촌의 집착을 어느 정도 눈치채고 있었기 때문이다.

외삼촌은 그의 죽음에 일조했다는 자책감에 사로잡힌 것 같았다. 따라 죽지는 못해도 거의 죽을 만큼, 한서진의 몫만큼 술을 마시려는 것 같았다. 외삼촌에게 한서진은 그토록 애틋한 사람이었던가.

한 인간의 생명줄

만년필로 쓴 글씨는 세로쓰기였는데, 원고지가 누렇게 변색되어 세월의 더께를 가늠할 수 있었다. 오른쪽으로 기울어진 필체였고, 한글맞춤법이 바뀌기 전에 쓴 거라, 중간중간 '했읍니다' '칼 맑스' 따위의 이전 시대 표기들과 요즘은 잘 쓰이지 않는 단어들이 더러 눈에 띄었다.

한서진이 쓴 소설의 제목은 한자로 '赤人種'이었고, 괄호 속에 한글로 '적인종'이라고 쓰여 있었다. 그 아래에는 볼펜으로 쓴 자잘한 글씨들이 있는데, '적인종의 자서전' '빨간색 인간' '빨갱이의 조건' 따위였다. 제목을 정하려고 끄적거린 듯했다.

원고지 아래쪽에는 청색 볼펜으로 또렷하게 '죽기 전에 한 번만이라도 안아보고 싶은 자인'이라는 글자가 있었다. 순간 나는 숨을 멈췄다. 이토록 나를 그리워하는 사람이 있었다는 사실을 전혀 모르고 살아왔다. 대체 이 사람에게 나는 어떤 존재였을까. 어떤 일이 나와 이 사람을 이렇게 만나도록 만들었을까.

'자인'은 내 이름이다. 성씨를 쓰지 않은 까닭은 미루어 짐작할 수 있었다. 나는 '한자인'이 아니라 '이자인'이었다. 그 순간 나는 DNA라는 단어를 떠올렸다. 원고 뭉치와 함께 상자에서 나온 한서진의 젊은 시절 흑백사진을 유심히 살펴보면 나와 닮은 데가 꽤 많았다. 달걀형 얼굴, 넓은 이마, 짙은 눈썹, 높고 반듯한 코…… 마른 체형도 매우 유사했다. 자라면서 이상하게 생각했던 소소한 것들도 말끔히 이해되었다.

급한 마음에 원고를 단숨에 읽고 싶었지만 천천히 행간의 의미를 새기며 읽어가기로 했다. 세로쓰기 원고는 익숙지 않아 한 글자씩 다지며 읽어야 했다. 글씨체로 사람의 성격을 알 수 있다는데, 그는 내성적이고 경직되었으며 고집이 센 것 같았다.

두근거리는 마음으로 이야기에 빠져드는 동안 내 머릿속은 점점 더 복잡해졌다. 떨리는 손길로 원고지를 넘기며 읽었다. 마치 내 가슴속에 불덩어리가 뜨겁게 타오르는 것 같왔다. 그는 너무 아프게 살았고 끈질기게 버텨왔다. 분노가 내 몸을 터뜨릴 것만 같았다. 알지도 못하는 누군가를 그토록 미워한 적이 없었는데, 원고를 읽으면서 나는 원고의 주인공이 증오하는 그 악마를 잔인하고 처절하게 응징하고 싶었다.

그러나 한편으로는 그 악마가 여태껏 내가 가장 믿고 의지하던 사람이라는 게 믿어지지 않았다. 정말 그랬을까? 원고 내용을 과연 믿어도 되는지, 그가 바로 나를 키워주신 아버지인지, 내가 왜 이런 생각을 하는 건지 상념에 빠지곤 했다. 두 사람 사이에서 분노하고 믿기지 않는 이야기에 마음이 산란하기만 했다.

나는 어떻게 해야 하는 걸까. 아니, 이 모든 게 사실인지조차 믿어지지 않았다. 나를 이 세상에 태어나게 해준 사람을 지옥으로 빠뜨린 사람에게 효도하겠다고 재잘거리던 나는 과연 무슨 짓을 한 것인가. 그런 인간 같지 않은 짓을 하게 만든 사람에게 죄악의 대가가 얼마나 끔찍한지 알려주어야 하는 게 아닌가. 나 때문에 복수의 기회도 던져버렸다는데…… 원고지를 넘길 때마다 분노와 상념이 교차했다. 그의 고통스러운 세월을 어떻게든 위로해 주고 싶어 그들을 응징하는 순간을 더러 머릿속에 그려보기도 했다.

낡고 색 바랜 원고지를 펼쳐놓고, 삐딱한 세로글씨를 새겨 읽으며 원고지에 가로쓰기로 옮기는 건 결코 쉽지 않았다. 처음 원고를 읽을 땐 믿기 어려웠고 몹시 혼란스러웠으나 원고지에 옮겨 쓰면서 그동안 한서진에게 있었던 일이 영화처럼 눈앞에 보이는 듯했다. 글을 옮기면서 나는 한서진에게 더러 화를 내곤 했다.

나는 한서진을 짓밟은 사람에게 작품 속에서나마 상처를 주고 싶다는 생각도 했다. 원고의 후반부를 고쳐 쓰고 싶었다. 주인공이 서툰 솜씨로라도 통쾌하게 복수하고 멋지게 사는 것으로 고쳐 쓰고 싶었다.

외삼촌에게 전화로 내 마음을 전했다. 외삼촌은 펄쩍 뛰었다. 목청에서 쇳소리가 났다.

"그러면 서진이는 세 번 죽는다. 두 번 죽은 것도 억울한데 네가 또 죽이려고 하냐?"

목청을 돋운 외삼촌의 말뜻을 이해할 수가 없었다.

"제가 꼼꼼히 다 읽어봤는데요, 이건 말이 안 되잖아요. 현실에서는 어쩔 수 없이 용서했지만, 소설에서라도 복수를 하게 해야죠. 죽여도 시원찮은데 용서한다는 게 말이 되냐고요. 악역이 벌을 받아야 독자들도 속 시원할 거고요. 삼촌도 마지막 모습을 보셨잖아요. 피골이 상접한 처참한 모습요. 절대 용서할 수 없는 일이잖아요. 지독한 외로움에 마음이 허하고 트라우마에 찌들고 자식에 대한 책임감 때문에 그럴 수 있었을지 모르지만……."

나는 죄 없는 외삼촌에게 따지고 대들었다.

"나도 참 서진이한테 원망 들어 마땅한 인간이다만……. 이 녀석아, 서진이가 그 글을 쓸 때는 정신이 혼미하거나 몸져누워 지낼 때가 아니었어. 살아보려고, 언젠가는 딸 앞에 당당하게 나타나 억울함을 증명해 보이려고, 과거를 잊고 살아보려고…… 남들처럼 한번 사는 것처럼 살고 싶어서 몸부림칠 때 썼단 말이다. 서진이는 죽었고 네 아빠는 살아가야 할 시간이 많은 사람이란 걸 잊지 마라."

"언젠가 저를 만나기 위해 살아보려고 애썼다는 말씀이세요?"

"그럼, 그런 희망을 갖고 살 때도 있었지. 그렇지만 발버둥치면 뭐 하겠냐. 소위 빨갱이라 하면 아무 데서도 받아주지 않고 다들 피하던 시절이었으니……, 그 자존심에 밑바닥 생활 하다가 결국 세상에서 버림받았지. 영혼은 멀쩡한데 몸은 싸구려 술에 찌들어 달챙이숟가락처럼 닳고 닳아 버렸어. 어쩌면 그놈은 지가 먼저 죽어버려야 딸자식도 행복하고, 마누라였던 네 엄마도 걱정을 덜고, 제 인생을 망쳤다고 믿었던 놈도 한시름 놓을 거라고 생각했겠지. 아닌 말로 그놈은 땅속에 있지만 죽은 게 아니야. 네가 있고, 그 소설이 있고, 내 마음속에 그놈이 고스란히 살아 있으니까. 결코 죽을 수 없는 놈이지, 우리가 살아 있는 동안……."

'억지가 논 서 마지기보다 낫다'는 말은 들어봤어도 내 손으로 땅에 묻어준 사람을 죽은 게 아니라고 우기는 외삼촌의 말에 술 좀 그만 드시라고 말해 버리고 말았다.

"그분은 이제 세상에 없어요. 제 손으로 땅에 묻었고요. 전화 끊을게요. 죄송해요, 삼촌."

전화기 저편에서 다급하게 내 이름을 부르는 소리가 들렸지만, 나는 얼른 수화기를 내려놓았다. 더는 외삼촌의 억지소리를 듣기 싫었다. 외삼촌이 원고를 묶어내지 못한 이유는 바로 그런 마음의 어지러움 탓이라고 생각했다.

외삼촌이 습격하듯 우리 집을 찾은 것은 그로부터 며칠 뒤, 일요일 점심 무렵이었다. 노동조합 사무국에서 일하던 남편은 그날도 업무로 집을 비웠다. 나는 딸아이를 재우고 원고 정리를 하던 참이었다. 전화도 하지 않고 불쑥 찾아온 걸로 미루어 원고를 빼앗을 작정을 했는지, 아니면 뭔가 다짐을 받을 생각이었는지도 모른다.

"식사는 하고 다니시는 거예요? 드시고 싶은 게 있으면 말씀하셔요."

"요새 밥 못 먹고 죽은 귀신이 있다더냐. 할 말이 있어서 왔다. 네가 알다시피 나도 한세상 내 고집대로 살았는데…… 그래서 병자가 됐는지도 모른다. 네 핏속에 뭐가 들었는지 모르지만, 세상일을 네 뜻대로 해보겠다는 생각은 버려라. 그런 고집은 개도 안 물어간다. 네 재주로 세상이 변한다면 걱정할 게 뭐 있겠냐. 죽은 자는 말을 못 하니 네가 고쳐 쓴다고 아무도 모를 줄 알겠지만, 그놈은 아직 죽은 게 아니란 말이다. 서진이가 쓴 그대로 책이 나와야 그때 비로소 그 죽음이 가치 있어지는 거다. 그러니 원고를 정리하되 절대 많이 가감하지 말아라. 서진이 마음을 이해한다면 손댈 곳도 많지 않을 거다. 무슨 말인지 알겠지?"

그가 아직 죽은 게 아니라는 말에 마음이 아렸다.

"그는 천사도 아니고 성인군자도 아니에요. 한낱 허약한 인간일 뿐이죠. 날개 한번 활짝 펼쳐보지도 못한 채 가장 가까운 사람에게 배신당하고, 병마와 씨름하고, 분노를 삭이느라 술독에 빠져 산 바보예요. 어떻게 그 아픈 사연을 다 삭이고 갈 수 있겠어요. 제가 그렇게 당했다면 그 누구라도 가만두지 않았을 거예요."

외삼촌은 잠시 숨을 고르더니 차분히 말을 이었다.

"원고를 넘기고 다시 한번 읽어봤다. 서진이가 떠나기 전에 책으로 발표할 걸, 괜히 미뤄두었구나 후회했다. 자신이 죽은 뒤에 책을 내달라고, 살아서는 차마 그 책을 읽을 수가 없을 거라고 신신당부했기 때문에 그동안 감춰두었던 거다."

"원고는 저한테 있는데, 어떻게 다시 읽으셨어요?"

"베껴 써둔 원고가 한 벌 더 있다. 출간하기 전에 분실되면 안 되니까 숨겨뒀던 거지. 너한테 준 원고는 진본이야. 네가 서진이의 생명줄이었어. 바로 너 때문에, 너를 지독하게 사랑했기 때문에 철천지원수를 용서할 수 있었던 거라고.”

생명줄과 용서, 지독한 사랑이라는 말에 가슴이 불에 덴 것처럼 뜨거웠다.

“원래부터 내가 출간하려고 했던 거니까 출간 비용은 내가 부담하마. 넉넉하게 주지 못해 미안하다만 이 정도면 비용을 충당할 수 있을 거다. 그러니 이제 서진이가 허공 장천 떠돌지 않게, 그놈이 원하는 대로 해주자. 그래야 너나 나나 후회하지 않을 거야.”

나는 아무 말 없이 외삼촌이 방바닥에 내려놓은 흰 봉투를 한동안 내려다보았다.

“너도 아이를 낳아 기르면서 알았을 거다. 만약 그 아이가 죽을병에 걸렸다면, 살릴 수만 있다면 목숨이라도 내놓는 게 부모 마음 아니겠냐. 더 이상 이런저런 말 늘어놓지 않으마. 말귀 밝은 네가 어찌 못 알아듣겠냐. 서진이를 어서 좋은 곳으로 보내주자. 그게 우리가 할 도리 아니냐. 너만 믿고 간다.”

외삼촌은 내 등을 토닥였다. 하고 싶은 말이 많았지만, 한마디도 할 수 없었다. 너무나 많은 말들이 한꺼번에 올라와 목구멍을 막았다. 외삼촌을 배웅하고 돌아오니 아이가 자지러지게 울고 있었다. 아이를 달래고 가만히 내려다보았다. 만일 이 아이가 위험하다면 대신 목숨을 내놓을 사람은 누구일까. 나밖에 없겠구나 싶었다. 딸아이를 살리기 위해 나도 못 할 것이 없을 것 같았다.

　그렇게 원고는 한서진이 써둔 내용 그대로 세상에 나왔
다. 미숙한 인간이자 한 아이의 아버지, 시대의 아픔에 저
항하다 고통과 번민 속에 살다 간 남자, 자신의 가장 부끄
러운 치부를 세상에 밝히고 떠난 비운의 작가 한서진의 유
고작이었다.

2장

그해 여름

긴급 호송

남과 북이 맞닿은 최전방 지역, 철책선 옆 작전 도로를 따라 달리는 지프의 꽁무니에 흙먼지가 연신 피어올랐다. 망원경으로 지프를 추적하던 전령이 말했다.

"대대장님 지프는 아닌 것 같습니다. 작전 지프 같지 않습니다."

나는 망원경을 조절하며 통보 없이 우리 작전 구역으로 달려오는 지프를 유심히 살펴보았다. 작전용 지프는 대대장급 이상만 탈 수 있기 때문에 철책선 부대에 지프가 달려올 때는 특별한 경우가 아니면 대대에서 중대 본부로, 중대에서 소대 본부로 미리 통보하기 마련이었다.

"중대에서 연락 온 거 없었나?"

"없습니다. 얼른 알아보고 오겠습니다."

전령은 소대 막사 쪽으로 내달렸다. 우리 소대의 청결 상태나 병기고와 탄약고의 상태, 소대원들의 복장 상태를 떠올려보았다. 불시에 검열반이 들이닥치면 아무래도 지적당하고 걸려들 게 많기 때문이었다.

소대 막사 쪽에서 전령이 두 손을 좌우로 흔들었다. 연락 온 게 없다는 신호였다.

지프는 전망대 앞에서 멈추었다. 선임 탑승자가 탔는지 모르지만 일단 지프를 향해 거수경례를 했다. 순찰할 때 소대장은 반드시 카빈 소총을 소지해야 한다. 전령이 내 총을 들고 뛰어왔다. 지프의 문이 열리고 병장 계급장의 군인이 내려 내게 거수경례를 했다. 다섯 개의 손가락 끝에 건방기가 잔뜩 묻어 있었다. 눈초리는 몹시 매서워 보였다. 일부러 싸늘한 표정을 짓는지도 모른다.

"보안반장님께서 즉시 한서진 소위를 호송하라고 명하셨습니다. 탑승하십시오."

병장의 목소리에 명령이 담긴 걸 느꼈다.

"근무 중이라 중대장님 허가를 받아야 이동할 수 있다. 무슨 일인지 모르지만 잠시 기다려라."

나는 소위 계급장을 단 철책선 소대장이었다. 근무지를 벗어날 때는 규정상 직속상관에게 보고해야만 했다.

"지휘선상에 이미 통보했습니다. 탑승하십시오."

그 한마디에 갑자기 머릿속이 엉켜버렸다. '호송'이라는 단어가 귀에 거슬렸지만 차마 물어볼 수 없었다. 나는 왼쪽 가슴에 달린 그의 명찰을 재빨리 확인했다.

"지휘 계통을 밟는 것은 내 의무다. 김 병장이 간섭할 게 아니다. 난 직속상관의 명이 없으면 철책선을 떠날 수 없다."

내 목소리는 단호했지만, 겁먹은 마음을 들키지 않으려는 허세였다.

"아, 참……."

김 병장의 입에서는 금방이라도 욕이 튀어나올 듯했다. 나는 그가 투덜거리는 소리를 무시하고 중대 막사 쪽으로 걸었다. 탄창이 장전된 총을 들고 있지 않았다면 완력으로라도 지프에 태울 기세로 그가 나를 쫓아왔다. 전령과 통신병이 뒤따랐다. 철모를 쓰고 총을 든 중대장이 내 쪽으로 천천히 걸어오는 게 보였다. 중대장은 평소와 다르게 내 경례를 누긋하게 받았다.

"대대장님 연락 받았네. 어쩌다 그런 짓을 했나? 장교면 장교다워야지. 무조건 잘못했다고 빌어."

보안대의 김 병장 들으라는 듯 중대장의 목소리가 점점 커졌다.

"중대장님, 저는 잘못한 게 없습니다. 정말 무슨 일인지 모르겠습니다. 제가 무슨 실수라도 했습니까?"

수많은 생각이 머릿속을 휘저었지만 실수하거나 잘못한 건 떠오르지 않았다.

"긴급 호송이라 지체할 수 없네. 얼른 탑승해. 얼른!"

긴급 호송이란 말에 맥이 탁 풀렸다. 중대장은 내가 긴급 호송 당하는 이유를 알고 있는 듯했다.

어지러웠다. 내가 보안대로 긴급 호송 되는 까닭을 전혀 짐작할 수 없었다. 오히려 나는 영웅 대접을 받을 정도의 공을 세우지 않았는가. 무공훈장을 받을 수도 있다는 말을 들은 적도 있다.

아, 실수한 것들이 떠올랐다. 어제 오전, 사단 사령부에서 대대장에게 상황 보고를 할 때, 정훈장교가 보고용으로 건네준 내용대로 답변하는 연습을 했다. 시상식과 관련해 개최될 기자간담회 때 기자들의 질문에 답변하는 것을 연습했는데, 대대장 앞에서 해서는 안 되는 실수를 하고 말았다. 예정에 없던 기습 질문이었기 때문에 방어적으로 답한다는 게 군사기밀까지 말해 버렸다.

기자 역할을 맡은 정훈장교는 잠복호 근무병이 적을 발견했을 때 대처하는 방법과 함께 이번 침투 병력의 인원수와 지참했던 무기의 구체적인 현황에 대해 물었다. 나는 소대의 무기 현황과 잠복근무 상황, 비상시 대응 수칙 등을 사실대로 답했다.

일정대로라면 리허설 후 대대장을 비롯하여 간부들과 장교 식당에서 식사하기로 했으나, 나는 그 자리에 참석하지 못했다. 내 입에서 새어 나온 군사기밀로 인해 보안대에 불려가 조사를 받고 바로 부대로 돌아와야 했기 때문이다. 정훈장교의 말로는 리허설 과정을 들은 보안반장이 몹시 화를 냈다고 했다. 학훈단 출신 장교라 실전 경험이 없어 얼뜨기 같다고 했다는 얘기도 들었다.

그러나 리허설에서 실수한 정도의 잘못으로 급하게 호송하라고 하지는 않을 것이다. 머릿속이 복잡하고 불안했다. 평소와 다르게 언성을 높이던 중대장의 태도도 영 마음에 걸렸다. 정훈장교와 보안대원이 인터뷰 답변을 미리 써주고 연습시킨 이유를 알 것 같았다.

베트남전쟁에 파병되었다가 돌아온 장병들의 이야기를 들으니 전과를 부풀려 훈장을 여럿이 나눠 먹을 수밖에 없다고 했다. 목숨을 걸고 다른 나라의 전쟁터에 끌려갔으니 몸값을 키우려는 게 인지상정 아니겠는가 싶기도 했다. 어쩌면 우리 부대의 대간첩작전 역시 내가 알지 못하는 사이에 한껏 부풀려졌는지 모른다.

군용 지프는 계급이 한 자리라도 높은 군인이 운전석 옆자리에 탑승하는 게 규율이었다. 보안대의 김 병장은 마치 연행하듯 나를 뒷자리에 태우고 긴급 호송이란 말에 길맞

게 작전 도로를 무섭게 내달렸다.

장마철이면 도로가 빗물에 패어 울퉁불퉁하기 마련이다. 군인들이 보수 공사를 자주 한다고 하더라도 장맛비를 이겨낼 수는 없다. 나는 달리는 지프의 뒷좌석에 앉은 채로 계속 엉덩방아를 찧었다.

목울대까지 올라온 내 목소리는 지프의 속도를 줄여달라는 것이었는데, 호송당하는 입장에서는 차마 할 수 없는 말이었다. 길 상태가 좋지 않은 걸 뻔히 알면서도 속도를 내는 이유는, 보안대에 도착하기 전에 겁을 주려는 수작일 수도 있다. 겁을 줘서 그들이 원하는 걸 쉽게 얻어내려는 속셈일지 모른다. 몸에 균형을 잡을 수 없게 지프가 흔들려 속까지 울렁거렸다. 보안대가 올려다보이는 도로에 이르러서야 속도를 줄였다.

보안대 앞 운동장에는 군인들이 체력 단련 중인지 여럿이 모여 있었다. 평행봉과 철봉 옆에 놓인 역기가 제법 묵직해 보였다. 군복 바지에 국방색 러닝셔츠를 입은 머리칼 짧은 병사들이 지프에서 내린 나를 쳐다보며 묘한 웃음을 지어 보였다. 내 가슴에 장교 계급장이 달려 있는데도 경례 따위는 할 생각이 없는 표정들이었다. 기다렸다는 듯 뛰어온 하사 계급장의 군인이 턱짓으로 건물을 가리키며 건방진 말투로 "갑시다!"라고 말했다. 그때 운동기구 쪽에 모여 있던 누군가의 목소리가 내 심장을 서늘하게 만들었다.

"죽어 나자빠진 놈은 말이 없다 아이가……."

나는 고개를 돌려 그놈의 얼굴을 보고 싶었지만 못 들은 척, 대범한 척해야 한다는 생각에 장교다운 자세로 허리를 곧추세우고 앞만 보고 걸었다. 광주 보병학교에서 유격훈 련을 받던, 모질고 혹독하고 징글징글하던 때를 떠올렸다. 교관들에게 교육받은 장교의 자세에 대해 혼잣말로 주절거 렸다.

"장교는 국제 신사다. 국제 신사는 어떠한 경우에도 자존 심을 지키고 명예를 사수한다. 대한민국 장교는 오직 국가 와 국민의 명령에만 복종한다. 적에게 생포되더라도 굴복 하거나 자존심을 버리지 않는다……."

머릿속은 그런데 마음은 속일 수 없었다. 떠는 모습을 보 이지 않으려고 어깨를 젖히고 눈에 힘을 주고 걸었다. 보안 반장실 문 앞에 도착하자 나는 안내하던 하사에게 그예 한 마디를 했다.

"어째서 귀관은 대한민국 국군 장교에게 경례를 하지 않 는가?"

그는 웃었다. 그리고 잠시 허공을 바라보다가 경례를 했 다. 그의 오른손 손가락 다섯 개는 모두 거만했고 웃음 띤 눈가에는 조롱이 가득했지만, 나는 장교답게 거수경례로 답례하고 큰기침을 했다. 그가 다시 한번 허공을 올려다보 더니 문을 열었다.

책상 위에는 대위 계급장이 달린 전투모가 놓여 있고, 정면에는 태극기, 양쪽 벽엔 대형 거울과 대한민국 지도가 붙어 있었다. 나는 어깨와 허리를 꼿꼿이 펴고 목청껏 외쳤다.

"충성!"

보안반장이 무표정한 얼굴로 앉은 채 경례를 받았다. 턱짓으로 의자를 가리켰다. 검게 그을린 피부에 갈색 눈동자, 다부진 입매의 보안반장은 가늘게 뜬 눈으로 나를 매섭게 쏘아보았다. 불길한 느낌이 엄습했다. 아랫배가 묵직한 느낌이 들었다. 들어오기 전에 소변을 봤어야 했다는 생각을 했다.

"귀관은 대한민국 국군 장교인가?"

보안반장의 첫마디가 심상찮았지만 나는 목소리를 가다듬어 대답했다.

"네, 대한민국 육군 소위 한서진입니다."

그가 웃었다. 하사의 웃음과 빼닮은 웃음이었다. 그건 웃음으로 포장한 조롱이었다.

"귀관이 대한민국 장교라……."

그는 눈을 치켜뜨고 나를 노려보았다.

"너, 빨갱이지?"

그 순간 숨이 멎을 것 같았다.

"……."

높낮이 없는 그 한마디에 심장이 얼어버린 듯했다.

"빨갱이냐고 물었다!"

보안반장의 말이 내 목구멍에 쐐기를 박았다. 빨갱이란 한마디가 삽시에 내 인생 전체를 사슬로 묶어버릴 것 같았다. 안쓰러운 눈빛으로 나를 바라보던 아버지의 주름진 얼굴과 굵은 손마디가 떠올랐다.

"왜 말을 못 하나? 신성한 국군을 모독했으니 무슨 염치로 할 말이 있겠냐만 주둥아리가 멀쩡하면 대답은 해야 할 거 아닌가!"

무슨 말인가 하고 싶었지만 목구멍이 바짝 마른 탓에 기침이 터져 나왔고, 고작 내뱉은 말이 "물 좀……"이었다.

"빨갱이는 우리나라에서 물 마실 자격이 없다는 걸 모르나?"

보안반장의 입에서 빨갱이란 소리가 나올 때마다 내 영혼이 한 뭉텅이씩 사라지는 것 같았다. 머릿속이 하얗게 지워지고 텅 비어버리는 것 같았다.

타자기 앞에 앉아 있던 병사가 노란 주전자를 들고 내 앞으로 다가섰다. 마치 주전자로 나를 내려칠 듯한 표정이었다. 그가 내민 물잔을 잡은 내 손이 바들바들 떨렸다. 두 손으로 받쳐 들었지만 따르는 물을 제대로 받을 수가 없었다. 겨우 몇 모금 마시자, 물이 순식간에 방광으로 들어간 듯 속옷을 한 방울씩 적시는 느낌이었다.

"너, 빨갱이지?"

"절대로 아닙니다. 육군 소위 한서진입니다."

살아야 한다. 악착같이 살아남아야 한다. 빨갱이가 아니라는 걸 분명하게 알려야 한다. 나는 빨갱이가 될 수 없다. 내 핏속에 빨갱이가 될 수 없는 인자가 있다는 걸 그는 알지 못할 것이다.

"신성한 국군 장교가 어떻게 적군을! 남침한 적군을 위해 무릎 꿇고 경배할 수가 있나? 어떻게 적군 앞에 무릎 꿇을 수 있는가 말이다. 우리 땅에 침투한 적군 아닌가!"

나는 비로소 보안반장 앞에 끌려온 이유를 알게 되었다.

"묻는 말에 숨김없이 솔직히 대답해야 한다. 알았나!"

"알겠습니다."

"그날 저녁에 부하들 데리고 뭘 했나? 적군 시신 앞에 가서 십자가 꽂고 명복을 빌어주었나?"

나는 책상 위에 있는 녹음기를 의식하며 보안반장의 마음을 움직일 수 있는 가장 타당한 정답을 찾아보려고 머리를 굴렸다. 거짓말로는 위기를 모면할 수 없다. 차라리 솔직하게 대답해서 그의 마음을 움직이는 게 좋겠다는 생각이 들었다.

"기도한 것도, 십자가를 꽂아준 것도 사실입니다."

"인민군 장교는 아군인가, 적군인가?"

"적군입니다."

"7월 1일 0시경, 적군이 고성능 폭탄으로 무장한 채 철책선을 절단하고 아군 진지로 침입했다. 적의 목적은 우리 땅에 침투하여 후방을 교란하고 위대한 대한민국 대통령의 취임식장을 공격하려고 한 것이다. 그런 적군을 우리 국군 병사들이! 어째서 그런 적군을 위해 기도했나? 바른대로 대라!"

아무리 생각해도 내 머릿속에 맴도는 말로는 보안반장을 설득할 수 있을 것 같지 않았다.

"너는 감쪽같이 속였다고 생각했겠지만, 대한민국 국군이 그렇게 허술하지 않다는 걸 알아야 한다. 네 핏속에 빨갱이의 피가 흐른다는 걸 우리가 모를 줄 알았나? 왜 빨갱이 시체에다 대고 절하고 기도했나?"

보안반장이 일어섰다. 당당한 체구인 그는 전투복을 입고 정글화를 신고 있었다. 베트남에 파병됐던 군인들이 철군하며 가져온 정글화는 우리 군화보다 신기 수월하고 바람이 잘 통해 장교들이 선호했다. 그가 다가오기에 나는 벌떡 일어섰다.

"바른대로 대라. 왜 그랬나?"

마음에 드는 대답이 아니면 주먹이 날고 구둣발이 내게로 난무할 것 같았다.

"그게……."

하지만 아무리 생각해도 대꾸할 말이 떠오르지 않았다.

"있는 그대로 말하라. 알겠나!"

"알겠습니다."

말은 그렇게 했지만, 역시나 그를 설득할 수 있는 묘책이 바로 떠오르지 않았다.

"심지어 병사들을 데리고 가서! 국군 장교라는 작자가!"

"……."

'내가 왜 그랬지? 제정신이 아니었을 거야…….'

문득 내 몸속에 어쩌면 '빨갱이의 피'가 조금은 섞여 있을지도 모르겠다는 생각도 들었다.

"빠따 가져와!"

보안반장이 소리치자, 쪽문이 열리고 조금 전 안내했던 하사가 기다렸다는 듯이 몽둥이를 들고 방으로 들어왔다. 몽둥이 손잡이에는 가는 빨랫줄이 둘둘 감겨 있었다. 몽둥이를 받아 든 보안반장이 엄숙한 목소리로 말했다.

"살고 싶으면 바른대로 대. 빨갱이는 죽여도 무방하다는 건 알고 있겠지."

그의 낮은 목소리에 살기가 스며 있었다.

"왜냐고 물었다. 명령한다. 바른대로 대!"

저승사자의 음성이었다. 나는 침을 삼키고 그의 눈빛을 피한 채 떨리는 소리로 지껄였다. 내가 아니라 귀신이 대신 지껄이는 것 같았다.

"저는…… 소설을 쓰는 문학도입니다."

이렇게 말머리를 잡고는 금세 후회했다. 이미 엎지른 물을 주워 담을 수 없었다.

"제가 그들의 시신에 경의를 표한 것은, 인간에 대한 순수한 경외심 때문입니다. 시신 자체는 사람이 아닙니다. 이제 더 이상 사람으로서 기능할 수 없는, 물질일 뿐입니다. 제가 직접 사살한 건 아니지만, 우리 소대 부하들이 한 일이니 적의 죽음은 저와 무관하지 않다고 생각했습니다. 소설이나 영화를 보면 적장이 죽었을 때 모자를 벗고 예의를 표한 경우도 있습니다."

대체 내가 왜 이런 말을 늘어놓았는지 알 수 없었다. 어디서 주워들은 건지 기억도 나지 않았다.

"어쨌든 아군 진지에 침입한 적군을 위해 기도한 건 사실 아닌가!"

그의 목소리는 여전히 날이 서 있었고, 날카로운 가시가 돋쳐 있었다.

"사람이 죽으면 흙이 됩니다. 흙은 빨갱이도 적군도 아닙니다. 그냥 흙일 뿐이니 미워할 가치도 없습니다."

나는 나 자신을 의심했다. 이건 내 머릿속에서 나온 말이 아닌 것 같았다. 마치 나를 조롱하고 지옥으로 밀어버리려는 기괴한 존재가 있는 게 아닐까.

'책에 이런 글이 있습니다……'라는 말을 덧붙이고 싶었지만, 보안민강의 눈빛에 나는 얼어붙었다. 부대 앞 야트막한 산기슭에 누워 있던 인민군 장교의 혼령이 내 몸속으로 들어와서 나를 조종한 것만 같았다.

"다시 지껄여봐라."

보안반장의 목소리와 눈빛에 살기가 감돌았다.

"사람이 죽으면 흙이 됩니다. 아무것도 아닌 겁니다."

내가 내뱉은 소리가 아니었다. 정녕 인민군 장교의 혼령이 내는 소리 같았다. 순간 보안반장의 몽둥이가 휘이익 하고 방 안의 공기를 갈랐다.

"이 새끼, 진짜 빨갱이잖아!"

몽둥이가 내 등짝을 사정없이 후려쳤다. 그의 정글화는 내 정강이를 걷어찼다. 비명도 지르지 못했다. 숨이 턱 막혔다. 배를 쇠꼬챙이로 찌르고 휘젓는 듯한 통증으로 죽을 것 같았다.

"빨갱이 새끼는 죽여도 그만이다."

그는 뭉툭한 구둣발로 내 정강이를 걷어찼다. 내가 쓰러지면 옆에 서 있던 병사가 나를 일으켜 세웠다. 보안반장은 망나니가 칼춤을 추듯 몽둥이로 내 몸을 사정없이 두들겼다. 나는 결국 외마디 비명을 지르며 고꾸라졌다. 지독한 통증으로 숨이 잠시 멎었다.

"빨갱이는 죽여도 된다. 조국을 위해!"

보안반장의 매몰찬 소리가 메아리치듯 들려왔다. 일어나는 순간 머리가 깨지거나 정강이가 부러질 거라고 생각했다. 살기 위해서는 최대한 숨을 멈추어야만 했다. 숨을 참은 채 입을 벌리고 호흡을 멈췄다. 일어나면 몽둥이에 맞아 죽는다. 죽은 척하자. 숨 쉬는 걸 들키면 안 된다. 사슴이 치타에게 잡히면 으슥한 곳에 끌려가 숨겨질 때까지 죽은 척했다가 치타가 다른 사냥감을 찾아 나설 때 도망치듯, 죽은 척해서 살아남는 방법을 떠올렸다. 어머니 배 속에 있는 아이처럼 몸을 웅크리고 있다가 갑자기 늘어져 숨을 못 쉬는 척했다.

"이 새끼가……."

보안반장이 구둣발로 내 등을 이리저리 밀었다. 나는 그 순간을 이용해 몰래 숨을 쉬었다.

"야, 물 가져와. 물!"

머리와 목덜미에 차가운 물이 쏟아졌다. 다려 입은 군복이 젖어도 나는 움직이지 않았다. 죽은 척해야 살 수 있는, 이 절박한 상황에 내 몸이 충실하게 따라주었다. 공 굴리듯 발로 나를 건드리던 보안반장이 입맛을 다시듯 소리쳤다.

"이 새끼, 빨리 의무대로 데려가. 빨리!"

하사는 사단 의무대로 가기 위해 지프에 나를 거칠게 집어 던졌다. 나는 그 틈을 타 몰래 숨을 들이쉬었다. 다행이었다. 죽을 작정을 하면 살길이 보인다는 말이 떠올랐다. 나는 살기 위해 잠시 죽었고, 의무대로 실려간 것은 신이 나를 보살핀 덕분인 것 같았다.

혼절한 척한 건 살기 위한 본능에서 나온 행동이었다. 대학 시절 연극반 선배에게서 배운 걸 떠올렸다. 대학 2학년 가을, 문학반과 연극반이 공동으로 시화전도 하고 연극을 공연했을 때, 내가 억울하게 죽은 사람 역할을 한 적이 있다. 그때 연극반 선배가 죽은 척하며 몰래 숨 쉬는 법을 알려줬다.

의무대 침상 위로 찌든 땟자국이 보였다. 군의관이 누워 있는 내 어깨를 가볍게 두들겼다. 군의관의 손엔 힘이 들어가 있지 않았다.

"자, 허리 펴고 똑바로 누워요. 걱정 말고 편하게요."

그는 내 어깨를 가볍게 흔들었다.

"보안대에서 뭘로 맞았어요?"

대위 계급장을 단 군의관은 마음을 편하게 해주는 목소리를 가지고 있었다. 게다가 상관임에도 소위인 나에게 말을 놓지 않았다. 나는 천천히 몸을 돌려 군의관을 바라보았다. 그는 선한 눈빛과 진지한 표정으로 내게 물었다.

"아픈 데를 모두 말해요. 나를 믿고요."

군의관은 한마디도 하지 않는 나를 안심시키려 했다. 옆에 있던 위생병에게 내 군복과 군화를 벗기라고 지시했다. 군의관이 멍든 부위를 살펴보았다.

"이만하니 다행이네요. 보안대에 끌려가면 그러려니 해야죠. 이 정도면 다행인데⋯⋯."

말꼬리를 흐리더니 슬쩍 건드리기만 해도 절로 비명이 나오는 정강이와 등에 시원한 느낌이 나는 약을 듬뿍 발랐다.

"때로는 꾀병이 통할 때가 있어요. 하지만 뭐가 더 좋은지 나도 모르겠어요. 여기 있다 보면, 차라리 죽을 만큼 얻어맞고 국군 병원에 실려가 몇 개월 고생 좀 하는 게 나을 수도 있지요."

군의관이 담배 한 개비를 내밀고 지포 라이터를 켰다. 뚜껑 여는 소리가 경쾌하게 들렸다. 나는 떨리는 손으로 담배를 쥐고 힘껏 빨았다. 니코틴이 내 몸을 조금은 쉴 수 있게 해주었다.

의무실 안에서 담배를 피우면 안 된다는 걸 알고 있었지만 멈출 수가 없었다. 어지러웠다. 차라리 몇 달 동안 병상에서 고생하는 게 나을 거라는 군의관의 말이 마음을 더욱 무겁게 했다. 위생병이 내 엉덩이에 주삿바늘을 꽂았다. 무지근한 통증이 밀려왔다. 위생병이 의무실을 나가자 군의관은 또 담배를 권했다.

"일주일은 입원해야 하는 걸로 진료 기록을 남길 테니까 여기서 쉬고 있어요. 바로 퇴원 조치하면 꾀병이라고 할 테니까 무조건 아파 죽는 시늉을 해요. 보안대원이 수시로 들락거리니 조심하고요."

군의관의 낮은 목소리에 눈물이 날 것만 같았다.

"그나저나 장교면서 어째서 그렇게 했어요? 시금 때가

어느 땐데……. 처음에는 내가 잘못 들었나 싶었어요."

나에게 호의를 보여주는 군의관에게 내 억울한 사연을 털어놓고 싶었다. 하지만 입술이 터지고 피가 말라붙어 말문을 열기가 힘들었다.

"세상 무서운 걸 알았어야죠. 어떤 상황에서든 매사 조심해야죠. 무서운 세상이니 입도 몸도 조심하는 수밖에 없어요."

나는 고개를 끄덕였다. 그는 내 억울한 사연에 공감해 줄 것만 같아 힘겹게 입을 열었다.

"저녁 무렵, 소대 막사에서 내다보니까 시신들에다 가마니를 얹고 흙으로 대충 덮어놓은 게 보였습니다. 그날 새벽 대간첩작전에서 우리 소대원이 사살한 인민군 장교들이었습니다. 군의관이 검시하고 군검찰이 사인을 해야 매장 처리 한다고 그렇게 둔 건데, 죽은 사람이니 명복을 빌어주고 싶다는 생각이 들었습니다. 그들에게도 부모 형제가 있을 테고……. 그냥 혼자 가서 기도나 해주려던 건데……. 제가 나무로 십자가를 만드니까 부하들이 궁금해하더라고요. 그래서 교회나 절에 다니는 사람 있느냐니까 몇 명이 손을 들기에 별생각 없이 함께 갔지요. 십자가를 꽂고 '좋은 곳에 가서 편히 쉬라'고 잠시 기도한 것뿐입니다."

군의관은 고개를 끄덕였다.

"그냥 기도한 게 아니라 우리가 지은 잘못을 용서하고 부디 천당에 가서 북에 있는 가족을 굽어살피라고 했다던가 그랬다면서요."

"아닙니다. 그건 제가 외운 가톨릭 기도문에다 제 말을 섞은 겁니다. 아무려면 그런 허튼소리를 했겠습니까."

"무조건 용서해 달라고, 잘못했다고, 다시는 그런 짓 안 할 테니 용서해 달라고 비는 수밖에 없어요."

군의관의 말에 내 죄과가 결코 가볍지 않다는 걸 짐작했다.

"제가 잘했다는 게 아니고 그가 누구든 이젠 죽었으니까…… 조의를 표하는 게 사람의 도리라고 생각했습니다."

"그래요. 하지만 우리 군에 피해가 있었다고 가정해 봐요. 군대는 내가 하고 싶은 대로 말하고 행동할 수 있는 데가 아니잖아요. 그게 대한민국의 숙명이니까요."

"제가 정말 죽을죄를 지은 건가요? 별다른 의미 없이, 사람이 죽었으니까…… 그냥 기도했을 뿐인데, 다른 죄가 있는 것도 아니고……."

"여기 입원해 있는 동안에는 부디 입조심을 해요. 부대에 무슨 일이 생기면 금세 보안대가 훤히 알게 돼요. 내 말, 명심해요."

그는 또 내게 담배를 권했다. 어리석은 나를 이해해 주는 유일한 사람인 것 같았다. 그때 그의 왼손에서 반짝이는 은빛 묵수반지기 내 눈에 들어왔다. 어머니가 기도할 때 사용하던 나무 반지와 비슷한 모양이었다.

"잘못했다고 빌면 정말 용서받을 수 있을까요?"

"그랬으면 얼마나 좋겠냐마는…… 내가 보안반장이라고 해도 쉽게 용서할 상황은 아니지 싶네요. 혹시 군 장성이나 국회의원이나 장관 같은…… 힘써줄 만한 사람이 주변에 있어요? 혹시라도 있으면 연락처 줘봐요. 퇴근길에 전화로 한 소위 상황을 알려줄게요."

나는 고개를 저었다. 떠오르는 인물이 없었다. 아무리 생각을 쥐어짜도 군의관이 말하는 그런 높은 자리에 있는 사람은 없었다. 대학 때 지도교수가 문리과대학 학장이었고 그 지도교수보다 높은 직책의 인물은 단 한 명도 아는 사람이 없었다. 부모가 전쟁 때 북에서 내려와 일가친척도 거의 없다시피 한 궁핍한 집안에서 태어난 고립무원의 신세였다.

"선배나 친척 중에 한마디라도 거들어줄 사람이 있을 거예요. 지금 경황이 없어 그렇지, 잘 생각해 보면 한 명이라도 떠오르겠죠. 이 나라 땅이 좁아서 몇 사람만 건너면 어떤 인연이든 연결되니까요."

이렇게까지 군의관이 도와주려는 걸 보면 내 문제가 상당히 심각한 것 같았다. 하지만 그가 그렇게 조언하는데도 떠오르는 인물이 없으니 답답해 미칠 것 같았다.

느닷없이 떠오른 건 아버지였다. 의지할 데 없이 힘들게 살면서도 하나뿐인 자식을 제대로 살게 해주려고 발버둥친 아버지. 하지만 그에게도 뾰족한 수는 없었다. 열심히 공부해야 한다고, 기도하면 하느님이 보살피실 거라고, 안 되는 건 모두 자기 탓이라고 말하던 아버지가 그때 왜 생각났는지 모른다. 이 광경을 본다면 뭐라고 할지, 아버지의 목소리가 들리는 듯했다.

모든 걸 다 팽개치고 피란 봇짐을 메고 내려온 아버지는 북에 있는 집과 전답 문서를 벽장 속에서 가끔 꺼내보곤 했다. 서울에서 대학을 다니는 나는 한때 북에서 교사 생활을 했던 아버지의 자랑이었다. 지금 내 소식을 듣는다면 아버지는 갈퀴처럼 메마른 손으로 소리 없이 눈물을 훔치고 한숨만 내쉴 수밖에 없으리라. 몸져누울지도 모른다. 나는 아버지의 유일한 희망이었다.

"무조건 아픈 척하고 밥도 거의 먹지 말아요. 배고프면 내 책상 서랍 속에 있는 빵을 다른 사람들 몰래 먹고. 라면도 있긴 한데, 그냥 물하고 생으로 먹어도 돼요. 진짜 죽을 것같이 아픈 척해야 해요. 위생병도 믿으면 안 되고요."

"고맙습니다."

"고마울 거 없어요. 의사라면 누구나 환자가 살아남기를 바라니까요."

군의관이 시킨 대로 사병이 가져다준 밥은 먹는 시늉도 하지 않았다. 심하게 아픈 척해야만 했다. 위생병이 매번 어디가 어떻게 아프냐고 꼬치꼬치 캐물었다. 나는 온몸이 다 아파 말도 잘 못하는 척 웅얼거렸다. 여기저기 멍이 들어서 일어나 앉기도 힘들게 아픈 건 사실이었다. 문득 위생병이 보안대의 끄나풀일지도 모른다는 느낌이 들었다.

밤이 이슥하도록 잠들지 못했다. 어지러운 머릿속은 쓰레기통 같았다. 탈영하고 싶다는 마음이 나를 흔들었다. 자살이란 단어도 자꾸 떠올랐다. 하지만 내 억울한 사연을 구구절절 써놓은 유서를 감쪽같이 없애고 엄청난 누명을 씌울 게 분명했다. 상황이 어떻게 전개되든 살아서 누명을 벗어야 했다. 이대로 스러지면 나는 빨갱이가 될 수밖에 없다. 다른 건 몰라도 빨갱이라는 낙인만은 벗어야만 했다.

보안반장의 몽둥이가 내 등을 갈기고 배를 찌를 때, 구둣발로 정강이뼈가 바스러질 정도로 걷어차여 숨도 못 쉴 만큼 고통스러울 때, 나는 죽음에 대한 공포를 느꼈다. 부모 얼굴도 차례로 눈앞을 스쳤고, 장모에게 모진 말을 들으면서도 배 속의 아이를 낳겠다고 울부짖던 아내와 이제 겨우 첫돌을 넘긴 딸아이가 눈에 밟혔다. 내가 억울한 삶을 끝내지 못하는 까닭은 바로 그들 때문이었다.

만남의 시작

대학 1학년 때 문학반에서 만난 재필이와 나는 금세 죽이 맞았다. 동아리 활동도 함께 하고 밤늦게까지 어울려 다녔다. 재필이는 지방에서 상경해 생활비가 충분치 않은 내 처지를 알고 눈치 보이지 않게 밥도 잘 사주곤 했다. 녀석은 불의를 보면 참지 못하고 싸움질도 제법 하는 사내였다.

우리 대학의 기숙사 귀가 시간은 밤 10시 정각이었다. 그 시각이 되면 현관문을 잠그기 때문에 어쩔 수 없이 늦은 날에는 친한 선배가 이 층 창문에서 내려주는 밧줄을 타고 몰래 들어가기도 했다. 일 층은 방범용 창살로 막혀 있어 그렇게 들어가는 수밖에 없었다.

재필이가 터놓은 이 층 선배 덕에, 그날도 밧줄을 타고 몰래 들어가다가 순찰 중이던 자치회 학생 간부에게 들키고 말았다. 아무리 사정을 해도 통하지 않자 그 자리에 함께 있던 재필이가 성질을 못 이기고 주먹다짐을 하고 말았다. 이튿날 나는 기숙사 사감 선생에게 불려가 사유서를 썼고, 결국 퇴실 처분을 받았다.

그러자 갑자기 오갈 데가 없어진 나는 재필이네 집에서 며칠 눈칫밥을 먹게 되었다. 재필이는 자신 때문에 쫓겨난 게 미안했는지 허드레 물건들을 모아두던 뒤란의 골방을 치우고 자취를 하게 해주었다. 방에는 앉은뱅이책상 한 개와 하숙생이 졸업하며 두고 간 허름한 비닐 옷장이 있었다. 두 명이 겨우 누울 수 있는 공간이었다. 갈 곳 없는 처지였기에 그 방에 눌러살게 되었다. 어쩌면 내 인생이 꼬이게 된 계기가 재필이와의 인연 때문인지도 모른다.

재필이네 골방에서 자취하는 건 기숙사 생활보다 분명 자유로웠지만 불편한 것도 많았다. 부엌이 없으니 밥을 해 먹는 일이 고역이었다. 녀석이 몰래 밑반찬이나 김치를 챙겨주었고 더러 귀한 달걀이나 김을 디밀어놓기도 했다. 어쩌다가는 김치찌개 해 먹으라며 돼지고기를 갖다주기도 했다.

하숙집 주인인 재필이 어머니가 나를 마뜩잖게 여긴 건 당연한 일이었다. 아들 친구인데도 김치 한 포기 주는 법이 없었다. 하숙할 형편도 안 되어 방세만 내고 사는 것도 빠듯한, 졸업해 봐야 취직도 잘 안 된다는 국문과 학생. 붙임성 없는 성격에다 자존심도 강하고 사근사근하지도 않은 내가 아들과 붙어 다니며 걸핏하면 술 마시고 들어오는 꼴이 좋을 리 없었을 것이다.

재필이 어머니가 비교적 안심한 것은 재필의 여동생인 지향이가 나를 별로 달가워하지 않는 것이었다. 나도 내 처지를 알기에 그녀를 친근하게 대할 마음이 없었다. 지향이는 호감이 가는 외모를 가지고 있었지만, 하고 싶은 말을 참지 않는 성격인 데다 나를 업신여기는 듯했다. 오빠 친구인데도 한 번도 오빠라고 부르지 않았다. 더구나 그녀와 관련된 이런저런 소문은 그다지 좋지 않았다.

하숙집은 서울 변두리 동네에 있었지만 대학교가 이전해 온 덕분에 경기가 살아난 지역이었다. 하숙방을 다닥다닥 이어 붙여 생계를 꾸려가는 재필이 어머니의 극성스러움은 동네에서 소문이 자자했다. 남편 없이 혼자 몸으로 재필이와 지향이 둘 다 대학에 보낼 정도로 욕심도 만만찮았다.

"지향이를 너와 엮어주고 싶은데, 너도 알다시피 우리 엄마 성깔이나 지향이 기질로 보아 어림 반 푼어치도 없을 것 같아. 예전에 하숙생 중에 지향이와 서로 좋아하던 놈이 있었는데, 군인이라 엄마가 반대했거든. 지향이가 말을 안 들으니까 엄마가 머리채를 잡고 난리를 쳐서 걔가 보따리 싸서 나갔어. 엄마는 의사나 판검사 아니면 시집 안 보내겠

대. 딸 처녀귀신 만들 궁리인가 봐. 우리 형편에 지향이를
대학에 보낸 것도 그런 욕심이고. 하숙생 중에도 법대생을
욕심내지 뭐냐. 걔가 인물이 반반하니까…… 키만 좀 더 컸
으면 미스코리아에 내보냈을걸."

재필이 말에 따르면 재필이 어머니는 지향이가 대학을
졸업하기 전에 시집을 보내고 싶어 했다. 하긴 자식 둘의
등록금을 마련하는 게 학기마다 쉽지 않을 터였다. 재필이
는 재수해서 대학에 갔지만 지향이는 여고 졸업과 동시에
진학해 재필이와 같이 학교에 다녔다. 하숙집을 꾸리면서
억척스럽게 벌어 두 명을 뒷바라지하는 게 쉽다면 어찌 딸
자식을 얼른 시집보낼 궁리로 마음이 바쁘겠는가.

그런 어머니의 애타는 마음을 모를 리 없건만, 지향이는
한겨울에도 마당에서 찬물로 몸을 씻는 군인 하숙생과 몰
래 연애를 했다. 인물이 훤하고 체격도 건장한 녀석이었다
고 했다. 중위 계급장을 달고 있었지만, 지방 출신에다 군
인 월급이 박하다는 걸 안 어머니가 딸자식의 마음을 헤아
려줄 턱이 없었다. 그 중위는 지향이 어머니가 식칼을 들고
같이 죽자며 멱살을 잡자 그길로 줄행랑을 쳤다고 한다.

그날 재필이 어머니는 지향이를 안방으로 끌고 가 머리
채를 잡고 가위를 들었다. 살려달라고, 제발 머리칼만은 자
르지 말라고 애원하던 지향이는 서약서를 썼다. 외출은 금
지됐고 학교는 휴학해야 했으며, 어머니를 도와 집안 살림

을 하되, 하는 걸 봐서 복학을 결정하기로 했다.

자신을 지켜주지 못한 남자에게 실망한 건지, 엄마와의 싸움에서 지친 건지, 지향이는 처음부터 내게 냉정하고 쌀쌀맞았다. 오빠라고 부르거나 웃어 보인 적도 없다.

대학 3학년 봄, 작은 변화가 생겼다. 개교 기념행사로 대학신문사에서 주최한 공모전의 소설 부문에 내가 장원으로 당선되었다. 지향이는 내 사진이 실린 기사를 봤다며 활짝 웃었다. 당황스러웠지만, 싫지는 않았다. 재필이도 수필 부문에 당선자로 사진과 함께 이름이 올라 있었다. 재필이는 신문을 뭉텅이로 들고 와서 동네방네 뿌리며 자랑하고 다녔다.

시상식 날, 내 형편으로는 적지 않은 상금을 받았기에 그동안 고마웠던 재필이에게 밥을 사기로 했다. 재필이는 혼자 집에 있는 지향이도 데려가자고 했다. 우리는 셋이서 명동 거리로 나갔다. 한식당에서 식사를 하고 다방에서 커피도 마시고 제법 이름난 선술집에 들러 술도 거나하게 마셨다.

재필이가 기분이 좋다며 술값과 밥값을 먼저 계산해 머쓱해진 나는 지향이에게 스타킹과 손수건을 사주었다. 그녀에게 잘 보이고 싶은 마음도 없지 않았다. 재필이 어머니는 내가 아들 친구이니 어쩌다 한 번은 푸근하게 대할 때가 있었지만, 지향이는 늘 차가웠고 말을 섞으려 하지 않아 조금 불편하던 참이었다.

그날 지향이는 적잖이 마시고도 얼굴색조차 변하지 않더니, 집으로 가는 택시 안에서 불쑥 이런 말을 했다.

"오빠, 여학생들한테 인기 많지? 문학반에 여자애들 많다며? 고등학교 다닐 때 우리 반 거의 절반이 문학소녀였어. 국어 선생님이 시인이었는데, 여학생들 등쌀에 파혼했다는 소문이 생길 정도였거든. 오빠는 참 좋겠다."

그녀가 나를 오빠라고 부른 건 그날이 처음이었다. 재필이는 허풍을 떨었다.

"나는 여자들한테 허당이지만, 서진이는 여자들이 줄을 서는데 질투도 안 나. 서구적으로 생긴 데다 목소리도 좋잖아. 공부도 열심히 하지, 똑똑하지……. 소설까지 당선됐으니 이제 난리 나겠네."

그런 말은 재필이에게 처음 듣는 이야기였다. 문학반 여학생들은 나를 가까이하지 않았다. 말 붙이기 어려워하는 것 같았다. 이유는 알 수 없지만 고집 센 외골수에다 별종으로 여기는 듯했다. 내가 야학 활동 시절에 문제를 일으킨 전력이 학교에 알려졌기 때문인지도 모른다. 여학생들에게 인기가 있는지 없는지는 생각해 본 적도 없다.

택시에서 내려 집으로 걷는 동안 지향이는 잠깐이지만 내게 팔짱을 꼈다. 우리는 동네 구멍가게에서 소주와 마른 오징어를 사들고 좁아터진 내 자취방, 지향이 말처럼 총각 냄새가 풀풀 나는 방에서 밤이 이슥하도록 술잔을 나누며

키득거렸다. 나는 지향이가 술자리도 좋아하고 분위기도
잘 맞추는, 거침없고 활달한 여자라는 걸 알게 되었다. 그
날 이후 지향이는 내게 살갑게 대했다. 재필이처럼 몰래 김
치를 퍼다 주기도 했고 계란말이나 멸치볶음을 방에 놓아
주기도 했다.

그해 여름방학에 나는 다른 하숙생들과 달리 학훈단 훈
련을 받느라 집에 내려가지 못했다. 서울 근교의 군부대에
서 4주 동안 하계 군사훈련을 받아야 했고, 훈련을 마친 뒤
에는 연말에 마감하는 신춘문예에 응모할 소설을 지도교수
에게 제출해야 했기 때문이다. 나는 학생들이 떠난 조용한
하숙집 골방에서 소설 쓰기에 골몰했다.

내 인생에 사달이 난 것은 그 길고 긴 무더운 여름날이었
다. 재필이 어머니가 집안 행사로 지방에 내려간 날, 재필이
는 사귀던 여학생과 만리포 해수욕장으로 피서를 떠났다.
집에 단둘이 있는 바람에 의도치 않게 지향이에게 아침과
점심을 대접받게 되었다. 미안한 마음에 저녁은 내가 사겠
다고 했더니 짜장면을 먹으러 가자고 했다. 그녀는 내 주머
니 사정은 아랑곳하지 않고 탕수육과 군만두까지 주문했다.

밥을 먹고 들어오는 길에 그녀는 구멍가게에서 술과 안
주를 샀다. 우리는 소주를 마시기 시작했다. 그녀는 별로
취하는 기색이 아니었다. 재필이는 집안 내력에 술 솜씨가
만만찮다고 했는데 지향이도 영락없이 그랬다. 술에 약한

편인 나는 그녀의 기분을 맞춰주기 위해 꽤 많이 마셔야만
했다.

"우리는 피서도 못 갔으니 오늘 밤엔 해수욕장 간 것처럼
놀아보자. 노래하고, 춤도 추고!"

지향이는 외출 금지 중이라는 걸 감춘 채 몇 번이나 해수
욕장 타령을 했다. 어머니의 엄명이 없었다면, 지금쯤 그녀
는 해수욕장을 휘저으며 신나게 놀고 있을 것 같았다.

"오빠 왠지 가슴 아픈, 마음 절절한 연애를 해봤을 것 같
아. 맞지? 첫사랑은 누구였어?"

갑작스러운 물음에 나는 더듬거렸다. 그다지 말하고 싶
지 않은 이야기였기 때문이었다.

"말 못 할 사연이 있나 보네. 부끄러운 거야? 사고 친 건가?"

"고등학교 2학년 때, 1학년 여학생을 좋아했거든. 국민학
교 동창이라 잘 아는 아이였어. 내가 여러 번 편지도 보냈
지. 성당에서 마주쳤을 때 갖고 다니던 편지를 직접 주기도
했는데 끝까지 답장을 못 받았어."

"그 애는 나랑 동갑이겠네. 지금 어디서 뭐 한대? 내가 찾
아가서 오빠의 첫사랑이었다고 말하고 만나게 해줄까?"

"그 뒤로는 본 적도 없고…… 고등학교 졸업하고 수녀원
에 들어갔대."

"어머나, 그러니까 답장을 할 처지는 아니었네. 하필 그
런 애를 좋아할 게 뭐람. 그런 짝사랑 말고 진짜 사귀어본

여자는 없어? 궁금한데. 오빠가 어떤 스타일을 좋아하는지 알고 싶어. 진짜 연애한 얘기 해줘."

"……."

할 말이 별로 없었다. 사실 머릿속에 떠오르는 사람이 있었지만 굳이 술자리에서 말하고 싶지는 않았다. 가슴속에 묻어둔 사람이었기 때문이다.

어려서부터 남자치고 예쁘게 생겼다, 귀티나게 생겼다는 말을 들었지만 늘 집안 형편 때문에 주눅이 들어 있었다. 내 인생에 가장 순수하고 아름다웠던 시절, 나는 어려운 형편 때문에 비참한 생각만 들었다.

대학 문학반 여학생들도 그런 나에게 관심이 없었을 것이다. 혹시 관심을 보이더라도 내 쪽에서 흥미가 없었다. 같은 과 여학생들도 마찬가지였기에 나는 거의 외톨이 신세였다. 활달하고 돈 잘 쓰는 재필이와 함께 있어서 나와 어울리는 것이지 내가 좋아서 끼워주는 게 아니라고 생각했다.

내 주머니는 늘 비어 있었다. 학비도 시골 부모가 빚을 내어 마련한 것이었고 자취 비용도 딱 굶어 죽지 않을 만큼 조달할 뿐이었다. 부모의 능력으로 나를 대학에 보낼 형편이 아니라는 걸 잘 알고 있었다. 그런데도 나를 서울에 있는 대학으로 보낸 건 가난에서 벗어나게 하려는 어머니의 오기와 피란민의 서러움에 한 맺힌 아버지의 기대 때문이었다. 부모의 기대를 조금이라도 충족시켜 보려고 대학생이란 허울 좋은 이름으로 허세를 부리며 우격다짐으로 대학 생활을 하고 있었다.

내가 재필이의 성화에 학훈단에 입단한 것도 따지고 보면 궁색한 사정 때문이었다. 학훈단원이 되면 교복에 준사관 계급장이 달린 모자를 쓰고 다녀야 했다. 물론 군사 교육이 있는 날만 학훈단복을 입으면 되지만 나처럼 옷을 사입을 형편이 안 되는 학생에겐 그럴듯한 행색이었다.

단복을 입고 다니면 선배들에게 거수경례를 해야 하는 불편함이 있었지만, 궁색한 표가 나지 않아서 견딜 만했다. 어릴 때부터 교복이 잘 어울린다는 소리를 듣던 내가 깔끔한 단복 차림으로 나서면 거리에서 흘깃거리는 여자들의 시선도 즐길 수 있었다.

사병으로 입대하면 복무 기간이 36개월이지만, 학훈단 장교가 되면 광주 보병학교의 16주 훈련을 포함하더라도 28개월이면 중위 계급으로 예편한다. 근무하는 동안 적지 않은 월급을 받을 수 있고, 취업이 어렵다면 복무 기간을 연장하든 장기 복무를 선택할 수 있다. 소문대로라면 기업에서 학훈단 장교 출신들을 선호하기 때문에 취직 걱정도 덜 수 있다고 했다. 국어국문학과는 건더기가 없는 '국물과'라고 놀리는 학생들도 있을 만큼 앞날이 걱정이던 때였다.

내 체질이나 성격으로 미루어 군인으로 살기엔 적합하지

않다는 걸 알지만 궁핍하게 사는 게 지겨워 재필이의 말에 솔깃했다. 그러면서도 불안한 심정을 지울 수 없어 교직 과목을 신청했다. 만약 취직하기 어려우면 2급 정교사 자격을 취득하여 교편을 잡을 수 있기 때문이다.

학교 수업에 학훈단 훈련, 교직과목 이수, 소설 쓰기 숙제까지 겹쳐서 연애할 시간도 없을 지경이었다. 인물이 좋다고는 하지만 아무 쓸데가 없었다. 주머니 사정이 좋길 하나, 집안이 넉넉한가, 인기학과에 다니길 하나…… 어느 하나라도 여학생들이 관심 가질 만한 조건이 아니었다.

"오빠! 그 나이에, 그 인물에 여태 연애도 못 해봤다면 누가 믿겠어. 오빠가 말해야 나도 내 얘기를 할 수 있는데……. 부끄러울 게 뭐가 있다고 그래. 인간의 본질적인 얘긴데……. 누가 그랬잖아, 사람은 누구나 사랑의 전과자라고."

그녀의 입에서 '사랑의 전과자'라는 말이 용수철처럼 튕겨 나와 내 심장에 박혔다.

"그게 사랑이라면, 비슷한 걸 하긴 했지."

내 심드렁한 반응에 그녀가 호기심을 보이며 물었다.

"누구랑? 어떤 여자였는데?"

"보통…… 여자, 어디서든 흔히 볼 수 있는 그냥 그런 여자."

속으로는 특별한 여자라고 생각했지만 굳이 '평범한 여자'라고 잘라 말했다. 아직은 숨길 수 없는 비움이 내 가슴

속에 웅크리고 있었기 때문이리라.

"예뻤어?"

"예쁘긴 뭐……."

"우리 대학 여학생이었겠지?"

"아니, 사범대생이었어."

거짓말을 할 수밖에 없었다. 그녀가 누구인지 밝히기 싫었다.

"연애를 한 거야, 안 한 거야?"

지향이가 투정 부리듯 말했다.

"하긴 했지. 내가 걷어차였지만."

차였다는 말은 하기 싫었지만 나도 모르게 털어놓고 말았다.

대학 2학년 때 나를 힘껏 걷어찬 그녀는, 한 학년 선배였고 나이는 동갑이었다. 문학반과 연극반은 바로 옆방에 있었기에 연극반원인 그녀와는 자주 맞닥뜨렸다. 그러다가 대학 축제 때 시 낭송회와 연극 공연을 함께 진행하면서 스스럼없는 사이가 됐다. 애들은 우리가 꽤 잘 어울린다는 얘기를 했고, 우리 사이를 질투하는 놈들도 있었다.

그녀는 가정학을 전공하고 있지만 배우가 꿈이라고 했다. 배우 지망생답게 외모가 출중했고 남학생들이 많이 따른다는 소문도 들렸다. 그녀가 왜 내게 관심을 보였는지 알

길이 없지만, 연극반 친구들 말로는 내 글을 각색한 극본을 무대에 올리면 그녀가 주인공을 맡으려 한다고 했다. 옷차림이 화려하고 커피값을 아끼지 않으며 택시를 자주 타고 다니는 걸 보면 집안이 꽤 풍족한 것 같았다.

나는 그녀와 데이트할 때마다 횡재한 느낌을 받곤 했다. 그녀에 대한 소문이 좋지 않았지만 나는 개의치 않았다. 그만한 인물에 집안까지 좋으니 호감을 갖는 남학생들이 어찌 없겠는가. 어울려 다니다 보니 이런저런 소문이 회오리가 되었을 거라고 생각했다. 그녀는 쾌활했고 말재간도 좋았으며 어디서나 기죽지 않는 거침없는 성격이었다.

재필이는 내게 그녀를 조심하는 게 좋겠다고 했지만 이미 나는 그녀에게 마음을 빼앗겨버린 상태라 그런 말이 귀에 들어오지 않았다. 헤어 나오기에는 너무 깊이 빠져 있었다. 그녀가 마력으로 나를 옴짝달싹할 수 없게 가두어버린 것 같았다.

이미 그녀에게 바친 사랑의 시만 해도 수십 편이나 되었다. 문학반과 연극반의 합동 시화전 때는 내가 쓴 시 두 편 중 하나를 그녀가 쓴 걸로 해서 나란히 전시하여 화제가 되기도 했다. 석 달쯤 나는 사랑의 노예로 살았다. 여름방학 때는 매일 편지를 써서 우편으로 부쳤다. 편지는 늘 달콤하고 애절했다. 내 편지 속의 그녀는 나를 황홀하게 굴복시키는 여신이었다.

개강을 맞아 서울로 올라온 날, 그녀는 별일 아니라는 듯 말했다.

"그동안 우리의 만남은 한 편의 연극이었어. 내가 너를 좋아한 것도 네가 날 좋아한 것도 모두 인생의 한바탕 연극이지. 아카시 꽃향기 흩날리는 날…… 이런 결말이 어울려."

어쩌면 우리에게 이별이 찾아올지도 모른다는 불안한 생각을 하면서 상경했던 터였다. 방학 때 내가 고향 친구들과 대천 해수욕장에 다녀오는 사이에, 그녀가 편지 겉봉에 적혀 있던 주소를 들고 우리 집에 다녀갔다는 사실을 뒤늦게 알았다. 고생만 하다 늙어서 볼품없이 주름지고 허리 굽은 내 부모와 곧 쓰러질 것 같은 집이며 낡은 세간을 보았을 것이다.

"내가 뭘 잘못했는데? 우리가 왜 헤어져야 하는지 난 잘 모르겠어."

나는 그녀의 속내를 짐짓 모른 척했다. 그녀는 소리 내어 웃었다. 그리고 참으로 가당찮은 말을 했다.

"네가 날 가지고 놀았지. 문소영이란 여자를 농락했잖아."

그건 내가 아니라 너였다는 말을 차마 할 수 없었다. 생각해 보면 나는 그녀의 노예처럼 살았다. 마치 노리개인 양 그녀의 말이라면 복종했다. 그녀를 위한 헌시를 밤새워 썼고, 그녀에게 걸맞은 사람이 되기 위해 공부했으며 그녀가 원하는 만큼 술을 마셨다.

하지만 소영이는 내게 어울리지 않는 여자였다. 양옥집에 살고, 집에는 흔치 않은 백색전화가 있으며, 가끔은 아버지의 검은색 자가용을 타고 학교에 오기도 했다. 감히 올려다보기 벅찬 미모에다 서울의 부잣집 딸이었다. 나는 그녀에 비할 수 없는, 보잘것없는 촌놈이었다. 그녀의 명령을 고분고분 받드는 부하였다. 그런 내가 어찌 감히 그녀를 농락할 수 있을까.

"그렇다고 이번 연극이 완전히 실패한 건 아냐. 생물은 진화에 적응하지 못하면 멸종하는데, 나는 서진이라는 남자를 만나서 다행스럽게도 진화했거든. 무슨 말인지 알아?"

말귀가 어둡지 않은 나였지만 그녀의 말은 어느 연극의 대사일 거라고 생각했다.

"무슨 얘긴지 모르겠어. 정말 모르겠어."

이렇게 말하면서 나는 스스로 무너지고 있다는 걸 실감했다. 까마득한 절벽에서 미끄러져 떨어지고 있었다.

"인생은 연극이라잖아. 우리가 무대에 올려졌다고 생각해 봐. 관객들은 우리 둘이 어울린다고 생각하겠어? 객석에 우리 부모님이 구경하고 있었다면 뭐라고 할까?"

나는 목울대를 넘기지 못하는 대답을 속으로만 지껄이고 있었다.

'안 어울리지. 어울릴 수가 없지.'

'네가 나를 가지고 논 거 아냐?' 이렇게 묻고 싶었지만 소리 내어 말할 수가 없었다. 그녀의 대답을 미루어 짐작할 수 있기 때문이었다. 그녀는 지나치리만큼 솔직한 면이 있어서 더러 놀라기도 했다.

"너에게는 제멋대로 남자들하고 어울려 놀기 좋아하는 여자 말고 요조숙녀처럼 착하고 순종적인 여자가 어울려. 그런 여자는 문학반에 많잖아. 똑똑하고 잘생겼으니까 앞으로 괜찮은 여자 만날 수 있을 거야. 나중에 나한테 고맙다고 할걸?"

나는 그녀에게 떠나면 안 된다고, 네가 내 인생의 희망이었다고, 뭐든 하라는 대로 다 하겠다고, 마음만 돌린다면 내 인생 전부를 걸겠다고 구걸하듯 애원했다.

"너도 잘 아는 것처럼 나는 자유주의자야. 극본도 쓰고 연기도 해야 하기 때문에 많은 경험을 해야 하거든. 말했잖아, 고등학교 때는 선생님과 연애도 해봤다고."

그런 말을 자랑처럼 했지만 그녀가 꾸며낸 얘기이거나 어떤 연극에 나오는 것을 제 사연으로 바꿔치기했을 거라고 여겼다. 나는 그녀에게 하필 왜 내가 경험의 대상이냐고 따져 묻지 못했다. 그저 두서없이 영원히 변치 않는 사랑을 바치겠다는 맹세를 주절거렸을 뿐이다. 그녀는 아무 말이나 해도 되는 자격을 가진 듯이 당당하게 지껄였다.

"우리가 연기한 대본대로라면 몇 달 못 넘기고 헤어지게 되어 있었어. 내게 미련을 가져선 안 돼. 할리우드 영화처럼 굿바이 하고 웃으며 서로의 미래를 축원해야지."

그 순간 나는 그녀의 연기력이 탁월하다는 생각을 했다. 사귀던 남자를 걷어차는 나쁜 여자가 아니라 그런 역할을 해내야 하는 배우 같았다.

"나는 널 사랑한 거지, 무대에 오른 배우가 아니잖아."

그녀는 또 소리 내어 웃었다.

"나도 그렇고 너도 당연히 배우야. 왜 배우가 아니란 거야. 말하기 싫지만…… 참고 참았는데 말을 할 수밖에 없네. 네가 나보다 능숙한 배우라는 걸……."

갑자기 그녀는 나를 매섭게 노려보았다. 마치 악당을 응징하려는 눈빛 같았다.

"네가 3학년이 되면 교직 과목을 신청한다고 해서 소설 쓰기도 바쁜데 왜 그런 걸 하냐고 했더니 국어 교사가 되면 누구보다 잘할 수 있을 것 같고 소설도 쓰면서 살려고 한다고 했지? 아버지가 교사였기 때문에 같은 길을 가고 싶다고. 노동이 천하다거나 나쁘다는 게 아니라 나를 속인 게 너무 분해서 그대로 돌려주고 싶어. 왜 속였냐고 따지면 보나 마나 나한테 잘 보이려고 그랬다고 하겠지. 명연기였어. 소설 쓰지 말고 배우가 되는 게 어떨까. 나 같은 눈치 빠른 여자를 속일 정도면 대단한 연기력이야. 변명을 듣자고 말하는 게 아니라 다시는 내 근처에 얼씬거리지 말고 내 얘기는 한마디도 하지 말라고 경고하려고 온 거야. 내가 이 징도로 덮어두는 건 그동안의 정 때문이란 것도 알아둬. 다시는 내 앞에 얼쩡거리지 마. 알겠지?"

나는 두 눈을 질끈 감았다. 눈물이 주르륵 흘러내렸다. 서러움이 북받쳤다. 이런 매정한 여자에게 마음 빼앗겼던 게 억울하고 견디기 어려웠다.

"눈물 흘리는 건 여자가 하는 거지, 남자가 하는 게 아니야. 세상 이치를 어느 정도 아는 줄 알았는데, 참 별수 없네. 네가 뭐 그렇게 괜찮은 사람이 아니란 걸 알란 말이야."

소영이는 나를 산산조각 내고 떠나버렸다. 사귈 때도 일방적이었고 떠날 때도 제멋대로였다. 나는 몇 날 며칠 남몰래 울었다. 담배를 입에 대기 시작한 것도 그때였다. 나를 태워 연기로 날려버리고 싶었는지 모른다. 내 가슴 시린 사연을 들은 재필이가 날마다 소주를 함께 마셔주었다. 그래도 내 분노가 삭지 않자 재필이는 나를 달랠 요량으로 대마초까지 권했다. 머리를 흔들었다. 지도교수의 얼굴이 떠올랐기 때문이었다.

얼마 전 지도교수는 나를 불러 앉히고 진지하게 말했다. 문학반원 중에 대마초를 피우다가 잡혀간 학생 때문에 교수는 몹시 예민해져 있었다.

"너를 지도하며 느낀 게 있어서 하는 말이니 명심해라. 절대로 대마초 피우지 말고 장난삼아서라도 도박은 하지 마. 너는 어디든 한번 빠지면 평생 못 빠져나올 거다. 아버님이 피난민이라고 했지. 네 글을 읽으며 느낀 건데 너는 반골 기질을 타고나서 사회운동을 하거나 그릇된 길로 빠지면 자신이 망가질 때까지 그만두지 못할 거야. 내 말 명심해야 한다."

재필이의 말을 듣는 순간, 교수의 얼굴이 겹쳐 떠오르면서 나를 활활 태워 재로 만든 분노를 사그라지게 할 방법이 없음을 알았다.

나는 문학반 창고 안에서 문고리를 잠근 뒤 홀로 술을 마셨다. 재필이가 구해 온 대마초를 꺼내 손바닥으로 비벼 종이에 말아 피우며 단박에 환각의 구덩이에 빠져들었다. 연기를 남김없이 빨아들이기 위해 온몸을 단련하듯 집중했다. 몽롱한 환희라고 해야 할지 어지러운 쾌락이라고 해야 할지 종잡을 수 없는 환영까지 보던 나는 그예 사고를 치고 말았다.

그날은 문화 축제 행사로 캠퍼스가 종일 시끄러웠다. 창고에 누워 있다가 운동장에서 들려오는 밴드 음악 소리에 나도 모르게 발걸음을 옮겼다. 멀리서라도 소영이를 보고 싶었다.

문리과대학 앞마당에는 시화전이 열렸고 그 옆자리에는 연극반원들이 마임을 펼치고 있었다. 대사 없이 표정과 몸짓만으로 내용을 전달하기 때문에 관객들은 숨소리를 죽이고 흥미롭게 구경했다. 그녀와 마주치지 않으려고 이 층 강의실로 올라갔다.

그녀 차례가 되었다. 더 몽롱했고 더 슬펐고 더 분한 마음이 솟구쳤다. 하고 싶은 말도 제대로 못 했고 부서진 나를 어찌하든 원래 자리로 갖다놓고 싶었다. 그녀는 허공에 사물이 진짜로 있는 듯, 아무것도 없는 허공을 향해 몸짓으로 연기를 펼치고 있었다.

나는 창문을 열고 뛰어내렸다. 죽고 싶었다. 마임은 중단되었다. 화단으로 나뒹군 나를 연극반원들이 의무실로 데려갔다. 뒤늦게 재필이가 달려와 수습하고 집으로 데려갔다. 재필이는 내가 대마초 피운 것이 들통날까 봐 서둘러 데려왔다고 털어놓았다. 의무실 직원도 술만 마신 건 아닌 것 같고 뭔가 수상하다고 했다는 것이다.

"이 자식아, 너 이 층에서 뛰어내리면서 뭐라고 한 줄 알아?"

나는 고개를 저었다.

"소영이가 니 꺼냐?"

나는 고개를 저었다. 결코 내 여자일 수 없는 여자였다.

"네가 뭐라고 소리 지른 줄 알아?"

"모른다니까……."

"문소영은 내 꺼다! 소리치고 이 층에서 뛰어내렸단 말이다. 니가 제정신이냐? 대마초 피운 거 들키면 깜빵 가고 신세 조진단 말이야. 경찰에서 족치면 넌 꼼짝없이 실토할 거고 우리 둘 다 신세 조진다고. 알겠냐?"

나는 대책 없이 고개를 끄덕였다.

"걔가 어떤 앤지 알잖아. 얼굴값 하는 애니까 조심하라고 몇 번 말했냐. 우리 학교 건달 애들이 뒷배 봐준다는 거 여태 몰랐냐? 제발 정신 좀 차려. 시끄러워지면 나도 더 이상 어쩔 수가 없어. 우리 우정도 정리하는 수밖에⋯⋯."

"다시는 그런 짓 안 할 거야. 정말 미안하다. 내가 바보짓 한 거야. 약속할게, 다시는⋯⋯."

이튿날 밤, 나는 건달 같은 녀석들에게 끌려가 당구장 뒷문 밖 공터에서 무릎 꿇고 잘못했다고, 다시는 허튼짓하지 않겠다고, 용서해 주면 소영이 근처에는 얼씬도 하지 않겠다고 다짐을 하고서야 풀려났다.

따귀 서너 대 맞고 풀려난 건 그나마 다행이라고 지껄이는 재필이가 몹시 미웠다. 따귀 맞은 것보다 더 견디기 힘든 것은 소영이가 지켜보았다는 사실이다. 하긴 그럴 수밖에 없었던 건 소영이 입에서 튀어나온 말 때문이었다.

"대마초 피웠지? 내가 모를 줄 알아? 경찰서 한번 가볼래? 깜빵 가면 내가 면회 가줄까?"

무릎 꿇지 않을 수 없었다. 그녀의 뱃심은 보통이 아니었다. 연기에 몰두하기 위해 대마초 피우는 걸 자랑하곤 했다. 그래서 내 행동이 대마초에 취한 몸짓이라는 걸 눈치챘을 것이다. 그날 밤, 재필이가 숨겨놓은 대마초를 모두 교문 옆 쓰레기통에 버렸다.

트위스트, 술, 그리고……

지향이는 내 이야기가 지루했는지 전축을 켜고 레코드판을 올려놓았다. 전축은 좌우로 큰 스피커가 두 개가 있어서 음악 소리가 방 안에 쿵쿵 울렸다.

"오빠, 이제 우리 춤추자."

나는 고개를 저었다. 내게 춤은 안 어울렸다.

그녀가 전축 위에 올려놓은 레코드판은 한창 유행하는 트위스트 곡이었다. 1960년대 말, 트위스트는 젊은이들을 마구 흔들었다. 대학교 신입생 환영회 때도, 학술 답사나 단체 회식 때도 마무리는 어김없이 트위스트였다. 교정에서도 빈 강의실에서도 음률에 맞추어 춤을 추었다.

나는 춤을 잘 추는 애들을 보면 속절없이 기가 죽었다. 미니스커트를 맵시 있게 입은 여학생들과 고급스러운 양복을 차려입은 남학생들이 어울려 빠른 음악에 맞추어 춤을 출 때마다 부러운 마음에 넋을 놓고 쳐다봤다. 그런 춤사위, 나긋나긋하게 전신을 흔들고 서로 맴돌고 끌어안기까지 하는 트위스트를 출 자격이 내게는 없는 것 같았다. 나같은 촌놈에겐 전혀 어울리지 않았다.

물론 배워보고 싶을 때도 없지는 않았다. 어울려 흔들며 내 젊음을 확인해 보고도 싶었다. 그러나 이내 고개를 저었다. 나는 그들과 어울릴 수 없는 처량한 신세란 걸 알기 때문이었다.

꾀죄죄한 입성에 주머니는 휑했고 학비 걱정으로 부모가 마음 앓는 걸 마을 사람들이 입방아 찧게 만드는 불효자식이었다. 형편이 그 지경이면 공부를 죽어라 해서 장학금을 받든지, 과외를 해서라도 등골 빠지는 부모를 거들어줘야하거늘 가진 재주가 돈벌이와는 거리가 멀고 돈이 안 되는 일에 앞장서는 처지였다.

"트위스트 안 춰봤어?"

"못 춘다니까 그러네."

"달나라에서 온 것처럼 왜 그래?"

〈렛츠 트위스트 어게인(Let's Twist Again)〉의 볼륨을 올린 그녀는 짧은 치마를 쓸어내리고 무대에 선 것처럼 자세를 잡고 나를 보고 웃었다. 나보다 술을 많이 마셨는데도 가볍고 경쾌하게 춤을 추기 시작했다. 장판이 깔린 방바닥이 미끄러울 텐데도 흥에 겨워 신나게 춤을 추었다. 지향이가 자꾸 손을 내밀었지만 나는 여전히 꼼짝하지 않았다.

"바보 같아. 그러고서 무슨 소설을 쓴다는 거야. 소설가가 되려면, 소설 속 주인공처럼 살아보기도 해야 하잖아. 그냥 흔들면 돼. 취했으니까 그냥 몸이 흔들리는 대로 두고……. 마음 내키는 대로 흔들면 된다니까."

소설의 주인공처럼 살아봐야 한다는 말에, 술잔을 두 번이나 더 비우고 그녀의 손을 잡았다. 그때까지는 방구석에서 몸을 흔들어본 적은 있지만, 다른 사람이 있는 데서는 처음이었다. 술김인 데다가 지향이의 짧은 치마가 흔들리는 걸 보며 잠시 가슴이 설렜다. 경쾌한 음악에 맞춰 몸을 마음대로 흔들자 기분이 좋아졌다.

"잘하면서……."

지향이가 박자에 맞춰 몸을 흔들며 말했다.

"오빠, 거짓말쟁이."

참 신기하다 싶었다. 그녀를 따라 다리를 엇박자로 놓고 손을 흔들자 내 몸이 리듬을 타기 시작했다.

"우리 춤 너무 잘 맞는다. 오빠 내숭은 천재급이네."

내가 더 놀랐다. 지향이의 춤을 따라 추었을 뿐인데, 신기하게 내 몸이 그럴듯하게 흔들렸다. 내 몸속 어디에 이런 놀라운 춤사위가 숨어 있었는지 알 길이 없었다.

"타고났다, 타고났어. 놀라워!"

신명 나는 내 몸짓에 스스로 놀라면서 한편으로는 가슴에 찬바람이 일었다. 몸은 땀에 젖었지만 가슴속에 있는 얼음 덩어리는 녹지 않았다. 주머니가 비어 있어 먹는 게 시원찮고 그 누구를 떠올려도 상대적으로 잔뜩 주눅이 들어 있었다.

그나마 내가 이만큼이라도 몸이 좋아진 것은 4주 동안 학훈단 하계 병영 훈련을 받으며 군대 밥을 먹었기 때문이었다. 다들 군대 밥이 맛없다고, 집밥을 먹고 싶다고 투덜거렸지만 나는 4주 동안 호강을 했다. 자취방에서 반찬을 아껴가며 근근이 먹는 밥에 비하면 군대 밥은 내겐 진수성찬이었다. 덕분에 단단해진 내 모습이 운동선수 같다고 했다.

제복을 입은 나에게 비싼 옷 입은 것 못지않게 옷맵시가 좋다고, 부럽다는 말은 들었어도 내게 이런 흥이 있으리라고는 생각해 본 적 없었다. 무대 위에 오른 내게 많은 사람들이 환호하며 찬사를 보내는 것 같았다. 술도 적잖이 마신데다 음악이 나를 절로 가볍게 스텝을 밟게 만들었다.

우리는 땀범벅이 되어 잠시 쉬면서 술잔을 비웠다. 춤을 신나게 추면 덜 취한다는 걸 실감했다. 그녀는 흥에 겨워 흔들었고 나는 내 몸짓이 신기해서 날뛰었다. 이웃집 여자가 시끄럽다고 소리 지르지 않았으면 우리는 더 신나게 춤을 추었을지 모른다. 춤은 참 신비로운 것이었다. 내 몸속 어디에 그런 몸짓이, 그런 춤사위가, 그런 흥이, 그런 열정이 숨어 있었는지 신기하기만 했다.

"오빠, 얼른 씻자. 그리고 저 여편네 머리끄댕이 잡으러 가자."

지향이는 부엌에 들어가 김장할 때 쓰던 큰 고무 대야에 물을 받아서, 나는 마당 모퉁이에 있는 수돗가에서 찬물을 끼얹었다. 시원한 물에 달뜬 몸을 식힌 뒤, 식은 몸으로 술을 조금 더 마셨다. 술기운인지 지향의 젖은 머리칼은 흐린 불빛에 매혹적으로 보였다. 모기장 사이로 한여름 밤바람이 사뭇 간지럽게 불어왔다. 지향은 술잔을 내밀며 불쑥 물었다.

"오빠, 나 어때?"

나는 대답 대신 웃었다. 뭐라고 대답하는 게 좋을지 알 수 없었다.

"나 좋아하는 거 다 알아. 내가 바보는 아니잖아."

나는 고개를 살며시 끄덕이며 술잔을 들었다. 예전과 달리 나를 다정하게 대하는 지향이가 예뻐 보였다. 지향이는 술잔을 빼앗았다.

"지금 내 몸이 뜨거워. 무슨 말인 줄 알아? 몸이 뜨겁다구. 왜 뜨거운지 알아?"

지향이는 앞뒤로 열어놓았던 방문을 소리 나게 닫았다.

밝은 전등을 끄고 촉 낮은 붉은 등을 켰다. 그리고 문고리를 잠갔다. 지향이가 아직 마르지 않은 머리칼을 내 가슴에 들이밀었다. 이건 정녕 조물주의 술수일 것이다.

남자와 여자는 본디 한 몸이었다는 것을 우린 입증하고 말았다.

지향이 어머니가 우리 사정을 아는 날엔 경을 칠 걸 뻔히 알기에 우리는 항상 조심하기로 했다. 내 주머니는 늘 비어 있었고 지향이도 마찬가지여서 여인숙 비용을 마련할 수가 없었다. 우리는 으슥한 학교 뒷동산이나 더러 빈 강의실에 몰래 들어가 '하나의 몸'을 몰래 만들곤 했다.

사랑은 매우 용감무쌍한 것이다. 젊디젊은 정욕을 불태울 때마다 그녀는 춤꾼이 되었다. 진심인지 모르지만 어머니에게서 해방되려면 아이를 갖는 게 최상의 방법이라며, 걱정을 하는 나를 안심시키곤 했다. 몰래 하는 사랑이 더 짜릿하다고 했던가. 어느 날 꼭두새벽에 지향이가 방문을 열고 들어왔다. 속옷 바람이었다.

"무서워. 너무 무서워서……."

그녀는 무서운 꿈을 꾸었다고 했다. 비좁은 내 이부자리 속으로 들어와 품에 안겼다.

몰래 한 우리의 사랑이 들통 난 것은 그해 가을이었다. 낮말은 새가 듣고 밤말은 쥐가 듣는다고 했던가. 우리의 은밀한 연애는 학교 애들의 입방아거리가 되었다는 걸 재필이가 알고 조심하라고 몇 번이나 신신당부를 했다.

그래도 지향이 어머니에게 소문이 들어가지 않은 것은 누구든 그녀의 성깔을 알기 때문에 무슨 일이 벌어질지 몰라 쉬쉬하는 거라고 했다. 지향이와 사귀다가 부엌칼을 들고 달려드는 그녀의 어머니에게 쫓겨난 육군 중위 얘기를 동네 사람들이 알기 때문에 차마 고자질하는 사람이 없다는 게 재필이의 판단이었다.

어쨌거나 재필이는 내 편이었다. 이미 동네에서 파다하게 소문난 사실이기에 있는 그대로 말해 주고 나와 지향이가 잘 맺어지기를 바라는 것이었다.

마침내 사달이 나게 된 건 지향이의 입방정 때문이었다. 한 동네에 사는 사촌 언니에게 임신 사실을 털어놨는데 언니가 이모인 지향이 어머니에게 곧바로 일러바쳤다. 왜 그랬는지 모르지만 임신했다는 말은 내게도 하지 않았을 때였다. 불같이 화가 난 지향이 어머니에게 끌려간 산부인과에서 임신은 사실로 확인되었다. 지향이 어머니는 날벼락이라도 맞은 듯했을 것이다.

그렇다고 죽일 수도 없는 일이어서 의사에게 통사정을 하여 낙태하기로 했다. 그러나 지향이는 용감했다. 낙태하기로 한 전날 밤, 가방 한 개만 들고 가출했다. 내게 남긴 편지는 읽은 뒤에 그녀가 시키는 대로 얼른 불살라 없앴다.

재필이도 나처럼 지향이가 남긴 편지를 불태웠다고 했다.

지향이 어머니는 그녀가 남긴 편지를 방바닥에 펼쳐놓고 나더러 당장 데려오지 않으면 같이 죽자며 부엌칼을 내밀었다. 재필이와 지향이 이모와 사촌 언니가 뜯어말려서 겨우 풀려났다.

나를 내쫓지 않은 까닭은 지향이가 제 발로 걸어 들어오게 할 미끼였기 때문이리라. 유서 같은 지향이의 편지 때문에 그녀는 나를 함부로 대하지는 않았다.

지향이를 가출하게 하고 몰래 숨겨놓은 건 재필이었다. 지향이 어머니가 원하는 것은 지향이가 수술하고 나와 헤어지는 것뿐이었다. 재필이는 내 소갈머리 없는 성미를 알기에 지향이를 숨겨둔 곳을 알려주지 않고 기다리라고만 했다. 지향이 어머니가 칼 들고 윽박지르면 금방이라도 실토할 게 뻔하다고 생각하는 눈치였다.

지향이 어머니는 눈만 뜨면 울고불고 이리저리 쫓아다니며 나를 달달 볶았다. 지향이가 어디에 있는지 알면 얼른 말해 주고 싶을 만큼 그녀는 애절했다. 지옥이 따로 없었다. 극성스러운 그녀에게 시달리느라 밥맛도 잃었다. 잠도 제대로 못 자서 재필이가 사다 준 소주를 마시고 겨우 잠들곤 했다. 기말고사 준비도 해야 하고 소설도 써야 하는데 마음이 어수선하고 뒤숭숭해 날마다 힘든 시간을 보냈다.

아무리 힘들어도 도망칠 곳이 없었다. 내 주머니 사정으로는 죽든 살든 그 집에서 견뎌야 했다. 학교를 탈 없이 마쳐야 소위 계급장을 달 수 있었다. 내가 도망치면 지향이 어머니가 대번에 학훈단 본부로 달려갈지도 모른다. 자칫하면 내가 지향을 겁탈하여 임신시켰다고 우길 텐데, 명예를 최우선으로 중시하는 학훈단의 기본 자세로 보면 나는 단번에 제적당할 상황이었다. 내 등록금이 거의 다 빚이란 걸 내가 어찌 잊었겠는가.

하늘이 무너져도 소위 계급장을 달아야만 했다. 그러면 한 달 월급이 2만 원은 될 것이고, 그 돈으로 다달이 적금을 부어 목돈을 만들 수 있을 것이다. 중위로 전역해도 제대비를 포함해 얼추 25만 원 정도를 마련할 수 있다. 그 정도면 고향에 논 두 마지기와 벼랑 밭 한 두락쯤 살 수 있을 테고, 직장을 구하면 변두리에 사글셋방을 얻을 수도 있을 것이다.

취업이 어렵다면 군복무를 5년 연장해서 7년 정도 장교 생활을 해도 되고, 아예 장기 복무를 신청해 몸은 고달프더라도 안정된 생활을 할 수 있을 것이다. 이런저런 사정을 다 따져보더라도 나는 학훈단에 매달릴 수밖에 없었다.

재필이의 말에 따르면, 숨어 지내는 지향이가 엄마에게 보낸 편지에서 배 속에 든 아이를 낳은 뒤 돌아가겠다고 으름장을 놓았다고 했다. 친척들이 동네 창피한 일이라며, 지향이가 아비 없는 자식을 낳으면 집안 망신인 데다 다른 남자에게 시집가기는 틀렸으니 눈 딱 감고 결혼시키라고 설득했다. 가진 건 없어도 인물 번듯하고 착하고 성실한 사람이니 결혼을 시키자는 이모의 말에 지향이 어머니가 조금 솔깃했다는 소리도 들렸다. 며칠 동안 몸져누웠던 지향이 어머니가 스님을 찾아가 하소연했더니 스님 역시 비슷한 말을 했다고 했다.

지향이가 다음 해 여름쯤 아이를 안고 돌아올 게 뻔한 상황에 지향이 어머니는 마음을 의지했던 만신 당골네를 찾아갔다. 무당 말질에 그녀는 두 손을 들었다고 했다. 지향이와 나를 갈라놓으면 지향이가 살을 맞아 아이 낳다가 죽을 수가 있고 무사히 아기를 낳아도 깊은 병이 들어 오래 살지 못하며 그 원귀가 집안을 홀랑 뒤집어놓을 거라고 엄포를 놓았다는 것이다.

딸자식을 어미 가슴에 묻을 작정이면 고집대로 살라는 모진 소리를 했다고 한다. 어려서 마마앓이를 하여 얽은 자국이 투박하고 어지간한 장정쯤은 꿇어앉힐 만큼 덩치가 큰 당골네는 웃음이 푼푼하고 넉살이 좋아 근동에서 단골손님 많기로 널리 알려진 만신이었다.

재필이와 이모가 만신에게 부탁해 일을 꾸몄다는 걸 나중에 알았다. 나는 지향이 어머니에게 이끌려 안방으로 들어갔다. 그녀는 다짜고짜 혼인신고부터 해야 하니 부모님께 말씀드리라고 강다짐을 했다. 결혼식은 지향이가 들어오는 대로 자신이 준비해 주겠노라고 했다. 감지덕지한 나는 두 손을 공손히 모으고 절을 했다.

그런 난리를 치른 뒤에 지향이가 돌아왔다. 아주머니는 일이 이렇게 된 것에 분이 풀리지 않는지 아무 말 없이 훌쩍이며 돌아앉았다. 지향이도 따라 울다가 어머니를 끌어안고 작은 소리로 귓속말을 했다.

나는 그날부터 지향이 방에서 지내게 되었다. 편지로 사정을 알게 된 부모가 죄인처럼 다녀갔다. 호적법에 따르면 혼인신고를 내 고향에서 해야만 해서 나는 방학 때 고향에 다녀오기로 했다.

지향이 어머니는 목수와 미장이와 일꾼들을 불러 내가 자취하던 방을 넓히고 도배까지 하여 제법 그럴듯하게 신혼 방을 만들었다.

지향이 방은 하숙생들 방과 붙어 있어서 여러 가지로 불편했지만 뒤란의 고친 방은 부엌의 뒷문과 연결되어 호젓했다. 별채처럼 생겨서 우리가 지내기에는 안성맞춤이었다. 가구라고 해봤자 지향이가 쓰던 옷장과 책장, 자질구레한 것들이 전부였지만 조금씩 보태져서 제법 구색 갖춘 신혼살림이 되었다. 지향이가 쓰던 방은 다음 학기에 하숙방으로 쓴다고 했다.

3장

불안한 나날

유도 질문

의무대에서 원대복귀한 날 밤, 보안대원들이 내 사물함을 뒤져 이것저것 가져갔다는 걸 알았다. 다른 건 그러려니 하겠는데 마음에 걸리는 게 있었다. 소대원들이 순찰 중에 주워 사물함에 넣어두었던 것들이 떠올랐다. 반드시 중대에 신고해야 할 품목이었다.

신고할 겨를이 없었다는 건 핑계였고, 솔직히 호기심이 발동하여 나중에 한번 읽어볼 생각으로 북한 서적을 사물함 맨 밑바닥에 숨겨놓았다. 제목부터 북한 서적다운 『피바다』였다.

신고도 하지 않은 북한 서적을 보관했다가 보인대원이

가져갔다는 것은 변명할 길 없는 내 불찰이 분명했다. 자칫 사상을 의심받을 수 있는 위험물이었다. 북한에서 내려보낸 선전물인 삐라와 북한 서적은 신고 의무가 있고 소지하면 처벌받는다는 것은 민간인들도 잘 아는 사실이다.

중대장은 커피 잔을 내밀며 내게 말했다.

"기도하고 싶으면 혼자 슬쩍 갈 것이지, 병사들은 왜 데리고 갔나?"

"저도 왜 그랬는지 모르겠습니다."

어이없는 말이었지만 이렇게 눙치며 대답했다. 중대장은 독실한 기독교 신자여서 내 행동을 조금은 이해하는 눈치였다.

"십자가를 꽂아주지 않아도 하나님은 다 아시는데……. 이제부터는 매사 조심해. 사방팔방에서 지켜보고 있다는 걸 한시도 잊지 말고. 몸조심, 말조심, 사람 조심……."

중대장은 커피를 한 모금 마시고 말을 이었다.

"지난번 조사는 짧게 끝났지만, 시상식이 끝나면 보안대에서 그냥 지나갈 것 같지 않아 대대장님도 걱정하고 계셔. 그러니 마음 단단히 먹고 매사 조심해야지."

중대장은 기독교인답게 나를 위해 기도해 주었다.

"종교와 상관없이 소대장도 부하들을 위해 기도하는 게 좋지."

"꼭 그렇게 하겠습니다. 다만, 한 가지 여쭤보고 싶은 게 있습니다. 북한군은 반드시 보복한다는 얘기를 들었습니다. 사실인가요?"

중대장은 잠시 웃었다.

"옛날 얘기지. 한때는 그랬다고 하던데, 지금은 철책 경계가 삼엄한데 그럴 수 있겠나? 딴생각 말고 경계근무에 신경 쓰라구."

북한군은 당한 만큼 복수하기 위해 특수군을 침투시킨다는 말을 여기저기서 들었기에 은근히 걱정하던 참이었다.

시상식 리허설을 하던 날, 나는 군단 사령부 공보실에서 기자들과 간담회를 하게 되었다. 대통령 취임식 날 대간첩작전을 성공시킨 소대장이었으니 그 공적을 언론에 공개하지 않을 수 없었을 것이다. 기자간담회 두 시간 전부터 정훈장교의 지휘 아래 기자회견 예행 연습을 했다.

기자의 질문과 내 답변이 16절지에 빼곡하게 적혀 있었고, 나는 짧은 시간 안에 익혀야만 했다. 대간첩작전에는 군사기밀도 있어서 잘못 대응했다가는 무슨 경을 칠지 모르기에 정훈장교가 직접 연습시키는 것이라고 했다. 질문지에는 번호가 적혀 있고 기자 이름과 신문사명이 쓰여 있었다.

"꼭 이대로 답변해야 합니까?"

사꾸 내답이 잉꺼 조심스럽게 물었다.

"장교가 이 정도도 외우지 못한다는 건가? 어려운 시험 문제도 아니고 장교라면 누구라도 알 만한 상식이잖나."

정훈장교의 목소리에는 불만이 스며 있었다.

'사실과 조금 다른 부분이 있기도 하고, 질문의 요지는 그게 아닌 걸 알면서 꼭 그렇게 앵무새처럼 대답할 필요가 있을까 해서 말입니다'라고 말하고 싶었으나 분위기가 심상치 않아 입을 닫았다.

정훈장교는 기자간담회 중 내가 앉을 자리의 책상에 질문과 답변이 적힌 종이 다섯 장을 붙여주었다. 기자가 질문하는 사이 눈치채지 않게 답변 내용을 보라고 했다.

정 안 되면 딴소리하지 말고 보고 읽어도 된다고 말했다. 그의 옆에서 메모하며 따라다니는 병장의 태도가 왠지 눈에 거슬렸다. 장교인 내 앞에 서 있는 자세나 표정이 건방져 보였다. 정훈실 담당 병사가 아니라 보안대원이란 느낌이 들었다.

기자간담회 시간이 되자 기자들이 들어와 언론사 이름이 적힌 종이 팻말 뒤에 앉았다. 커피 잔도 군대답게 정연하게 놓여 있었다.

나는 일어나 거수경례를 했다. 기자들이 건성으로 인사를 받았다. 목을 축이려고 커피를 마셨다. 맛없는 것도 군대를 닮은 듯했다. 정훈장교의 안내로 기자들이 질문하기 시작했다. 기자들 뒷자리에 앉은 병장은 부지런히 뭔가를 적고 있었다.

진행은 예상대로였다. 질문지에 있는 1번부터 순서대로 물어보았다. 나는 커닝하듯 책상에 붙여놓은 모범 답안을 가끔 훔쳐보며 대답했다. 기자들과 나는 미리 연습한 듯이 묻고 답했다. 이런 걸 두고 정답 보고 시험 친다고 하는 것이리라. 그때 검은 테 안경을 쓴 기자가 순서에 없는 질문을 했다.

"적을 발견하면 병사들끼리 어떻게 연락합니까? 말을 하면 적이 알아듣고 도망칠 게 아닙니까?"

질문지에 없는 질문이었다. 내가 잠시 망설이자 기자가 고개를 갸웃거리며 입가에 미소를 띠었다.

"깜깜한 밤에 적이 다가오다가 말소리가 나면 도망칠 텐데요."

나를 빤히 쳐다보며 대답을 기다리는 기자에게 순간 거짓말을 하거나 모른다고 잡아뗄 수가 없었다.

"잠복호마다 인계철선이 연결되어 있어 미리 설정된 암호대로 신호를 보냅니다. 인계철선을 한 번 당기면 전방을 주시하라는 거고, 두 번 당기면 짐승인 거 같다는 신호이며, 세 번 당기면 전방이 수상하다거나 적 출현으로 간주합니다. 가끔 암호를 바꿉니다."

기자는 안경테를 끌어 올리더니 웃으며 말했다.

"소대장은 소대 상황실에 있다기 작전 때 현장 지휘를 했다고 들었는데, 잠복호와 상황실은 어떻게 적 출현을 공유합니까? 그날 비가 왔고 야심한 밤이었는데요, 가능한 일입니까?"

그 질문 역시 종이에 적혀 있지 않은 내용이었다. 다른 기자들은 관심 없다는 듯 무심한 표정이었다. 나는 잠시 주저하다가 질문한 기자를 보며 말했다.

"잠복호마다 소대 상황실과 연결된 통신선이 있습니다. 소리를 내면 안 되기 때문에 버튼을 누르면 상황판이 점등합니다. 적이 출현하면 상황병은 세 번이라고 신호를 유도합니다. 잠복 병사가 세 번 버튼을 누르면 한 번 더 확인합니다. 적 출현이면 두 번…… 병사가 신호 유도대로 두 번 누르면 즉시 비상을 걸고 소대장이나 선임 하사나 상관에게 통보합니다. 상관은 즉시 무기고를 열고……."

갑자기 정훈장교가 나에게 눈짓을 했다. 그만하라는 뜻 같았다. 아차 싶었지만, 더 말하지 않는 선에서 얼버무렸다. 그사이 기자가 또다시 질문했다.

"적 장교를 사살했다는 걸 확인했을 때 심정이 어땠습니까? 저도 베트남전 참전 때 우리 부대가 전과를 올렸을 때는 기분이 참 묘했는데요."

역시 연습한 내용이 아니었다. 하지만 군사기밀도 아니란 생각이 들었다.

"제 손으로 사살한 건 아니지만 심정이 참…… 그랬습니다."

"어떤 심정이었죠?"

"동족끼리 꼭 이렇게 싸우고 죽여야 하나, 적군도 부모형제가 있을 테고 만약 상황이 바뀌었다면 우리 부모님 심정은 어땠을까……. 진즉에 통일이 됐다면……."

나는 말을 이을 수가 없었다. 정훈장교가 더 이상 진행할 수 없다는 뜻으로 책상을 두들겼다. 안경 쓴 기자가 웃었다. 내 머릿속은 헝클어졌다. 정훈장교의 태도와 함께, 공책에 뭔가를 끄적거리던 병사의 눈초리에서 심상찮음을 느꼈다.

"한 대씩 피우고 합시다. 분위기가 좀 그러네요. 우리가 훈련받으러 온 거 아니잖아요."

이상한 분위기를 눈치챈, 앞줄에 앉은 이마 넓은 기자가 말하자 정훈장교도 그러자고 했다.

그 기자가 나에게 다가와 담뱃갑을 툭 치더니 뾰족이 올라온 담배를 내게 내밀었다. 나는 망설였다. 커피 잔 옆에 놓인 사기 재떨이가 깨끗했다. 정훈장교가 내게 눈짓으로 피워도 좋다고 했다.

"고향이 어딥니까?"

"고향이라고 하면 참 애매할 때가 있습니다. 부모님 고향은 이북인데 피난 내려오셨습니다. 남쪽에는 일가친척이 없는 데다 동네 사람들이 보기에는 뜨내기 같은 처지라……."

담배 한 대로 긴장이 풀렸는지 나른 기자기 물었다.

"애인 있어요?"

"저…… 결혼했고, 딸도 있습니다."

"그래요?"

처자식을 부양할 대책도 없이 일찍 결혼을 했다는 게 순간 부끄러웠다. 철책선 소대장으로 근무하려면 아내와 함께 살 수도 없는 처지였기 때문이다.

"아내와 딸이 무척 보고 싶겠네요."

"매일 보고 싶습니다."

기자들이 웃었다.

"다른 날도 아니고 대통령 취임식 날 큰 전과를 올렸으니 특별 휴가를 받겠네요. 이런 전과를 올리면 헬기로 고향의 모교 운동장에 착륙해서 동네잔치를 열어줘야 하는 거 아닌가요?"

기자가 정훈장교에게 묻자, 정훈장교는 아무 말 없이 웃었다.

"부모님과 아내가 무척 좋아하겠습니다. 학훈단에도 경사고요."

내가 생각조차 못 했던 얘기를 기자가 꺼냈다.

"이 정도 전과면 무공훈장 받게 됩니까?"

기자가 또 정훈장교에게 물었다. 그는 고개를 가볍게 저었다. 아니라는 것인지 모른다는 것인지 분간할 수가 없었다.

"이거 뭔가 좀 이상하네. 대통령 취임식 날 새벽에 생긴 전과잖아요?"

검은 테 안경을 쓴 기자의 목청이 높아졌다. 정훈장교와 기자들이 옥신각신하는 사이, 병장이 나를 옆방으로 데리고 갔다. 그리고 마치 직속상관이나 된 듯이 목청을 세워 내게 말했다.

"대한민국 장교 맞습니까? 무슨 답변을! 질문지에도 없는 걸…… 참 별꼴 다 보겠네."

뒤따라 들어온 정훈장교는 허탈한 웃음을 지으며 말했다.

"생각해 봐. 하필 대통령 취임식 날 새벽에 적군 장교 세 명이 고성능 폭탄으로 무장하고 철책선을 뚫고 침입했다고 하면, 하필 왜 이때냐고 의심할 사람이 없겠냐 말야. 올해 유난히 무장공비 침투가 많은 데다가 교련 철폐 데모로 시끄럽고 주한미군 7사단 철수에다 부정선거라고 대학생들이 난리 치니까 무장공비 침투 기사로 덮으려 한다는 소문을 기자들이 왜 모르겠나. 그래서 우리가 일부러 기자를 초청한 건데…… 아, 나도 모르겠다."

정훈장교가 나가자 중위 계급장의 장교가 기다렸다는 듯이 들어와 차가운 표정으로 나를 노려보았다. 키가 훤칠한 그는 눈매가 매서워 보였다. 손짓으로 병장에게 나가라고 하더니 나더러 나무 의자에 앉으라고 했다. 권총을 차고 있어서 서부 영화의 총잡이 같아 보였다.

"한 소위, 작전 끝나면 사격중지 명령을 내려야 한다는 걸 배운 적이 있나?"

나는 얼른 대답하지 못했다. 장교라면 누구나 아는 걸 물었기에 다른 뜻이 있는 건가 생각했다.

"사격중지 명령을 배웠나?"

"네, 배웠습니다."

대답하면서 왜 그런 걸 묻는지 짐작했다.

1971년 7월 1일 대한민국 제7대 대통령 취임식 날 0시 25분, 대간첩작전이 종료될 때까지 나는 사격중지 명령을 내린 적이 없다는 걸 비로소 알아차렸다. 콩 볶듯이 총알이 나르고, 조명탄이 허공을 가르고, 기관총과 M16 총구가 달아올랐지만 나는 혼이 빠져서 사격중지 명령을 떠올리지 못했던 것이다.

총성과 포성이 멎은 것은 총알과 포탄이 떨어져서 사격중지 명령 없이도 중단되었기 때문이었다. 중위는 탄약과 포탄을 함부로 사용한, 무능하고 자격 없는 소대장을 매섭게 질책하고 있었다.

"적군이 살상 폭탄을 가지고 철책선을 잘라내고 통과했다면, 관할 소대장은 어떤 책임을 져야 한다고 생각하는가?"

그날 북한 장교들은 스노클을 착용하고 물길을 따라 내려와 제1철조망을 절단하고 통과했다. 물속에서 철책선을 잘라내, 자르는 소리를 들을 수 없었다는 게 조사요원의 분석이었다.

철책선이 적군에게 뚫렸다면 관할 소대장은 입이 열 개라도 변명의 여지가 없을 수밖에. 천만다행이라면 수중 침투한 적군이 제1철책선을 절단하고 침투했지만, 제2철책선을 통과하기 전에 아군 병사에게 발각되어 사살당했기에 소대장이 면책되는 걸로 알고 있었다.

"마땅히 책임져야 한다고 생각합니다."

"어떤 책임인가?"

"응분의 책임입니다."

입 속에 맴도는 단어는 견책, 감봉, 시말서 따위였다.

"응분의 책임이라고 했나?"

"그렇습니다."

"적의 제1접근로가 어딘지 아는가?"

"제가 근무하는 곳이 적의 제1접근로라고 알고 있습니다."

"만약 적군이 제1접근로를 통과하여 대한민국의 심장부인 서울로 침입했다면 어떤 상황이 전개됐을 거라고 생각하나? 최전선 철책선이 적에게 뚫렸다는 건 귀관은 물론 소대원이 사살된 거나 마찬가지라는 걸 아는가?"

나는 대뜸 제2철책선을 넘기 전에 전과를 올렸지 않았느냐고 반박하고 싶었지만 위세에 눌려 눈을 질끈 감았다. 진땀이 나고 가슴이 찌릿하게 아팠다.

"질문지에 있는 내용만 답변하라는 명을 받았나?"

"그렇습니다."

"질문지에 없는 걸 기자가 물으면 모른다거나 군사기밀
이라 말할 수 없다고 하는 게 정상이겠지?"

"그렇습니다."

"그런데 왜, 무슨 배짱으로 군사기밀을 실토했나?"

나는 고개를 숙였다. 정훈장교가 강조하던 모습이 떠올
랐다.

"만약 적군이 수도권으로 침입해서, 대통령 취임식 때 폭
탄을 터뜨렸다면 대한민국은 어떻게 됐을 거라고 생각하나?"

나는 대답 대신 부동자세를 취했다. 적군이 소지했던 폭
탄 세 개는 시골 면 소재지쯤은 충분히 날려버릴 수 있는
정도의 고성능 폭탄이라고 했다.

"정신 바짝 차리고 차질 없이 마무리하라."

기다렸다는 듯이 병장이 들어왔고 중위는 그를 따라가
고 손짓했다.

기자간담회가 진행되던 방으로 들어가자 담배를 피우던
기자들이 아까처럼 자리에 앉았다. 정훈장교가 간담회를
다시 하겠다며 창문을 닫았다. 벽에 붙은 선풍기 돌아가는
소리가 다소 신경 쓰였지만 오가는 얘기는 일사천리였다.
기자들의 질문이나 대답하는 내 말이나 질문지에 있는 내
용 그대로였다.

정훈장교와 맞섰던 검은 안경테 기자의 낯빛은 굳어 있
었다. 질문하는 기자의 내용이 토씨 하나 틀리지 않은 걸

보면 내가 없는 사이에 서로 무슨 얘기가 오간 듯했다. 간 담회를 서둘러 마친 기자들이 정훈장교와 함께 밖으로 나 갔다. 검은 안경테 기자가 다가와 손을 내밀었다.

"무슨 일 있으면 나한테 연락해요. 연락하기 어려우면 누 굴 시켜서라도요."

그가 악수하는 척하며 명함을 쥐여주는 듯하더니, 병장 이 눈치채지 못하도록 슬그머니 내 주머니에 넣어주었다. 계급에 어울리지 않게 머리칼이 긴 병장은 나와 눈길이 마 주치자 고개를 돌리며 어이없다는 듯 웃었다.

병장을 따라 옆방으로 들어가자 아까 그 중위가 턱짓으 로 자리를 권했다. 담배 연기가 참 구수하다는 생각을 했 다. 그는 담배를 피우는 데도 멋을 부리는 것 같았다.

"군대 생활 할 만한가?"

"네, 그렇습니다."

그렇지 않다고 말할 분위기가 아니었다.

"철책선도 뚫리고, 사물함 깊숙한 곳에 용공 서적도 숨 겼고…… 적군을 위해 십자가 꽂고 기도했고……. 고향 집 은 가관이더구먼. 귀관 아버지가 어떤 사람인지도 알게 됐 고……."

그가 무슨 꿍꿍이로 말꼬리를 늘이는지 짐작할 수 없었다.

"군복무 연장할 생각 없나? 5년 연장하면 소령 계급장 달 수도 있고, 장기 복무하면 귀관 같은 유능한 상교는 별을 달기 쉬울 거야. 요즘은 밖에 나가도 취업하기 힘들다는 거 알잖나. 내 말 알아들었나?"

나는 잠시 머뭇거렸지만 나름 최선의 대답을 할 수밖에 없었다.

"제대하고 공부를 더 해야 합니다. 소설을 쓰려면 어디든 매여 있으면 안 될 것 같습니다. 솔직히 말씀드리면 체력도 좀 모자란 편입니다."

내 딴에는 제법 그럴듯한 핑곗거리를 지어냈다 싶었다.

"세상을 잠시 속일 수 있을지 모르지만 우릴 속일 수는 없어. 소설 쓰는 게 무슨 큰 벼슬인 줄 아는 모양인데, 진정한 장교 정신과 나라 사랑이 문학보다 우선한다. 『피바다』같은 불온서적을 숨겨놓고 읽거나, 삐라를 감추거나, 적군을 위해 기도하는 게 문학적 가치라고 생각하나? 군사기밀을 털어놓고 기자와 내통하려는 수작은 결코 장교가 할 짓이 아니란 말이다. 내 말 알아듣겠나?"

나는 시선을 바닥에 둔 채 아무 말도 할 수 없었다. 보안대원이 사물함에서 『피바다』와 삐라를 가져갔다는 사실을 안 순간부터 굵은 쇠사슬이 나를 휘감아 조여오는 걸 느꼈다.

"내 충고, 유념하는 게 좋을 거다. 제대하고 사회 나가서 말단부터 시작하기보다 장교로 안정된 생활을 하는 게 어떤가? 가정형편이 좋다면야 제대하는 것도 나쁘지 않겠다마는……."

나는 목구멍까지 치밀어 오르는 말을 꿀꺽 삼켰다. 선배 장교에게 들은 말이 떠올랐다. 사고가 나면 당사자의 속마음을 떠보기 위해 슬쩍 복무 연장이나 장기 복무를 권한 뒤, 수락하면 처벌을 피하려는 수작으로 몰아붙이는 경우가 있다고 했다.

'전 군대 체질이 아닙니다. 가정형편은 나쁘지만 군인으로 성공하긴 어려운 체질입니다.'

나는 속으로 이렇게 되뇌었다.

"이런 얘기까지는 하기 싫은데, 한 소위는 지금 용공 분자로 조사받고 있다는 걸 아나?"

중위는 이런 경우는 장기 복무를 하는 게 낫다고 조언했다. 그의 말대로라면 육군 장교는 미래가 보장된 직업이 분명했다. 미국은 학훈단 출신 장교들이 참모총장이나 합참의장까지 한다며, 우리나라도 미국의 군사제도를 도입한 셈이니 앞으로는 그렇게 될 수밖에 없다고 했다.

학훈단 출신 장교들이 장기 복무나 복무 연장을 하지 않는 편이라 육군사관학교 출신들보다 유리할 수도 있다고 했다. 또 학훈단 출신은 국가관이 투철하지 않다는 기존 관념을 깨뜨리기만 하면 승승장구할 수 있다는 말도 했다.

나는 가족과 상의도 해야 하고, 공부를 더 하기 위해 대학원에 갈 계획이라며 중위의 제안을 거절했다. 부모는 내의견에 따를지 몰라도 지향이와는 상의해야 했다. 내학원

애기는 마음이 급해서 꾸며낸 것이었다. 내 형편에 대학원
은 꿈도 꿔본 적이 없었다.

말할 수 없는 일들

보안대 중위의 조사가 끝나고 소대로 돌아가는 길, 버스 정류장 근처에서 설렁탕 한 그릇을 게눈 감추듯 비우고 부지런히 걷기 시작했다. 우리 소대까지는 부지런히 걸어도 족히 세 시간이 넘게 걸리는 거리였다.

마음이 허허로운 탓인지 걸어도 걸어도 멀기만 했다. 어깨에 비껴 멘 카빈총과 머리를 짓누르는 철모가 내던지고 싶을 만큼 온몸을 압박했다. 철책선 소대장은 휴가나 가족 면회가 아니면 외출 때 반드시 소총과 탄약, 철모를 지참해야만 하니 기자간담회도 예외는 아니었다.

민간인 출입금지 구역부터는 자전거를 타고 가는 사람

도 없었다. 차츰 다리에서 힘이 빠졌다. 마음이 힘들면 몸도 따라 반응한다는데, 마음이 불편하고 걱정이 가득하니 발걸음이 무겁기만 했다. 중위가 내 주머니를 뒤져 기자의 명함을 뺏으며 한 말이 마음에 남아 자꾸 메아리쳤다. 그의 눈썰미가 보통이 아니라고 생각하니 혼자 걸어가는 것도 누군가에게 감시당하는 기분이었다.

군사작전 도로에 자동차 바큇자국이 선명했다. 팬 자국은 마치 나를 옭아매려고 밧줄을 늘어놓은 것 같았다. 걷다 말고 오던 길을 뒤돌아보았다. 걸어온 길보다 걸어가야 할 길이 훨씬 멀고 길었다.

나는 느닷없이 뒤돌아 뛰고 싶었다. 허리에는 탄약이 있다. 탈영이란 단어가 머릿속을 휘저었다. 옆의 농로로 빠지면 오솔길이 나온다. 그 길을 따라 산속으로 들어가면 검문소를 피해 도망칠 수 있을 것이다. 아내와 아기가 나를 애타게 부르는 것 같았다. 마음은 자꾸 뒷걸음질쳤지만 나는 여전히 앞으로 걷고 있었다.

뜨거운 여름이라 견딜 수 없을 만큼 목이 말랐다. 가슴 속에 불덩어리가 있는 것 같았다. 금세 수통의 물을 다 마셨다. 소대가 가물가물하게 보이는 곳까지 어떻게 걸어왔는지 기억나지 않았다. 그 무렵 아랫배가 뒤틀리듯 아팠다. 더는 움직일 수 없을 정도였다. 수풀이 우거진 쪽으로 옮겨가 얼른 바지를 내리고 쪼그려 앉았다. 배 속에 있는 게 다

쏟아져 나오는 듯했다.

진땀을 흘리며 겨우 일어나 바지를 올리고 걸으면 금세 또 아랫배가 찌르는 듯이 아팠다. 놀란 가슴이 몸 전체를 무너뜨리는 것 같았다. 결국 땅바닥에 털썩 주저앉았다. 날이 더워서인지 바닥이 미지근했다. 그때부터는 세상이 기울어지는 듯하더니 어지러워 도저히 일어설 수 없었다. 하늘이 빙글빙글 돌았다. 이대로 죽는 게 아닌가 싶었다. 중위의 서늘한 목소리가 또다시 귓전을 때렸다.

"장교가 빨갱이면 군법회의에서 극형에 처하지 않겠는가 말이다. 대한민국의 존엄성을 위해서든, 조국의 자존심을 위해서든."

첫 조사 때 보안대에서 들은 내용과 너무나도 비슷한 말이었다. 나는 무심코 총을 장전했다. 총알이 약실로 들어갔다. 방아쇠를 당기기만 하면 총구에서 총알이 튕겨 나갈 것이었다. 다음으로 방아쇠에 검지를 걸었다. 그리고 눈을 감았다. 검지에 힘을 주었다. 당장 쏘아 죽이고 싶은 게 많았다. 방아쇠를 당겼다. 총성이 울렸다. 불꽃도 느껴졌다. 눈을 뜨고 싶지 않았다. 여전히 어지러웠다. 나는 그 자리에 쓰러졌다.

얼마나 지났을까. 저 멀리 자전거가 내 쪽으로 다가오는 게 아슴아슴 보였다. 인기척이 느껴져 나는 가까스로 눈을 가늘게 떴다. 총을 바닥에 놓고 철모를 벗었나.

"소대장님! 괜찮습니까?"

선임 하사가 땅바닥에 널브러져 있는 나를 흔들어댔다. 그의 곁에 전령이 서 있었다.

"소대장님이 곧 오실 것 같아서 기다리고 있었는데, 공포탄 소리가 났습니다. 망원경으로 확인하고, 분명 무슨 일이 있지 싶어 전령과 함께 왔습니다."

"내가 공포탄을 쐈나요?"

"근무병이 신고했습니다. 얼른 소대로 가셔야죠. 제가 모시겠습니다."

선임 하사가 수통을 내밀었다. 나는 물을 조금 마시고 자전거 뒷자리에 앉았다. 건장한 선임 하사의 허리를 힘주어 잡았다. 내 총과 철모를 들고 뛰어오는 전령의 숨소리가 자꾸 마음에 걸렸다.

"천천히 갑시다. 전령보고 천천히 오라고 하세요."

"알았습니다!"

"상황 보고 했나요?"

"못하게 했습니다. 소대장님이 공포탄을 쏜 내용을 알고 나서 신고를 해야 할 것 같아서 기다리라고 했습니다."

그제야 내 옷에서 화약 냄새가 나는 걸 알았다.

"무슨 일인가요?"

선임 하사도 내가 겪고 있는 고통을 짐작하고 걱정되어 묻는 눈치였다.

"뭐가 뭔지 모르겠네요."

"이럴 때일수록 잘 견디셔야 합니다. 지나고 보면 별거 아닐 겁니다. 요즘 세상에 빨갱이가 어딨다고 그러는지 모르겠습니다."

부대로 돌아오고 나서도 설사는 멈추지 않았다. 선임 하사가 중대와 근처 다른 부대까지 달려가 겨우 지사제를 구해 주었다. 지독한 배앓이가 조금 나아진 것은 이튿날 새벽녘이었다. 상황병들만 소대를 지키고 있었다. 소대원들은 모두 잠복호에 들어가 경계근무 중이었다. 나 대신 선임 하사가 전령과 함께 순찰을 했다. 혼미하게 잠들었다가 깬 것은 점심 무렵이었다. 전령이 죽을 가져왔지만 도저히 먹을 수 없었다.

"억지로라도 드시고 힘내셔야 합니다. 소대원들이 걱정하고 있습니다. 좋은 소대장님을 만나 모두 좋아하고 있던 참인데……."

전령이 낮은 목소리로 속삭이듯 말했다. 혹시라도 누가 들을까 걱정하는 눈치였다.

"무슨 걱정을 하던가?"

"박 하사와 김 상병이 보안대 끄나풀인 것 같습니다. 보안대 김 병장이 우리 소대원들을 한 명씩 데려가 보안 면담을 했는데, 박 하사와 김 상병이 소대장님 얘기를…… 그날 기도한 걸 찔러버렸다고 자랑하는 걸 선임 하사님이 들었고, 선임 하사님이 불러 야단쳤습니다. 새로 소대장님이 오실 거라는 소문도 있는데, 그것도 박 하사와 김 상병 입에서 나온 것 같습니다."

박 하사는 중사 진급을 앞뒀고, 김 상병은 기도하러 갈 때 따라오지 않았던 병사였다. 박 하사는 베트남 파병으로 전선에 투입되었다가 사고로 귀국했다고 들었다. 그들이 끄나풀이라면 내 행동은 보안대에 고스란히 알려졌을 것이다.

"소대장이 바뀐다고 말한 게 누구지?"

"박 하산데요, 저는 사실이 아닐 거라고 생각합니다. 박 하사가 질투심이 보통 많은 게 아닙니다. 소대장님이 선임 하사님을 믿고 친하게 지내니까 그게 질투 나서 자꾸 없는 말을 지어내는 것 같습니다."

전령은 제 잘못도 아닌데 고개를 푹 숙였다. 전령의 말이 아니더라도 뭔가 불길한, 짐작하기 어려운 심상찮은 일이 나를 에워싸는 느낌을 지울 수 없었다. 후회한들 소용없는 줄 뻔히 알면서 자꾸 그 일이 떠오르곤 했다. 내 손으로 방아쇠를 당겨 사람을 죽인 건 아니지만, 시신이 쓰레기처럼 방치된 걸 보고 있자니 마음이 불편해 기도해 준 게 이렇게 큰 죄가 될 줄은 상상조차 못 했다.

"소대장님, 정말 죄송합니다. 삐라와 북한 서적을 수거하면 저희들이 창고에 두었다가 중대 본부에 신고하고 때가 되면 반납했는데, 소대장님이 새로 오셨고 소설 쓰는 분이라고 해서 한번 보여드린다는 게……. 철책선 근처에서는 이런 것들이 자주 발견된다는 사실도 알릴 겸해서 드린 게 정말 후회됩니다. 보안대원이 수거해 갈 줄은 몰랐습니다. 그런 걸 읽으면 낄낄대며 웃고 말지 거기에 물드는 병사가 어디 있겠습니까? 신고할 때 이것저것 기록해야 하니까 귀찮아서 더러는 태워 없애기도 합니다. 제가 알아서 없애버렸어야 했는데……. 정말 죄송합니다."

나는 전령의 어깨를 두드려주었다. 정녕 그의 잘못이 아니었기 때문이다. 규칙을 위반하는 거라는 걸 알면서 사물함에 숨겨뒀던 건 내 불찰이었다. 전령 말대로 삐라나 책을 읽고 북한을 동경하거나 철책선 넘어 적진으로 간 군인이 있다는 소리를 들은 적이 없다.

물론 군 방침에 따라 수거 일시와 장소, 내용물 등을 기록한 뒤 상급 부대에 반드시 제출해야 한다. 더구나 지휘관은 불온물을 신고하도록 교육시키고 병사들의 사물함을 수시로 점검해야 한다. 북에서 불후의 명작이라고 선전하는 『피바다』를 읽어본 뒤에 제출하려고 했던 내 행위 때문에 스스로 수렁에 빠지고 말았다.

솔직히 난 그 책을 읽는 것이 남들이 경험할 수 없는 문학 수업이라고 생각했다. 대학에 입학해 문학 수업을 들으며 소설에 더욱 흥미를 갖게 되었다. 닥치는 대로 책을 읽었고, 아버지가 존경하는 벽초 홍명희의 소설 『임꺽정』을 남몰래 읽으며 희열을 느꼈다. 그 책을 가지고 있다가 들키면 공산주의를 찬양하는 용공 분자가 된다는 걸 알면서도 읽는 재미는 짜릿했다.

문학반원들이 은밀히 읽고 서로 감상을 나눌 때도 마찬가지였다. 『임꺽정』이 조선말 어휘의 노다지요, 한 시대의 세밀한 기록이며, 민속자료의 집대성이라는 평가를 받을 수밖에 없는 까닭을 알아차리는 은밀한 기쁨을 문학도들과 함께 누리곤 했다.

『임꺽정』을 읽을 때 내 마음에는 불꽃이 일었다. 금서였지만 문학사의 거탑이라고 생각했기에 주머니 사정이 형편없는 중에도 몰래 한 질을 구해 벽장 속에 숨겨놓고 읽었다. 천대받던 백정 출신 임꺽정이 의적이 될 수밖에 없었던 울분의 시대를 조명했고, 일제강점기에 신음하는 민중의 분노와 저항에 의미를 부여한 점은 문학도들의 가슴을 흔들기에 부족함이 없었다.

대학신문 문학상 소설 부문 당선 상금으로 『임꺽정』을 몰래 구입한 날, 나는 보물을 얻은 듯 잠을 설쳤다. 행여 누가 알게 될까 봐 낡은 달력으로 책마다 표지를 만들어 위장해서 감춰두었다. 그때의 희열 때문인지 『피바다』를 보자마자 꼭 읽어봐야겠다는 생각이 들었다.

제목만으로도 호기심이 발동한 책이었다. 더구나 북한에서 가장 중요하게 여기는 선전물이라는 것만으로도 내 마음을 흔들었다. 소설가로 성공하겠다는 문학도의 일탈로 이 정도쯤은 별문제가 안 될 거라고 생각했다. 문학이란 자유로움과 일탈 사이에서 나오는 거침없는 표현과, 상식을 탈피하는 범주에 있는 거라고 생각했다.

보안대원이 수거해 간 것은 삐라와 『피바다』뿐 아니라 내 일기장과 창작 노트도 있었다. 트집 잡을 작정을 하면 걸려들 게 수두룩했다. 아버지만 해도 그랬다. 이북에서 피란 내려와 살면서도 고향 타령을 수시로 했다. 만날 수 없는 부모 형제, 그리고 가르치던 어린 제자들…… 두고 온 집과 땅 타령에다, 명절 때만 되면 고향을 그리는 노래를 불렀다.

언젠가는 그곳에 아버지를 모시고 가보고 싶었다. 부모의 애절한 사연을, 피란살이와 그리운 고향과 절박한 타향살이를 소설 속에 그려보고 싶었다. 자라면서 들은 이야기와 감상을 적어둔 창작 노트도 여럿 있었다. 북한의 삶을 그리워하는 마음을 써놓았으니 걸고넘어지면 빼도 박도 못할 상황이었다.

"내가 가지려던 게 아니라 모아서 제출하려고 잠시 둔 거니까 별일 없을 거다. 걱정 말고 보안대원 오면 무슨 짓 하는지 좀 봐줘."

말은 그렇게 했지만, 보안대에 끌려갔을 때 본 보안반장의 말과 행동에서 심상찮은 느낌을 지울 수 없었다.

"소대장님, 어디든 손쓸 데가 있는지 서둘러 찾아보는 게 좋을 것 같습니다."

선임 하사의 걱정스러운 말에 내 존재가 한낱 보잘것없다는 생각이 들었다. 아무리 생각해도 도움을 청할 데가 없었다. 이리저리 머리를 굴려봐도 그럴 만한 사람이 떠오르지 않았기 때문이다. 아버지는 평생 시골에 살면서 청탁이란 걸 할 일이 없었고 일가친척이라곤 촌수 따지기 쉽지 않은 종친들뿐이었다. 내 주변에도 힘깨나 쓸 법한 부모를 둔 친구나 동창생이 없었다.

불안한 나날이었다. 설사는 멈추지 않았고 체중은 계속 줄어들었다. 북한군은 반드시 복수전을 감행한다고 들었고 나는 머잖아 군법회의에 회부되고 소대장 보직을 빼앗긴다는 소문이 더욱 잠 못 들게 했다. 밥맛을 잃었다. 밥을 앞에 두고 앉으면 구역질이 났다. 불면증과 복통과 설사 때문에 부대를 지휘하기 어려웠다.

시상식 전날, 나는 사단장 표창을 받는다는 걸 알게 되었다. 잠복호에서 적군의 장교들을 M16 자동소총으로 사살한 병사 둘은 무공훈장 중에서도 네 번째인 화랑무공훈장에 1계급 특진 대상이었고, 분대장인 박 하사는 다섯 번째 무공훈장인 인헌무공훈장에 1계급 특진으로 곧 중사가 된다고 했다. 중대장과 선임 하사가 군사령관 표창을, 그날 작전에서 소대 상황병이었던 김 상병이 군단장 표창을 받는다고 했다.

선임 하사의 말대로라면, 애초에 나는 인헌무공훈장으로 상신했는데 보안대의 반대로 겨우 사단장 표창을 받게 되었다. 중대장이 들은 얘기로는 인헌무공훈장이 상신되었지만 대간첩작전 중에 소대장의 실수가 여러 가지 있었고 몇 가지 용공 의혹이 짙으며 사상이 다소 의심스러우니 포상에서 제외해야 한다고 보안대에서 건의했다는 것이다.

그나마 다행스러운 점은, 사단장 표창을 받으면 군법회의에 회부되지는 않을 수도 있다고 했다. 중대장도 그럴 가능성이 크다고 했다.

잠복근무를 마치고 작전 보고를 한 뒤 무기고를 점검하는데 전령이 큰 소리로 작전 도로에 지프가 오고 있다고 알렸다. 얼른 군장을 차리고 막사 밖으로 나갔다. 선임 하사도 경계병을 데리고 철책선 쪽으로 움직였다. 중대장은 무전으로, 보안 검열 나온 보안대 지프 같다고 말했다. 중대 막사 앞에 잠시 멈추었던 지프가 우리 소대 쪽으로 다가왔다. 조수석에 탑승한 하사가 내게 거수경례를 했다.

"부대에서 소대장님을 호송하라는 명을 받았습니다. 즉시 탑승하시죠. 상부에 보고됐고 호송을 명 받았습니다."

분위기로 보아하니 거부하고 버틸 상황은 아닌 것 같았다.

"군장 해제 후 탑승하십시오."

나는 군말할 수 없음을 직감하고 철모와 소총을 전령에게 맡겼다. 지난번과 같은 호송이기 때문에 선임 탑승을 할 수 없었다. 지프는 빠른 속도로 작전 도로를 마구 달렸다.

한낮의 취조실

지프에서 내리자 후텁지근한 여름 햇살이 내 몸을 휘감았다. 보안반장은 이전과 다르게 웃는 얼굴로 경례를 받은 후 냉랭한 목소리로 한마디 던졌다.

"어쩌다 빨갱이가 됐냐? 딱하네."

취조실 벽 한가운데에는 태극기가 덩그마니 걸려 있었다. 취조관은 기자간담회 때 나를 지켜봤던 그 중위였다. 중사 한 명과 병장 계급장의 병사가 16절지를 펴놓고 기록할 준비를 하고 있었다.

중위는 했던 말을 그대로 반복하는 재주를 가진 듯했다. 대간첩작전 때 사격중시 닁닁을 하지 않아 탄약 손실이 컸고 야간 작전의 규범을 지키지 못해 적을 사살한 탄약 외에 수류탄과 박격포탄이 단 한 발도 유효하지 않았다고 했다. 그런 데다 적의 시신 앞에 십자가를 꽂아놓고 기도까지 했으니 대한민국 장교의 본분을 망각했다는 것이다.

부정할 수 없는 사실이었기에 나는 시인할 수밖에 없었다. 조사를 받는 동안, 아버지의 얼굴이 떠올랐다. 내세울 것 없는 아버지를 부끄럽게만 여겼는데 오늘은 몹시 미안했고 이런 못난 자식을 자랑스럽게 여기고 있을 아버지가 가여웠다.

"한서진 소위 아버지 한경우는 피난민으로, 인민군이 논산에 주둔했을 때 부역했고, 국군이 수복했을 때는 지은 죄를 감추기 위해 치안대 의용대원으로 행세해 처벌받은 전력이 있다. 한 소위는 그런 피를 물려받아 야학에서 불온사상을 가르치고 반정부 시위에 참여할 수밖에 없었다."

서슬 퍼런 심판관 같았다. 대꾸할 말이 선뜻 떠오르지 않았다. 중위의 말은 틀린 게 없었기 때문이다. 아버지의 행적들과 나의 시위 전력은 학훈단에 입단할 때도 내 발목을 잡았다. 학훈단에 입단하려면 여러 절차를 통과해야 했는데, 그중 가장 중요한 게 신원 조회였다.

나는 그때 도박하는 심정으로 도전했다. 논산 지구대에서 파견된 보안대원 중에 논산 사람들이 여러 명 있었는데, 그중에 친하게 지내던 동창생에게 통사정을 했다.

삼선개헌 반대 시위에 참여했던 건 철저히 조사받고 풀려났으니 제발 살려달라고. 아버지의 부역은 살기 위해 어쩔 수 없이 굴종한 것이었고 자발적으로 나쁜 짓을 하지 않았으며 논산 사람들에게 해코지를 하지 않았다는 여러 사람의 증언으로 가벼운 처벌을 받아 마무리했다는 걸 애써 강조했다. 보안대원이었던 친구는 내가 육군사관학교를 목표로 공부를 했고 학교에서 모범생으로 활동했으며 평판이 좋은 청년이라고 신원 조회서를 작성해 주었다.

사실 지금까지 아버지가 구체적으로 어떤 처벌을 받았는지 알지 못한다. 물어본 적도 없고, 듣고 싶지도 않았다. 풍문으로 들리는 소리도 믿고 싶지 않았다. 아버지나 어머니도 귀띔을 해준 적이 없었다. 모든 게 헛소문이려니 하는 심정으로 아버지의 과거를 내 머릿속에서 지우려고 했다. 만약 신원 조회 때 아버지에 대한 얘기가 거론됐다면 아마 학훈단에 입단할 수 없었을지 모른다.

"한 소위의 신원 조회를 엉터리로 한 경위를 조사했나?"

"조사하고 있습니다."

중위의 낮은 목소리에 중사가 또렷하게 대답했다.

"뭔가 냄새가 난다……."

중위가 혼잣말을 하자, 서류 파일을 정리하던 병사가 뭔가 부지런히 적었다. 중위의 지시 사항을 받아 적는 것 같았다.

"소설이라고 쓴 것도 그렇고 일기장과 창작 노트라는 걸 봐도 참 가관이더구먼. 한 소위는 아나키스트가 뭐라고 생각하나?"

차마 입을 열 수가 없었다. 꼼짝없이 올가미에 걸려드는 판에 아나키스트의 뜻을 말하기가 거북했다.

"왜 말을 못 하나? 아나키스트, 무정부주의자, 결국 공산주의자나 빨갱이 아닌가?"

그가 되물었을 때 나는 고개를 숙였다. 문학도들이 토론하는 내용 중에는 유독 시대에 저항하는 내용이 많았다. 문학은 본질적으로 저항적이고, 평화 시대라도 작가는 저항성을 지녀야 한다고 배웠다. 보안대에서 압수한, 내가 쓴 단편소설 중에는 하필이면 「아나키스트에게 박수」라는 작품도 포함되어 있었다. 그래서 꼬치꼬치 묻는 것 같았다.

"본가를 수색했더니 이런 게 나왔다. 글씨를 대조해 보니 네가 쓴 게 분명하다. 제목 아래 칸에 한자로 한서진이란 이름이 선명하다. 내 말이 틀렸나?"

그가 내민 것은 내가 쓴 소설의 첫 장이 분명했다. 중위는 책상 위에 쌓인 수북한 자료를 쳐다보며 군침이 돈다는 듯 입맛을 다시는 소리를 냈다.

"이건 또 뭐야?"

목청이 날카로웠다. 그가 원고지 뭉치를 내 앞에 가까이 내밀었다. 한자로 쓰인 「朴正熙傳(박정희전)」과 「金日成傳

〈김일성전〉」이라는 제목이 선명했다. 내가 쓴 게 맞았다. 분명 내 글씨이고 만년필로 한 자씩 정성껏 눌러쓴 것이었다.

"대한민국 육군 장교가 김일성을 찬양하는 소설을 썼다는 게 사실인가?"

그의 목소리에 분노가 엉겨 붙어 있었다.

"그런 게 아닙니다. 그게 아니라……."

"박정희는 누군가?"

"이름이 같아서 뜻하지 않게 이런저런 사건을 겪게 되는 이야기를 소설로 풍자한 겁니다."

마음이 급해서 이렇게 말했지만 나는 금세 괜히 입방정을 떨었다고 후회했다. 박정희 대통령 이름을 함부로 갖다 붙이고 풍자라고 했으니 정녕 말실수가 아닌가.

"풍자라 했겠다, 국가원수인 대통령 각하를 함부로 풍자했다, 이거지?"

"그런 뜻이 정말 아닙니다. 「김일성전」은 이름이 같은 사람이 놀림을 받거나 구설에 오르고 마음 다치는 걸로 북한 김일성을 비판한 것이고…… 「박정희전」도 이름으로 인해 구설수가 생기고……."

중위가 손바닥으로 책상을 두들겼다. 내 말이 듣기 싫다는 뜻이었다.

"내가 소설을 안 읽은 줄 아나? 분명히 말하겠다. 은근히 김일성을 찬양하고 박정희 대통령 각하를 능멸하고…… 아주 교묘한 글솜씨로 대통령 각하를 비난하고 안줏거리 삼은 걸 모를 줄 알아?"

"절대로 대통령 각하를 비난하거나 김일성을 찬양하는 얘기가 아닙니다. 우리나라는 항렬에 따라 이름을 짓기 때문에 같은 이름이 많을 수밖에 없습니다. 전화번호부를 뒤져봐도 같은 이름이 매우 많습니다. 그러다 보니 그냥 부르기 쉽게 이름 짓는 경우가 많고…… 대학 때 교수님께서 실험소설을 써보라고, 남들이 생각 못 하는 걸 찾아보라고 해서 제 딴에는…… 그래서 쓰게 됐고 교수님께 칭찬까지 받았습니다. 절대로 대통령 각하를 능멸하려는 게 아니고…… 절대 김일성을 찬양한 게 아닙니다. 만약 그랬다면 지도교수님이 불호령을 내렸을 겁니다. 발상이 신선하고 새로운 작업이니 좀 더 손질해서 나중에 발표하라고 하셨습니다. 믿어주십시오."

나도 아까보다 목소리가 높아졌다.

"이게 얻다 대고 악을 써! 우리 요원들이 정밀 분석을 해서, 국가원수를 모독했고 군통수권자를 비하했다는 게 밝혀졌다. 대통령 각하가 독재자로 오해받을 수 있는 장면도 있고, 일제 치하에서 적극 활동한 듯이 쓴 부분도 있지 않나 말이다. 거기다가 김일성 같은 철천지원수를 감히 대통령 각하와 비교한다는 게 제정신인가?"

그의 억지 주장에 가슴이 미어터질 것 같았다. 숨을 쉬기 어려웠다. 분명 소설의 전반부에는 이름 때문에 생기는 에 피소드를 다뤘다. 소설의 내용 중에 주인공이 술 마시고 떠 드는 부분에서 박정희의 일본군 장교 시절 행적을 야유하 고, 독재로 삼선개헌을 한 것에 대해 비판하는 장면이 있었 던 게 갑자기 떠올랐다. 아찔했다. 고향의 우리 집을 샅샅 이 뒤졌을 보안대원들의 살기등등한 모습과, 놀라서 어쩔 줄 모르는 어머니와 아버지의 모습이 떠오르는 것만으로도 숨통이 조여들었다. 변명할 말이 떠오르지 않았다.

"한 소위, 잘 들어라. 군통수권자인 대통령 각하를 모독 한 것도 모자라 민족의 철천지원수인 김일성을 일제 때 독 립군을 이끌고 왜놈들을 벌벌 떨게 만든 지도자라고 칭송 했다. 내 말이 틀렸나?"

"……."

이런 상황에서 무슨 말을 할 수 있겠는가.

"김일성이 가짜라는 건 천하가 다 아는 사실인데, 한 소 위는 김일성이 독립군을 지휘했다고 썼다. 진짜 그렇게 믿 고 있나?"

중위의 목소리에 점점 더 날이 서기 시작했다.

"그걸 사실이라고 쓴 게 절대 아닙니다. 주인공이 사석 에서…… 친구들이 어디서 들었다는 식으로, 농담처럼…… 그냥 지어낸 겁니다. 말씀드린 대로 실험소설입니다. 그냥 재미있게 하려고 쓴 겁니다."

바른대로 말할 상황이 아니었다. 무조건 잘못했다고 빌 수밖에 없었다.

"아버지가 그따위 소리를 했나?"

"아닙니다. 아버지하고는 평소에도 말을 잘 안 합니다."

"그럼 어디서 그런 터무니없는 얘기를 들었나? 누구야 그게!"

문학반 지도교수가 소설 쓰려면 역사의 뒤안길을 정사든 야사든 훑어봐야 한다고 하면서 북한의 김일성이 실제 독립군을 이끌고 일본군과 맞섰다는 얘기를 해준 적이 있다. 믿기지 않아 당시에는 충격을 많이 받았다. 아버지에게 그게 사실이냐고 물었더니 거짓은 아니라고 말했다. 중위에게 차마 이 이야기를 할 수 없었다.

"한 소위 아버지가 북한에 있을 때 김일성을 봤다고 했나? 그렇지 않고서야 어떻게 김일성이 실제로 독립군을 이끌었다고 말할 수 있는가 말이다. 그러니까 죽은 적군을 위해 기도할 수밖에 없었겠지. 아귀가 딱딱 맞는구먼."

"아닙니다. 소설은 없는 얘기를 사실처럼 쓰는 것이라 제가 꾸며서 쓴 겁니다. 제가 뭘 알고 그렇게 쓴 건 절대 아닙니다. 실험소설을 쓰라는 지도교수님 말씀에 뭔가 특이한 소재를 고민하다가 그런 걸 골랐습니다. 초고이기 때문에 대충 써놨다가 퇴고할 때는 그런 엉터리 얘기는 빼고 상식선에서 이해할 수 있게 고치려고 했습니다. 그런 터무니없는 얘기를 믿는 사람은 없을 테니까요. 풍자소설이란 일부러 사실을 비틀어 써보는 겁니다. 김일성이 가짜라는 걸 모르는 사람은 없습니다. 그게 실험소설이고 풍자소설이라고 말씀드렸잖습니까. 믿어주세요. 다시는 그런 소설 쓰지 않겠습니다. 정말입니다. 발표할 게 아니기 때문에…… 써놓은 거라 아까워서 그냥 놔뒀던 겁니다."

제법 그럴듯했다고 생각했건만 중위는 소리 내어 웃었다. 옆에 있는 중사와 병사도 키득거렸다.

"빨갱이치고 말 못하는 놈 없다더니……. 그래 뭐든 실험소설이고 풍자소설이라고 둘러대면 그만인가? 국가원수를 모독하고 김일성을 찬양하는 게 실험이고 풍자야? 말 같은 소릴 해야지. 개 풀 뜯어 먹는 소리 하고 있어. 기가 막혀서 말도 안 나온다. 이거 다 제대로 기록하고 있나?"

중위가 언성을 높이자 중사가 뒤에 앉아 우리의 대화를 기록하던 병사를 돌아보았다.

김일성이 독립운동을 했다는 얘기를 어디서 들었느냐고 몇 번이나 더 물었지만, 나는 끝까지 지어낸 거라고 우겼다. 나를 아껴주는 지도교수를 끌고 들어갈 수는 없었다. 더구나 아버지까지 곤욕을 치르게 할 수 없었다. 중위는 서류 파일에서 종이 여러 장을 꺼내 흔들었다.

"이건 뭔가?"

"……"

나는 다시 숨을 멈추었다. 시골집 벽장 속 깊숙한 곳에 숨겨두었던 『임꺽정』의 표지였다.

"이게 뭐냐고 물었다."

"역사소설입니다."

"홍명희가 누군가?"

"네, 소설가입니다."

"그걸 물은 게 아니다. 홍명희가 무슨 짓을 했는지 아는가? 북한에서 부수상까지 지낸 민족 반역자란 걸 소설 쓴다면서 몰랐나?"

대답하기가 참 애매하고 답답했다. 그렇다고 순순히 그의 말에 수긍할 수는 없었다.

"북한에서 부수상까지 지낸 건 맞습니다. 그러나 그전에는 조선독립운동사에서 결코 빼놓을 수 없는 선각자였습니다."

아, 이 어리석은 말이라니! 중위가 책상 위에 있던 물잔을 내게 던졌다. 순간 몸을 틀지 않았으면 맞았을 것이다. 날아온 물잔이 벽에 부딪혀 산산조각 나면서 파편이 사방으로 흩어졌다.

"이 새끼 당장 헌병대로 넘겨야겠다!"

중위의 구둣발이 닥치는 대로 사정없이 나를 걸어찼다. 몽둥이는 거칠게 허공을 갈랐고 내 비명이 취조실을 쩌렁쩌렁 울렸다. 온몸이 얼얼하고 힘이 들어가지 않아 혼자 걸을 수도 없었다. 정강이가 부러졌는지 조금만 움직여도 지독한 통증이 몰려와 절로 신음이 흘러나왔다. 나는 조선의 민족주의자이자 대문호 홍명희를 생각하고 말했지만, 그는 북한 부수상 홍명희만을 떠올린 것이다.

나는 사단 의무대에서 치료받고 이틀 만에 헌병대로 이첩되었다.

헌병대장은 나를 영창에 입감시키기 전, 보안대에서 넘긴 서류를 한참 훑어보더니 고개를 저었다.

"안타깝지만 내가 도와줄 방법이 없겠군."

가슴이 철렁 내려앉았다. 당장 누구에게든 애원하는 수밖에 없었다.

"잘못했습니다. 제발, 이번 한 번만 용서해 주십시오. 제가 잘못했습니다. 다시는…… 정말…… 제발 용서해 주세요. 다시는 이런 실수 하지 않겠습니다."

"이건 실수가 아니지 않나."

"제가 어떻게 하면 용서받을 수 있겠습니까? 제발 살려 주십시오. 살고 싶습니다. 반성하고 뉘우치고 바르게 살겠습니다."

헌병대장은 고개를 가로저었다. 책상 모퉁이로 밀어놓았던 서류를 다시 읽으며 묘한 표정을 지어 보였다.

"철책선 넘어 월북하다 잡혀온 병사가 괴문서나 유서 같은 걸 쓴 건 봤어도 정신 멀쩡한 장교가 이런 죄목으로 잡혀온 건 처음이네. 어쩌다가 이런 행동을 했단 말인가?"

"저, 그게……."

뭔가 그럴듯한 변명을 하고 싶었는데 헌병대장을 설득할 방법이 마땅히 떠오르지 않았다.

"나도 학훈단 출신이다. 뭐든 도와줄 방법이 있을까 싶어 백방으로 알아봤는데 손쓸 수 있는 게 하나도 없단 말이네."

헌병대장의 눈빛이 보안반장과 다르다는 걸 느꼈다. 그가 학훈단 선배라는 걸 말한 순간 지푸라기라도 잡은 듯해서 두 손을 모으고 다시 말했다.

"한 번만 도와주시면 평생 이 은혜 잊지 않고 보답하겠습니다. 군법회의에만 안 가도록 해주십시오. 거길 가느니 차라리 죽는 게 낫습니다."

"이 사람아, 대한민국 장교는 죽고 싶어도 죽을 수 없는 의무가 있다는 걸 명심하게. 장교에게는 사는 것보다 더 어려운 게 죽는 거라네."

헌병대장은 커피와 과자를 권하며 말했다. 목이 타서 물 마시듯 커피를 마셨고, 입이 써서 달콤한 과자를 우적우적 씹었다.

"내가 다른 라인으로 알아봤는데 보안반장이 워낙 강경하게 나오니까 손쓸 수가 없네. 보안대 입장도 그럴 만하지. 내 생각인데 말이네, 가능하다면 인간적인 호소를…… 아주 애절하게 읍소하는 수밖에 없을 것 같네."

헌병대장은 담배를 권하며 길게 한숨을 쉬었다. 진심으로 나를 도와주고 싶어 한다는 걸 느낄 수 있었다.

"어떻게 하는 게 도움이 되겠습니까?"

"자네, 결혼도 했고 어린 딸도 있다고 했지?"

"네, 그렇습니다."

"애엄마가 어린 딸을 업고 보안반장을 찾아가서 남편을 한 번만 살려달라고 눈물로 사정하는 게 어떨까 싶다. 군법회의에 가는 것만은 피해야 하니까."

"……."

머릿속에서 수류탄이 터진 듯 아찔했다. 지향이에게 이 상황을 설명해야 한다는 사실에 정신이 아득해졌다.

"구속되어 군법회의에 회부되느니 불명예제대를 하는 정도로 해결하려면……."

문제는 불명예제대가 아니었다. 군법회의에서 최소 5년 형을 선고받을 수도 있다는 사실이었다. 그만큼 내 죄과가 만만찮다고 들었다.

"보안반장님이 애엄마를 만나줄까요?"

"보안대 앞에서 몇 날 며칠이 걸리든 죽기 아니면 까무러치기로 버텨내야지. 만나줄 때까지 죽기 살기로 해야 할걸세."

칠흑 같은 어둠 속에서 작은 불빛이 보이는 것 같았다. 지향이 성격이라면 체면 불고하고 보안반장에게 애걸복걸할 수 있을 것 같았다. 워낙 눈치 빠르고 순발력 있게 대처해서 마음에 없어도 두 손을 싹싹 비빌 수 있는 성격이었다.

"영창에 있는 동안 가족 면회를 할 수 있게 할 테니 애엄마 불러서 사정을 상세히 말해 보게. 만약 운이 좋아서 보안반장 마음이 눅으면 장기 복무를 신청해서 위기를 모면할 수도 있어. 요즘 장교 수급이 잘 안 돼서 장기 복무하겠다면 군에서 좋아할 수도 있네."

"네, 알겠습니다."

"어쨌거나 내가 이런 얘기를 했다는 건 어떤 경우든 비밀로 하게. 무슨 말인지 알겠나?"

"알겠습니다. 이 은혜, 결코 잊지 않겠습니다."

"이게 무슨 은혜란 말인가. 사정이 딱해서 그러는 거지. 우리나라가 아니면 젊은 나이에 누가 이런 고생을 하겠는가 말이다. 전쟁 끝난 지가 언젠데 아직도 빨갱이 타령이라니……."

헌병대장은 다시 담배를 권했다.

4장

영원히 남을 붉은 낙인

아버지라는 한 사람

　딸아이를 등에 업은 지향이는 면회실이 떠나가라 서럽게 울었다. 사건의 내막을 어느 정도 짐작하고 있었을 텐데도 내가 하는 말을 제대로 알아듣지 못할 만큼 울음소리가 컸다. 미래가 암울한 건 나만이 아니었다.

　다행스러운 점은, 지향이의 평소 거침없는 성격으로 미루어 보안반장의 마음을 움직일 수 있을 것 같았다. 그녀는 목숨을 걸겠다며 굳게 결심하는 듯했다. 눈시울 붉어진 장모도 보안반장에게 어떻게든 사정해 보겠노라고 거들었다. 팔은 안으로 굽는다고 했던가.

　지향이를 따라 울던 아이가 내 볼에 입을 맞출 때 그동안 참았던 눈물이 솟구쳤다. 하룻밤만이라도 아내와 아이를 데리고 집에 가서 아무 걱정 없이 쉬고 싶었다.

문득 탈영이라는 단어가 나를 지배하기 시작했다. 집이 아니라면, 무인도나 깊고 깊은 산속으로 도망가고 싶었다. 총 한 자루와 실탄 두어 상자와 수류탄 여러 발을 챙겨 메고 병영을 벗어나 감쪽같이 숨어버리고 싶었다.

텔레비전을 장만한 지 얼마 안 되었을 때 뉴스를 보다가 지향이가 내 옷 속으로 손을 넣으며 했던 말이 떠올랐다. 범죄를 저지른 남자가 재판 결과 3년 형을 선고받았다고 기자가 전하자, 지향이는 대뜸 "나는 남편 없이는 3개월은 고사하고 한 달도 못 살 것 같은데, 감옥에서 3년을 썩으면 그 마누라는 어떻게 견딜까? 나는 죄짓고 싶어도 감옥 가기 싫어서가 아니라 남자 없이 한 달도 못 살 것 같아서 착하게 살고 있지. 오빠가 없으면 살맛이 안 난다는 얘기야" 라고 했다. 내가 웃어넘기자 지향이는 아양을 떨며 말했다.

"오빠는 내가 감옥 가면 참고 살 수 있겠어?"

대답할 말이 떠오르지 않아 웃었지만, 그녀의 그런 면이 은근히 걱정스럽기도 했다.

지향이는 내가 소위 계급장을 달고 군 생활을 시작하면 영외 거주가 가능할 테니 함께 살 수 있을 거라고 예상했을 것이다. 철책선 소대장으로 부임할 때 은근히 신경 쓰였던 게 사실이었다. 장장 9개월 동안 철책선에서 근무해야 한다는 걸 미처 털어놓지 못했다. 지금 지향이가 서럽게 우는 마음 한편에는 어떤 욕망이 숨어 있을지 모른다는 생각을 했다.

헌병대장의 배려는 죽는 날까지 잊을 수 없을 만큼 고마웠다. 일주일에 한 번씩 가족 면회를 할 수 있게 선처해 준 헌병대장에게 양주 한 병을 선물했지만 극구 사양했다고 들었다. 대신 그 양주를 보안반장에게 주라는 귀띔을 했다고 한다. 내가 군단 헌병대로 이첩될 때까지 지향이는 일주일마다 어김없이 면회를 왔다. 세 번째 면회 때부터는 울지 않았다. 그녀가 서럽게 울 때마다 내가 못 견뎌 한다는 걸 알기 때문이었으리라.

지향이는 면회 올수록 점점 표정이 밝아졌고 옷도 화사해졌다. 지향이가 두 번째 면회 온 날, 우여곡절 끝에 보안반장을 만나 간절하게 하소연했고 그의 반응도 나쁘지 않았다고 했다. 빈손으로 가기 민망해서 돈 봉투를 챙겨갔는데 정중하게 사양하더라고 했다.

"보안반장님이 내 성의를 봐서 본인이 해줄 수 있는 선에서 최대한 돕겠다고 했어. 처음에는 상대조차 안 할 것처럼 하더니 내가 울며불며 사정하고 애걸복걸하니까 도와주겠다고 하더라고. 다만……."

지향이 말끝을 흐리자 가슴이 송곳으로 찔린 듯했다. 영창에 있으니 면회 온 사람의 말 한마디에도 마음이 뒤집이

지곤 했다.

"다만 뭐? 뭐라고 했는데?"

지향은 눈을 지그시 감고 한숨을 내쉬었다.

"이미 군법회의에 회부됐대. 그래서 보안대에서는 더 이상 손쓸 방법이 없다고……."

"그게 무슨 소리야? 도와주겠다고 했다면서?"

"보안대에서 도와줄 수 있는 건 군검찰에 협조 요청을 해서 형을 최대한 감면해 주도록 하는 거래. 보안반장도 봐줄 수 있는 한계가 있겠지. 빨갱이 앞에서 기도한 걸 누가 이해하겠어. 지금이 어떤 세상인데. 전쟁 때 같으면 총살감이라는 거야. 거기다 사물함에 삐라하고 『피바다』 숨겼다가 들켰지, 고향 집에 불온 도서하고 소설 원고까지 샅샅이 조사했으니……. 진작 나한테 말했으면 감추기라도 했잖아."

물론 그런 얘기를 할 기회가 없었던 데다 보안대에서 거기까지 뒤질 거라고는 상상조차 한 적이 없다. 그녀는 작심하고 할 말을 다 하려는 것 같았다.

"아버님은 어쩌자고 동네방네…… 이북에 살 때가 좋았네, 고향에 빨리 가고 싶네, 고향 버리고 조상 버리고 와서 죄받아서 이 모양 이 꼴로 사네, 차라리 북에서 그냥 살 걸, 명절엔 북쪽을 향해 절을 하지 않나, 약주 드시면 이래 죽으나 저래 죽으나 한 번 죽는 몸인데 이쪽으로 통일이 되건 저쪽으로 통일이 되건 그게 무슨 상관이냐, 고향 땅, 조상 옆에 묻히는 게 소원이다, 죽거든 손톱과 머리털을 잘라뒀다가 통일되면 선산에 묻어달라…… 누가 그런 걸 죄다 일러바쳤다잖아. 취해서도 할 말, 못 할 말이 따로 있지."

가슴에서 울컥 뜨거운 것이 올라왔다. 아버지가 밉지 않았다. 두고 온 고향이 그리울 때, 잔뜩 술에 취했을 때 아버지는 그답지 않게 눈시울을 붉혔다. 생각해 보니 아버지도 지금의 나처럼 느닷없이 절벽 아래로 떨어져 속수무책, 고뇌의 시간을 보낸 것이었다.

지향이는 몸을 내 쪽으로 기울여 속삭였다.

"아버님이 한때 훈련소 옆에서 장사를 하셨나 봐. 수름바우에서 훈련소까지 장사하러 다니는 게 쉬운 일이 아닌데. 자세한 건 모르지만, 그때 훈련소 사정을 잘 알게 돼서 거기 사람들하고 무슨 일이 있었대. 특무상사랑 훈련소에 납품하는 사람들이 노름판을 벌였는데 아버님도 같이 하신 적이 있대. 그러다 납품 비리가 발각돼서 특무상사가 자살하는 사건이 나고 아버님도 잠시 잡혀 들어갔었대. 특무상사도 이북 출신이고 아버님도 그렇고, 조사받던 납품업자도 이북 출신인데 그 특무상사가 도망가서 이듬해 군산 쪽에서 밀항하다가 잡히는 순간 권총으로 자살했대. 그 사람 소지품에서 도민증이 나왔는데, 위조된 거지만 아버님 도민증이었대. 그러니까 보안대에서 오빠까지 싸잡아서 그 사람들 영향을 받았을 거라고 몰아붙이는 거지."

지향이는 말하면서 몇 번이나 곁눈질로 내 표정을 살폈다. 보안대에서 무슨 소리를 들었는지 모르지만 내가 아버지를 닮아 붉은 물이 스며들었을지 모른다고 의심하는 눈치였다. 아버지는 평소엔 거의 말이 없지만 술에 취하면 고향 타령을 늘어뜨리곤 했다. 그런 아버지를 원망하던 어머니의 한 맺힌 소리가 귓가에 울렸다.

"고래 아무리 두고 온 재산이 많기로 한들 어찌겠다는기니. 고향 거립고 부모 형제 보구프다 해도 혼자 쌕힐 일이지 어띠……. 열쇠 통일될 것도 아이고 남북이 오가잰 것도 아인데도. 평소에는 말짱한 냥반이 술만 들가믄 정신이 돌아가 열쇠래도 이북으로 달려갈 듯이 소래기를 지르니……. 철없는 아들도 그라 천방지축으로 납뜨지는 않겠습꾸마. 지서 다니는 순새 말로 맨정신일 땐 냥반이고, 술 취면 낙자한 빨갱이라 하재. 몇 번이나 잽혀갔다가 풀려난 건 특무상사 덕분이라 하잰니. 느 아부지는 말이다. 술 취면 정자꾸리 내가 순사래도 빨갱이로 붙잡아간다이."

건강이 좋지 못한 아버지는 일감을 빼앗기거나 품삯을 떼여 학교 월사금을 제때 준 적이 없을 정도로 힘겹게 살았다. 어머니는 자식 거두어 먹이며 남편 병구완으로 경황없이 고달프게 살았다.

한 푼이라도 아껴야 하는 어머니는 남모르게 술을 담갔다. 그 시절엔 집에서 술을 담그면 세무서 직원이 득달같이 달려와 술독을 뒤져 벌금을 되알지게 물리곤 했다. 어머니는 아버지의 비위를 맞추기 위해 몰래 술을 담가 울타리 너머 짚가리 속에 감춰두었고, 아버지가 눈물 젖은 술타령을 할 참이면 밤도둑처럼 술을 퍼 날랐다. 어린 마음에도 그런 어머니가 참 힘들겠다는 생각을 했다.

어느 날인가 우리 집에 세무서원 두 명이 들이닥쳤다. 부엌이며 뒤란을 샅샅이 훑어보는 세무서원에게 어머니는 사람을 뭘로 보느냐고, 밀주나 담가 먹는 종자인 줄 아느냐, 자식 키우는 년이 죄가 되는 짓을 하겠느냐며 세무서원들을 몰아세웠다. 내 마음은 자꾸 울타리 밖 짚가리로 달려갔다. 세무서원은 대꾸 없이 장독대를 일일이 열어보더니 까치발로 울타리 너머를 살펴봤다.

어머니의 안색이 대번에 변했다. 세무서원이 사립문을 열고 밖으로 나갔다. 그사이 동네 사람들이 모여들어 세무서원에게 삿대질도 하고 더러는 멱살잡이라도 할 듯 언성을 높이기도 했다.

세무서원이 짚가리 앞으로 가더니 짚단 두 개를 잡아 뺐다. 어머니가 숨겨두었던 술독이 고스란히 드러났다. 어머니는 사색이 된 채 손으로 머리를 감쌌다. 이럴 줄 알았으면 세무서원에게 큰소리나 치지 말았어야지 하는 낯빛이었다. 힘깨나 쓸 것 같은 사내 두 명이 술독을 꺼내더니 큰 소리로 이죽거렸다.

"아줌니, 이 집구석에는 자식 안 키우겠쥬? 이건 술독이 아니구먼유. 구정물통이겠쥬, 뭐."

동네 사람 중에 말품깨나 파는 여자가 앞으로 썩 나섰다.

"살다 살다 평생 서진이네 집에서 술독 나온 건 첨이네유. 저 여편네는 술 담글 줄도 모르는디, 어떤 인간이 이눔의 짚가리 속에다 술독을 처박아둔 겨? 서진이네랑 척진 인간이 그랬겠지, 뭐. 찔러 박은 인간은 베락 급살을 맞을 거구만, 잡으러 온 양반들이 무슨 죄가 있었어. 얼굴 보니께 착하고 마음 푼더분하게 생긴 양반들이구먼."

모여 있던 사람들이 "그려, 그렇고말고!" 하고 거들었다. 그러자 다른 여자가 얼른 말을 받았다.

"찔른 눔이 몰래 숨긴 거겠쥬. 보면 몰러유. 이 집에 술 마시는 사람이 없는디, 뭘 밀주를 담궜겠어유? 저 어린 애가 퍼먹을라구 그랬을까? 참 별꼴 다 보겠네. 하늘이 내려다보구 있구먼……."

이렇게 거들어도 세무서원은 호랑이라도 때려잡을 기세로 윽박지르며 수첩에 뭔가 끄적거렸다. 어머니는 훌쩍이는 내 등짝을 때리더니 느닷없이 술독을 두 손으로 옭아 쥐고 질질 끌었다. 웬만한 장정도 겨우 움직일 수 있는 술독을 어머니는 마치 천하장사라도 된 듯이 질질 끌었다. 정녕 아녀자의 힘은 아니었다.

어머니는 술독을 도랑에 던져 처박았다. 거르지 않은 막

걸리여서 술 냄새가 진동했다. 막걸리는 도랑물에 섞여 뿌
옇게 번지며 흘러 내려갔다. 어머니의 표정은 독살스럽기
까지 했다. 여자들은 어머니를 감싸 안았고 남자들은 삽으
로 막걸리를 휘저어 도랑물에 섞어 마구 흘려보냈다.

세무서원들이 어이가 없는지 뭐라고 언성을 높였지만 동
네 사람들 목소리에 묻히고 말았다. 조잘거리던 동네 꼬마
들도 막걸리가 도랑물과 섞여 떠내려가는 걸 고무신 벗어
들고 거들었다. 어머니는 맨땅에 주저앉아 서럽게 울었다.
세무서원들이 기가 찼는지 머리를 흔들었다. 그중 나이 들
어 보이는 세무서원이 어머니에게 된소리를 했다.

"다시는 밀주 담그지 말어유. 죄받어유. 담에는 절대루
용서 못 혀유. 알았슈? 우덜이 봐줬응께 명심하구 죄짓지
말란 말유."

사내들이 돌아서자 어머니가 그들 들으라는 듯 말했다.

"술 담그는 년이 무슨 죄요. 고저 술 처먹는 놈들이나 잡
아가지!"

동네 여자들이 소리 내어 웃었다. 손뼉 치는 여자들도 있
었다.

어머니는 당신 팔자가 아버지 때문에 더 꼬였다고 생각
했는지 걸핏하면 아버지 탓을 하곤 했다.

"저눔도 즈이 아부지 닮아서 유도리 없기는……. 아이구,
이눔의 팔자……."

내가 나이 들자 담배는 피워도 술은 절대 마시지 말라는 말을 어머니는 늘 입에 달고 살았다. 더러는 이런 말을 했다.

"고래 느이 아부지 닮지 말라. 술주정이야 해 뜨면 사라지지만 이북에 두고 온 부모 형제, 논밭 타령은 뜬귀, 잡귀가 돼도 징징거릴 텐데, 내래 기거이 무슨 재주로 견디며 사는지 모르겠다. 자식 하나 있는 거이 하는 짓만 보믄 영락없이 즈이 아부지를 닮았으니. 피는 못 속인다는 건 남 말인 줄 알았디. 속 터져 죽갔다. 우린 살 만큼 살았으니 걱정하지 말고 열심히 공부해서 너라도 도시로 나가서 보란 듯이 살라."

내가 어머니 마음을 상하게 하는 날이면 영락없이 토해 내는 말이었다. 걸핏하면 아버지와 나를 싸잡아 푸념을 쏟아놓곤 했다. 언젠가 아버지가 지서에 끌려가 여러 날 조사받을 때, 면회조차 할 수 없다며 내게 악 받친 소리도 했다.

"고래 빨갱이 자식은 모지락스럽게 가르치지 않으면 아부지보다 더 독한 빨갱이가 된다고 손가락질하질 않나. 내만 보믄 눈깔을 홉뜬단 말이다. 제발 출세해서 그것들 좀 납작하게 만들어달라. 아이고, 그 호랑말코 같은 것들."

술판에서 아버지와 입씨름 끝에 주먹질까지 하던 거친 사내의 말을 곱씹는 어머니는 동네 사람들이 뒤로는 모두 우리 식구 험담을 한다고 푸념을 했다.

마침내 군법회의가 시작되면서 면회가 금지되었다. 변호인을 제외하고 가족이나 친지의 면회는 당분간 불허한다고 했다. 마지막 면회 때 지향이는 지친 얼굴로 악에 받쳐 말했다.

　"아버님도 빨갱이로 조사받고 남편도 빨갱이로 군법회의에 회부되고…… 그럼 난 어떻게 되는 거야? 우리 딸도 빨갱이 딸이 되는 거야? 왜 날 속였어? 난 어떻게 살라는 거야! 난 빨갱이 며느리도 아니고 빨갱이 마누라도 아냐. 우리 딸이 왜 빨갱이 딸이냐구!"

　암담하고 하소연할 데가 없으니까 그저 원망할 수밖에 없겠지만 나는 대꾸할 말이 없었다. 그녀는 울며 돌아섰고, 난 어떻게 살라는 거냐는 말이 불행한 앞날을 예고하는 먹구름 속 천둥소리로 느껴졌다.

국가보안법과 반공법

군단 헌병대는 살벌했다. 사단과는 딴판이었다. 전처럼 내게 친절을 베푸는 사람은 없었다. 군법회의는 속도전으로 공격하는 군대 같았다. 군검찰은 내게 7년을 구형했다. 적군을 감싼 장교의 행실은 육군의 명예를 짓밟고 기강을 어지럽힌, 용서받을 수 없는 중형으로 치죄하여 군의 위상을 살려야 한다고 했다.

다만, 어린 시절 궁핍하여 가정교육을 정상적으로 받을 수 없었고, 대학 시절에 문학 활동을 하며 정신적 안정을 찾았으며, 학훈단 훈련을 무사히 받은 것과 일찍 결혼하여 아내와 어린 딸이 있는 것을 참작하여 7년을 구형한다고 했다.

나는 눈을 꼭 감았다. 어지러웠다. 금방이라도 쓰러지고 토할 것 같았다. 수많은 별똥별이 머릿속에서 이리저리 흩어지고 쏟아져 내렸다. 땅이 꺼지고 하늘이 무너지는 소리를 들었다.

죄가 가볍지 않다는 건 여기저기서 주워들어 알고 있었지만 군검찰이 7년을 구형할 줄은 몰랐다. 군법에 대해 제법 알 만한 변호사나 주변 사람들은 군검찰이 3년을 구형하고 심판관이 1년, 길면 1년 6개월 형을 내릴 거라고 했다. 그 정도는 각오한 터였다. 더러는 1년 형에 집행유예 3년 정도로 불명예제대하는 선에서 종결될 수도 있다고 했다. 지향이도 보안반장이 손을 써서 형이 가벼워질 거라고 장담했는데, 예상치 못한 중형을 선고받은 것이다.

분위기도 썩 좋지 않았다. 증인으로 나온 병사들이 내 기대와는 달리 불리한 증언을 할 때부터 불길한 느낌이 몰려왔다. 더구나 그날 기도할 때 따라 나오지 않은 소대원의 거짓 증언은 나를 참담하게 했다.

"저는 정말 따라가기 싫었습니다. 철책선을 뚫고 침투한 적군 장교였고 우리가 사살하지 못했으면 후방의 국민들이 무참히 살해됐을지도 모릅니다. 적이 침입할 때 소지한 폭탄 세 개는 면 소재지 정도는 쑥밭을 만들 수 있는 위력이라고 늘었습니다. 그런데 그날 해 질 무렵에 소대장님이 교회나 절에 다니는 병사 있으면 손들라 했을 때, 저는 좋은 일이 있나 보다 하고 손을 들었는데 소대장님이 죽은 북한 장교가 불쌍하다고 기도하러 가자고 해서 정말 놀랐습니다. 소대장님이 부임한 지 며칠 안 됐고 인상도 차가운데다가 잘못 보이면 말년에 고생할 것 같아 따라갈 수밖에 없었습니다. 종교적 신념이 확고하다면 혼자 가든지, 소대장실에서 혼자 기도해도 될 텐데 군이 병사들을 데리고 간 건⋯⋯. 소대원들이 소대장님 사상이 의심스럽다고 수군거렸습니다. 삐라와 불온서적인『피바다』를 숨겨두었다는 걸 알고 더욱 의심스러웠습니다. 자진해서 제 발로 걸어간 건 아니지만 따라간 것에 대해 깊이 뉘우치고 있습니다. 저 말고 따라갔던 다른 병사들도 깊이 반성하고 있습니다. 용서해 주시길 간절히 바랍니다."

그 일이 있던 날이 부임한 지 나흘째였으니 소대원들의 신상을 상세하게 파악할 수 없는 때였다. 물론 그들의 신상 명세서를 훑어보았지만 성격이나 성품까지는 제대로 알 수 없었다. 내게 불리한 증언을 한 김 상병은 그날 따라 나오지 않은 병사였다. 인상 좋아 보이는 그는 대학 입학 후 집안 사정이 어려워 휴학하고 입대했다고 했다. 깍듯하게 인사도 잘했고 말도 조리 있게 해서 똑똑한 병사라고 생각했다.

김 상병이 보안대원의 끄나풀이란 걸 알게 된 건 보안대 조사를 받은 직후였다. 철책선 부대에 파견된 보안대원은 유능한 요원일 수밖에 없다고 했다. 내가 영창에 들어가 고생할 때 김 상병이 특별 휴가를 다녀왔다는 걸 알고 가슴이 덜컥 내려앉았다.

겨우 마음을 누르고 방청석에 있는 지향이를 쳐다보았다. 그녀는 고개를 들지 않았다. 헌병에게 끌려가면서 어찌하든 눈길을 마주치려고 했지만 그녀는 끝내 고개를 들지 않았다. 우는 얼굴을 내게 보여주지 않으려고 그러는지, 아니면 군검찰의 7년 구형에 넋이 나간 것인지 모른다.

재필이는 두 손을 모으고 나와 눈길을 마주했다. 내가 고갯짓으로 지향이와 눈인사라도 하고 싶다는 신호를 보냈지만 재필이는 내 뜻을 알아채지 못한 채 연신 두 손 모으고 고개를 끄덕였다. 내 인생에서 재필이가 없었으면 어찌할 뻔했나 싶었다. 변호인을 선임해 주고 옥바라지를 해준 것도 재필이었다.

어머니의 목쉰 울음소리가 귓전을 따갑게 했다. 아버지는 술독에 빠져 산다는 게 지난번 면회 때 어머니가 한탄하며 한 말이었다. 딱 한 번 면회 온 아버지는 이 모든 죄는 자신의 탓이라고 했다. 술에 취하지 않으면 거의 입을 닫고 살던 아버지의 말꼬리가 뜻밖에 길어졌다.

"내래 하늘이 알듯이 빨갱이가 아이디. 그저 고향 잃고 피맺힌 슬픔에 부모 형제 타령을 했을 뿐이데. 참고 전데면 좋은 날이 올 테니 그날만 시달구자. 내 받지 못한 복, 젠부

느한테 가주와달라고 기도하꾸마."

내 눈을 바라보며 말을 이었다.

"그저 모함하는 놈들 말처럼 내 빨갱이라 치자. 그거시 핏줄로 잇어진다는 게 말이 되냔 말이다. 이늠의 조선 천지는 밉은 놈한테 빨갱이 헷걸을 씌우고, 그카면 죽어서도 빨갱이 구신이 되는 데렙은 시상이란 말이다."

우리 얘기를 귀담아듣는 헌병이 같은 공간에 있는 데서 자꾸 '조선 천지'라고 하는 아버지 말버릇이 귀에 거슬렸다. 아버지의 습관이었지만, 한국이나 우리나라라고 하면 될 텐데 걸핏하면 조선 천지라고 했다. 하긴 한국 천지라고 하는 것보다 조선 천지가 어울린다는 생각이 들긴 했다.

"승깔머리가 지랄 맞아서 내 수틀리면 이리 박고 저리 치고 그러다 보이 빨갱이 소리 들어도 싸다만…… 진째 빨갱이면 이라 게바라 댕기게 내버레뒀갔니. 전데야 한다. 인생은 전데는 거야. 고럼. 옥살이가 첫감에는 영 지옥 같겠디만 옥에서 딴딴해져 나오면 큰사람이 되꾸마."

아버지 입에서 나온 말치고는 어울리지 않았다. 아버지도 옥살이를 하고 나왔지만 더 나약해지지 않나.

"자슥 앞에서 차매 할 소리가 아이다만 내 몇 번이나 그만 살 작정을 했갰니. 갠데 죽는 거이 사는 것보다 더 어렵은 법이데. 느 소간이 소설 쓰는 거라 했나? 내사 직접 보지는 못했지만 위대한 작가들은 젊어서 죽을 맨치 고상하

170

고 감옥살이도 하고 도망 댕기고 했다쟀니. 머스가이 좋은 경험 한다고 생캐라우. 무슨 일 생기면 느이 어마이는 즐거 죽을 거다. 넘들 안 하는 경험을 하는 거다 생카고 죽건 살아야 한다이."

더 듣고 싶지 않았지만 간절하게 말하는 아버지를 말릴 수가 없었다.

"억울한 옥살이를 하면 수도 없이 죽고 싶을 기야. 거짓부데 같겠지만 내사 차매 죽지 못하고 살아 있는 건……. 지지리도 하찮은 인생이 즈금까지 살아 있는 건 바르 느 때문이다. 느가 없었으면 즌작에 죽었을 거디. 부모 형제가 아이고 노덕도 아이고 자슥이 제일 만저 떠오르더란 말이다. 느한테 애비 노롯 못 했다마는 느이 하나 믿고 사는 부모 생각해서리 반다시 살아야 한디. 니가 살아야 느이 어마이도 살아갈 수 있단 말이다. 내 말 쟁심해라."

아버지는 울기 시작했다. 아버지가 우는 걸 처음 보았다.

"느한테 무슨 일 생기면 내래 더 살고 싶디 않겠지만 느이 어마이는, 불싸한 느이 어마이는 그 자리에서 죽어 나자빠질 거이다."

헌병이 몇 번이나 면회 종료를 알렸지만 아버지는 자꾸 말을 이었다. 아버지의 한 맺힌 얘기가 아니더라도 나는 아버지 가슴에 쌓아둔 얘기들을 어렴풋이 짐작하고 있었다. 아버시 입을 통해서기 아니라 평소 어머니의 넋두리와 아버지 술 동무들이 전해 주는 얘기 때문이었다. 아버지는 빨갱이 소리 듣는 게 싫어 북한 말을 가능하면 안 쓰려고 했지만 그것도 쉽지 않아 술 마시면 더 강한 어조로 함경도 말을 썼다고 했다.

헌병의 채근으로 자리에서 일어난 아버지는 처음으로 나를 힘주어 끌어안았다. 찌든 담배 냄새와 땀 냄새가 내 콧속으로 들어왔다. 술 냄새도 났다. 맨정신으론 올 수 없었는지 모른다. 그리고 작지만 강한 어조로 말했다. 헌병 들으라는 소리 같았다.

"느이 아부지는 죽었다 깨나도 빨갱이가 아이다. 고래 우리 집안 내력에, 우리 핏줄에 빨갱이는 읎어!"

돌아서서 천천히 걷는 아버지의 등은 잔뜩 굽어 있었다. 아버지는 뒤돌아보지 않았다. 울고 있다는 걸 알 수 있었다. 내 눈에서 눈물이 펑펑 솟구쳤다.

군법회의에서 검찰은 내 죄명을 국가보안법과 반공법 위반으로 국가를 위태롭게 하고 군의 사기를 훼손한 중대한 범법 행위로 중형에 처해야 한다고 주장했다. 더구나 반성문도 형식적이었고 피란민인 아버지도 여러 차례 용공 분자로 처벌받은 적이 있고, 내가 쓴 소설「김일성전」「박정희전」은 물론「아나키스트에게 박수」도 용공 혐의가 짙다고 했다.

뿐만 아니라 철책선을 지켜야 하는 막중한 임무를 맡은 소대장이 북한 선전물인 삐라를 숨겼고 이적 서적인『피바다』를 소장했기에 용서받기 어렵다고 했다. 가장 악질적인 행위는 고성능 폭탄으로 무장한 채 제1철조망을 절단하고 침입한 적군 장교의 시신 앞에 부하들을 대동하여 조문한 사실이며, 피고가 보안대 조사와 헌병대의 조사에서도 실토했듯 중대범죄가 확실하다고 했다.

기독교인인 나의 변호인이 침착한 목소리로 변론을 시작했다. 재필이가 소개해 준 그 변호인은 군법무관 출신으로, 내가 쓴 반성문을 좀 더 확대 해석해 진지하게 변호했다. 변호인의 첫 발언은 내 마음을 떨리게 하기에 충분했다. 우리 민족의 지상 목표는 통일이기에, 반드시 통일을 이루어야 한다는 걸 강조하면서 국가보안법이 걸림돌이 되지 않게 어느 정도 통일이 진척될 때까지 당분간 사문화할 필요가 있다고 했다. 물론 통일을 위해 폐지되어야 하는 법이라는 것도 강조했다.

"철책선을 절단하고 침투한 적 장교를 사살한 부대의 지휘관인 소대장으로서 작전을 성공시킨 공적은 마땅히 인정받아야 합니다. 더구나 그날은 대한민국 국군통수권자인 대통령의 취임식 날이었기에 그 의미가 남다를 수밖에 없습니다. 적 장교는 사살되었고 그 시신은 소대 앞 언덕에 임시 거치되어 있었습니다. 피고는 문학청년으로 휴머니즘에 매료되어 있었고 세상 모든 현상에 인간애의 특성을 부단히 갈구했습니다. 피고는 현행법을 어겼을망정 대한민국의 자존심과 포용력과 대한민국의 긍지를 높인 것이지 적군을 보호하거나 지지한 거라고 볼 수 없습니다. 적군은 이미 죽었기에 그건 생명체가 아니라 흙이 될 존재일 뿐, 피고가 가톨릭 신자이기에 영혼의 안식을 위한 덕담 정도의 기도를 한 것입니다. 이런 사실이 세상에 알려진다면 한국 국군의 휴머니즘을 높게 평가받을 수 있고, 영화나 소설로 만들어진다면 한국 문화의 위상을 재평가받아 국격을 높일 수 있습니다. 대한민국이 이 정도 사건으로 장교를 구속하고 중형으로 다룰 게 아니라 적에게도 인간애를 베푼 휴먼 스토리로 알려야 합니다. 용서와 사랑을 상징하는 십자가를 적의 시신 앞에 꽂았다는 게 국가보안법과 반공법 위반이라고 판결을 한다면 대한민국은 정의의 국가도 민주국가도 종교의 자유가 있는 국가라고도 할 수 없습니다. 통일이 되었을 때 이 사건이 평화통일의 역사적 상징이 되도록 심판관님께서 너른 가슴으로 판결해 주시기를 간곡하게 청합니다. 이 사건에는 국가보안법을 적용해서는 안 됩니다. 죄가 있다면 군사기밀을 누설한 것에 대한 잘못을 인정하고 죄를 달게 받겠습니다."

변호인은 내가 말하고 싶었던 걸 제대로 짚었다. 마치 내 마음속에 들어왔던 것처럼 변호했다.

"보안대의 주장대로 반공법과 국가보안법 위반이라면 죄가 결코 가볍다고 할 수 없습니다만 피고 한서진의 길지 않은 삶을 살펴보면 결코 용공 분자가 아니라는 걸 알 수 있습니다. 피고는 소심하고 융통성이라곤 없는 평범한 문학도입니다. 시와 소설 쓰기에 진력하는 소설가 지망생입니다. 피고가 읽고 쓴 글을 살펴보면 그의 일관된 가치관은 휴머니즘입니다. 피고가 쓴 소설과 수필과 일기를 보면 피고의 화두와 사상의 근간은 사랑과 용서입니다. 피고가 장편소설『임꺽정』을 탐독한 것은 조선시대 절박한 민중의 고통을 보여주려 한 작가 홍명희의 민족정신, 즉 독립운동을 하고 통일을 염원한 선각자의 정신을 탐독한 것이지 그의 정치적 노선을 따르는 것은 아니었습니다. 피고가「김일성전」을 쓴 것은 결코 북한 김일성을 존경해서가 아니라 김일성과 한자 이름이 같은 사람이 이름 때문에 겪는 갖가지 에피소드를 유머러스하게 그려낸 것입니다."

변호인은 잠시 숨을 고르며 심판관과 검찰관을 응시했다. 심판관이 고개를 끄덕이며 변호를 계속하라고 했다.

"그 소설에서도 중심사상은 휴머니즘입니다. 검찰에서 중형의 근거로 제시한, 피고의 사물함에서 압수한 북한 서적『피바다』는 철책선 근처에서 자주 발견되는 북한의 선전물로 피고가 약간의 호기심이 있었던 것도 사실입니다. 그러나 상급 부대에 신고하고 제출하기 전 잠시 보관하던 상태였습니다. 소대에 부임한 지 겨우 나흘째였고 미처 신고하고 제출할 틈이 없었습니다. 또 용공 혐의 중에「아나키스트에게 박수」를 지목했는데, 삶이 곤궁하고 미래가 불안한 젊은 세대에게, 기성세대에 저항하는 청년문화가 등장하여 장발, 청바지, 통기타를 즐기며 간섭받지 않는 아나키스트를 한 번쯤 꿈꾸기도 합니다. 피고는 죄가 없다고 주장하는 게 아닙니다. 큰 실수를 했기에 죄를 달게 받겠다고 합니다. 피고는 시대를 잘못 만났는지도 모릅니다. 통일이 되었을 때 태어났다면 죄가 되지 않았을 거라고 생각합니다. 현시점에서 보면 피고는 어리석었고 소심했고, 현명하게 대처하지 못한 건 분명합니다. 남북이 평화통일이 되면 피고의 이야기가 오히려 미담이 될 수도 있습니다. 피고의 국가보안법과 반공법 위반은 재조사돼야 마땅합니다. 대간첩작전에서 능숙한 지휘력을 발휘하지 못한 점과 사후 처리 미숙, 기자간담회 때의 군사기밀 누설 등도 행위에 비해 과도한 징벌로 사료되니 재조사를 강력히 요청합니다. 검찰의 7년 구형은 당장 군의 엄중한 규율 적용으로 인식할 수 있지만 엄밀하게는 평화통일의 어두운 그림자로 기록될 수도 있습니다.”

심판관은 변호인에게 나머지 변론은 서면으로 대신하겠느냐고 했지만 변호인은 시간을 조금만 더 달라고 했다.

“반공법은 5·16 이후에 공산주의 활동을 처벌하기 위해 제정, 공포된 법률로 1961년 7월 3일부터 시행됐습니다. 법률 제643호로 공포된 반공법은 많은 부분 국가보안법과 겹치고 국가보안법이 일반적인 반국가 행위에 대한 처벌이라면 반공법은 그중에도 공산주의 활동에 관한 처벌법입니다. 제3조 1항에 반국가단체에 가입하거나 타인에게 가입할 것을 권유한 자는 7년 이하의 징역에 처한다고 했는데 피고는 반국가단체에 가입한 적도 없고 권유한 적도 없습니다. 또한 미수범은 처벌한다는 조항이 있지만 피고는 미수범이 아닙니다. 예비 또는 음모한 자는 5년 이하의 징역에 처한다는 법률에도 피고는 해당되지 않습니다. 제4조 1항과 제5조 1항에 반국가단체나 구성원 또는 국외 공산계열의 활동을 찬양, 고무 또는 이에 동조하거나 기타 방법으로 반국가단체를 이롭게 하는 행위를 한 자는 7년 이하의 징역에 처한다고 했지만 피고는 그런 행위를 한 적이 없습니다. 동법 제2항에 전항의 목적으로 문서, 도화 기타의 표현물을 제작, 수입, 복사, 보관, 운반, 반포, 판매 또는 취득한 자도 전항과 형이 같다고 했습니다.”

변호인은 피고인석에 앉은 나를 쳐다보고 말을 이었다.

“피고가 소지했던 『피바다』와 삐라는 소대원들이 신고한 것으로 상급 부대에 신고, 제출할 만한 시간적 여유가 없었음은 이미 밝혀졌습니다. 그럼에도 중형에 처하는 것은 법의 과잉 적용입니다. 더구나 피고가 개인직으로, 문하도익 실험정신으로 쓴 「김일성전」 「박정희전」 「아나키스트에게 박수」를 용공 혐의로 판단한다면 행동하지 않은 인간의 생각이나 일기나 친구끼리 한 농담까지도 처벌해야 됩니다. 널리 알려진 소설 『1984년』 같은 현상이 대한민국 군 역사에서 생겼다고 국제인권단체에서 항의할 수도 있습니다. 피고의 아버지가 빨갱이라고 손가락질을 받았고 구속되었지만 결국 무혐의 처분을 받았습니다. 피고는 어리석어서 실수한 것이지 국가보안법이나 반공법을 위반한 사실이 없습니다."

심판관은 손바닥으로 책상을 서너 번 두드렸다. 검찰관이 몇 번이나 변호인의 변론을 종결하고 서면으로 대체해 달라고 요구했기 때문이다.

"다음 군법회의가 속개되어야 합니다. 변호인의 변론문은 모두 재판 기록으로 취합하겠습니다. 나머지 변호인의 변론은 서면으로 갈음합니다."

나는 변호인의 눈짓으로 피고석에서 일어섰다. 어지러운 마음을 누르고 몇 날 며칠 다듬은 최후진술서를 펼쳤다. 심판관이 아까처럼 손바닥으로 책상을 가볍게 두들겼다.

"오늘 검찰관과 변호인이 여러 가지 사안을 밀도 있게 다루다 보니 시간이 많이 지체되었습니다. 다른 재판 일정이 있어서 피고의 최후진술은 이미 제출된 서면으로 갈음하겠습니다."

나는 그 순간 뭔가 잘못됐다는 생각을 했다. 변호인과 눈길이 마주쳤다. 그는 연신 고개를 끄덕이며 심판관의 말에 순응하라는 시늉을 했다. 나는 몇 번이나 고개를 저었다. 피를 토하는 심정으로 작성한 최후진술서는 내 목숨을 걸고 쓴 것이었다.

일반 재판의 1심에 해당하는 보통군법회의의 판결을 기다리는 시간은 길고 지루하고 답답해서 견디기 어려웠다. 소리 없이 감쪽같이 사라지는 방법을 찾고 싶은 심정이었다. 변호인의 성실한 변론과 내가 온 정성으로 머리를 쥐어짜 쓴 최후진술서, 어린 딸을 앞세워 간곡하게 호소한 지향이의 탄원서, 재필이가 앞장서고 문학반 후배들과 지도교수가 정성으로 쓴 탄원서를 생각하면 무죄까지 기대할 수는 없더라도 징역 1년 정도 선고될 수 있을 거라는 소망을 품기도 했다.

그러나 검찰 구형과 죄목을 나열하는 검찰관의 근엄한 목소리, 보안대의 조사 과정과 헌병대의 수사 기록을 떠올리면, 국가보안법과 반공법 위반으로 중형을 피할 수 없을 것 같다는 걱정이 앞섰다.

간절히 기도했다. 있는 죄가 없어지는 건 아니더라도 형량이 가벼워지기를 간곡하게 하늘에 호소하고 애원했다. 소문으로만 들은 육군형무소는 흔히 '남한산성'이라 불리는 곳인데, 얼마나 살벌하면 대한민국에서 산 채로 지옥 구경을 하려면 그곳으로 가라고 했겠는가. 그곳에선 일반 군범죄가 아니라 군에서 가장 중죄인으로 다루는, 반공법과 국가보안법으로 중형을 선고받은 자는 사람 취급을 하지 않는다는 말도 들었다. '죽어서 가는 지옥보다 살아서 가는 남한산성이란 지옥이 더 혹독하다'는 소문이 사실일 것 같았다.

변호인은 내 손을 힘주어 잡고 귀엣말로 중형을 선고받더라도 앞으로 고등군법회의가 있고 대법원도 있다고 안심하라는 듯 말했다. 또 모범수가 되면 형기가 단축되기도 하니까 마음을 잘 다스리라고 했다. 나는 형무소에 수감되는 상상을 하면 하루라도 빨리 죽어버리는 게 더 나은 게 아닌가 싶었다. 세상에 태어난 지 얼마 되지 않은 딸과 아내 지향, 그리고 어머니와 아버지가 없었다면 벽에 머리를 짓찧었을지 모른다.

생각할수록 억울하기만 했다. 형벌을 받는 자는 누구든 자신이 지은 죄에 비해 벌이 지나치게 가혹하다고 생각하기 마련이라고 한다. 나는 더욱 그러했다. 최후진술서에서도 밝혔듯이 내가 지은 죄가 현행법으로 가볍지 않을지라도 형벌이 지나쳐 몹시 억울하다는 생각을 지울 수 없었다.

사살된 적 장교들의 시신에 흙 몇 삽을 얹어놓고 간 군인들이야 그럴 수밖에 없었겠지만, 그걸 바라보는 내 마음은 편치 않았던 게 사실이었다. 그들에게도 부모 형제가 있을 것이었고, 만약 나처럼 결혼했다면 아내와 자식이 있었을 터, 가엾은 영혼이나마 안식하라고 기도해 주는 게 인지상정 아니겠는가 말이다.

선고공판은 오전 10시에 열리기로 되어 있었는데 30분쯤 지나서야 심판관이 재판장에 들어왔다. 심판관 좌우에는 법무사와 사단 참모장교가 정복 차림으로 앉았다. 방청객은 별로 없었다. 내가 아는 사람이라곤 변호인과 재필, 대학 문학반의 친한 친구들 몇 명뿐이었다. 지향이는 충격을 받을 것 같아 오지 말라고 당부했기에 보이지 않았는데, 내가 그렇게 말하긴 했어도 서운하지 않은 건 아니었다.

선고공판은 참으로 싱겁게 진행되었다. 검찰관과 변호인이 심각하게 법리 다툼을 하고 심판관이 주의를 주는 외국 영화의 한 장면을 떠올렸지만, 그런 일은 일어나지 않았다. 심판관은 국가보안법과 반공법 위반임을 명확히 하고는 징역 5년을 선고했다.

심판관과 검찰관, 변호인과 재필, 방청석에 있는 어느 누구도 그런 결과에 웃는 사람은 없었다. 웃는 건 오직 나뿐이었다. 왜 그랬는지 알 수 없다. 웃음이 아니라 울음을 집어삼켜서 생긴 기묘한 표정이었는지 모른다. 소리 내어 웃고 싶다는 생각도 했다.

덩치가 크고 얼굴에 표정 변화가 없는 헌병이 다가와 내

팔을 잡았다. 부모를 빚쟁이로 만들고 겨우 대학을 다니며 어렵게 학훈단 훈련을 마쳤는데, 그렇게나 힘겹게 얻은 소위 계급장은 영광이 아니라 굴욕이 되었다. '빨갱이 장교'라는 낙인이 찍힌 내 인생은 산산조각이 나버렸다. 군법회의에서 유죄판결이 났으니, 이대로 가면 불명예제대를 하게 될 게 뻔했다.

대개 보통군법회의는 6개월 정도 후 선고공판을 한다고 들었는데, 내 재판 과정은 속전속결로 진행된 거라고 변호인이 알려주었다. 웬만한 사건 같으면 보통군법회의에 부사단장 같은 고위 인사가 심판관으로 나서지도 않는다고 했다. 그만큼 이 사건이 심각하다고 판단한 듯했다. 근래에 국가보안법이나 반공법에 얽힌 사건이 없었기에 군 내부에 경각심을 주기 위한 방편인지도 모른다.

선고를 받은 건 내가 영창에 구금되고 군법회의가 결정된 지 4개월 만이었다. 곧 육군형무소로 끌려갈 내 시퍼런 청춘은 순식간에 만신창이가 될 것이다. 내 인생이 이렇게 무참하게 무너질 줄은 상상조차 해본 적이 없다. 아내와 딸은 어찌 살며 부모는 빨갱이 자식 둔 죄인 취급을 받으며 얼마나 비참해지겠는가. 5년 형기를 마치고 풀려나도 세상은 나를 받아주지 않을 게 분명했다.

죽는 날까지 지워지지 않을 빨갱이라는 딱지를 붙인 채 어찌 살아야 할지 아득하기만 했다. 2심인 고등군법회의에 항소해서 감형을 받게 되더라도 용공 분자라는 낙인은 피할 수 없을 것 같았다. 결국 나는 불명예제대를 하게 될 것이다.

적인종

아침부터 헌병대가 부산스러웠다. 남한산성에 있는 육군 형무소로 죄수들을 이송하기 위한 절차가 진행 중이었다. 우리 군단 관할에서 반공법과 국가보안법 위반 사범은 나와 하사관, 단 두 명이라고 했다.

들리는 말로는 송씨 성을 가진 그 하사는 베트남전 파병 때 전투 중에 무기를 탈취당한 전력으로 진급에서 누락됐고, 귀국하자마자 철책선 부대에 배치된 불만 때문에 말썽을 일으킨 요주의 인물이라고 했다. 그러다 철책선을 절단하고 북으로 도주하다 체포되었기 때문에 나보다 두 배나 무거운 징역 10년을 선고받았다.

나는 지난밤 한숨도 자지 못했다. 두려움과 후회가 나를 붙잡고 놓아주지 않았다. 내 신세가 마치 복날에 끌려가는 개 같다는 생각을 했다. 어린 시절, 동네 아이들과 어울려 놀던 누렁이를 끌고 가는 어른들 뒤를 따라가본 적이 있다. 아이들 중에 몇몇은 어른들이 누렁이에게 무슨 짓을 했는지, 본 것을 무용담처럼 지껄이고 다니기도 했다.

끌려가는 누렁이는 마을 사람이 기르던 개였다. 순한 누렁이는 잘 짖지도 않고 나를 보면 꼬리를 흔들며 반겨주던 개였다. 장정들이 나무 밑동에 누렁이를 줄로 묶었다. 우리는 멀찍이서 그 광경을 지켜보았다.

줄에 묶인 누렁이는 요란하게 짖었고, 장정 두 명이 몽둥이질을 했다. 누렁이는 피투성이가 되어 자지러지게 울어 댔다. 아이들은 귀를 막았다. 나는 눈을 감고 귀를 막은 채 돌아섰다. 누렁이를 구해 주지 못했으니, 나도 그 어른들과 한패라고 누렁이는 생각했을지 모른다. 변명할 말이 떠오르지 않았다. 누렁이의 비명은 메아리가 되어 산골짜기를 온통 뒤흔들었다.

누렁이는 내 의식 속에서 더러 살아나곤 했다. 꿈속에서 나를 향해 맹렬하게 짖어댔다. 나는 보신탕이란 건 먹지 못했고, 붉은 핏기가 보이는 구운 고기도 못 먹었다. 선지가 들어 있는 해장국도 외면할 수밖에 없었다. 어린 시절부터 지금까지 검붉은 색깔, 빗빛, 붉은 옷감, 상처에 바르는 요오드액까지 싫어했다. 보안대의 조사를 받을 때, 나는 그런 나의 성향을 자세히 말했다.

"빨간색을 본능적으로 싫어합니다. 그래서 절대로 용공 분자나 빨갱이가 될 수 없습니다."

수사관은 내 말을 듣고 싸늘하게 웃었다.

어쨌거나 나는 대한민국에서 공인된 빨갱이가 되어버렸다. 변호인의 말처럼, 현행법상 용공 분자는 고등군법회의나 대법원에서도 감형받기 어려울 것 같았다. 그렇다면 나는 백인종도 황인종도 흑인종도 아닌 적인종(赤人種)이 된 것이다. 나는 내 죽음을 어두운 허공 속에서 보았다. 불행도 보았고, 내 존재의 가치 없음도 깨달았다. 세상이 나를 지구 밖으로 내던진 것도, 내 핏속에 붉은색의 악마가 채워진 것도 알게 되었다.

사람에게 고뇌가 없으면 이미 사람이 아닐지 모른다. 고뇌와 고통이 없으면 죽은 목숨일지 모른다. 나는 남을 죽이지도 않았고 강도질을 한 것도 아니다. 남을 못살게 굴지도 해코지하지도 않았다. 남을 비난하거나 질시하지도 않았다. 때리거나 욕을 내뱉은 것도 아니다. 총 맞아 죽은 인간을 애도했을 뿐이다.

나는 그들의 이름도 모른다. 북한군 장교라는 것밖에 아는 게 없다. 어쩌다가 남과 북이 갈라져 동족임에도 적이 되어버린 상황에서, 그들은 고성능 폭탄을 짊어지고 왔을

지언정 스스로의 판단으로 우리를 공격하기 위해 온 건 아닐지 모른다. 거부할 수 없는 명령에 순응했고 침투했다가 사살되었다. 그는 나의 원수가 아니고 나도 그의 원수가 아니다. 현행법으로 따지면 내가 죄인일지 모르지만 윤리적으로 따지면 나는 적인종이 아니라 따스한 인간이다.

조선시대의 큰 아픔이 서려 있는 남한산성 부근에, 어째서 육군형무소라는 지옥을 만들었는지 이해할 수 없었다. 새벽부터 헌병대에서 서류를 작성하고 헌병이 호위하는 차량에 탑승하자 다른 부대에서 재판을 받고 육군형무소로 이감되는 죄수들이 적잖다는 걸 알았다. 두 눈 부릅뜬 호송 헌병들 때문에 죄수들은 서로 시선만 마주칠 뿐 누구 하나 말문을 열지 못했다. 모두 잔뜩 겁먹은 표정이었다.

"웃지 마라, 웃지 마!"

인솔 장교의 목청이 날카로웠다. 이런 상황에서 감히 누가 웃을 수 있단 말인가. 창밖만 바라보고 있던 나는 인솔 장교의 목소리가 몹시 귀에 거슬렸다.

"웃지 말라고 했다. 경고한다. 웃지 마라!"

장교가 잰걸음으로 다가와 지휘봉으로 내 어깨를 쳤다. 차창에 반사된 나는 정말 웃고 있었다. 분명 울고 있었는데, 유리창에 반사된 내 모습은 웃고 있었다. 두 손으로 얼굴을 감쌌다.

"웃지 말라고 했다."

장교의 목소리 때문에 나는 또 웃었다. 아니, 정신없이 소리 내어 웃고 싶었다. 지옥에 가면 웃을 수 없으니 지옥에 도착하기 전에 실컷 웃어보고 싶었는지 모른다. 시신 앞에서 기도했다고 내 청춘을 박살 낸다는 게 말이 되는가. 울음이 지나치면 웃음이 될지 모른다. 웃음을 참으려고 한 손으로 입을 막고 다른 손으로 목을 눌렀다. 토할 것 같았다. 억지로 삼킨 음식물이 소화되지 않은 채 구역질이 나려 했다. 삼켜도 웃음은 멈추어지지 않았다. 내가 드디어 미쳐 간다는 생각이 들었다.

어린 시절, 시골 읍내를 휘저으며 다니던 여자는 늘 헤프게 웃었다. 사람들이 미친년이라고 불렀다. 이름이 있는지도 알려지지 않았다. 더러 개구쟁이들이 치마를 잡아당기거나 발길질을 해도 소리 내어 웃기만 했다. 풀어헤친 머리칼은 엉겨 붙었고 세수하지 않은 얼굴은 땟자국이 덕지덕지 앉았고 치마저고리도 땟자국이 얼룩졌다. 가까이 가면 야릇한 썩은 내가 풍겼다. 얻어먹는 신세인데도 제법 살집이 있는 편이었다. 치마저고리를 여러 벌 겹쳐 입은 탓에 그렇게 보였는지 모른다. 쌍꺼풀이 진 큰 눈과 둥글넓적한 얼굴, 더러는 피 묻은 치마를 입고 다닐 때도 있다고 했다. 그녀가 점점 더 살이 오르고 배가 불룩해지자 임신했다는 소문도 돌았다.

그녀는 우리 마을 끝자락에 있는 집 문간방에서 마을 여자들의 도움으로 딸아이를 낳았고, 집집마다 형편대로 이것저것 챙겨주었다. 그녀는 딸아이를 업고 다니며 웃음이 더 헤퍼졌다.

그렇게 업고 다니던 아이가 심한 고뿔이 들어 시름시름 앓다가 읍내 침쟁이의 정성에도 불구하고 죽었다. 그녀는 죽은 딸을 산비탈에 묻어줄 때 대성통곡을 하더니 그날부터 낡은 베개를 업고 다녔다. 더러는 업었던 베개를 끌어안고 노래를 부르기도 했다. 노래가 끝나면 소리 높여 웃거나 두 팔을 흔들며 춤을 추기도 했다. 마을 여자들 말대로라면 딸을 낳고 반은 정신이 돌아온 듯했는데 딸이 죽은 뒤로는 더 심해졌다고 했다.

그녀는 업고 다니는 베개를 '홍자'라고 불렀다. 그녀를 잘 안다는 읍내 싸전 주인 여자는 그녀의 이름이 홍자라고 했다. 베개 업고 다니는 걸 안쓰러워하던 떡방앗간집 여자가 그걸 빼내주려고 했다가 팔목을 물려 혼비백산했다는 얘기도 들었다. 나도 곧 그녀처럼 미쳐버릴지도 모른다는 생각을 했다.

형무소에 입소한 것은 점심 무렵이었다. 신상 확인을 하던 상사는 나를 훑어보며 반공법과 국가보안법 위반 사범은 중죄인이기에 특별한 규율을 적용할 테니 그런 줄 알라고 했다. 특별한 규율이 무엇인지 물을 수 없었다.

소위 계급장 달린 군복이 죄수복이었다. 나는 위관장교를 가두어두는 다인실에 수용된다는 통보를 받았다. 군인 사법에 따르면 장교는 소위 이하의 계급이 없어 강등될 수 없기에 소위 계급장을 단 군복을 입게 됐다. 항소했기 때문에 고등군법회의와 대법원 판결 때까지 입을 수 있지만 형이 확정되면 계급장을 떼어내야 한다.

항소장을 제출할 때 지향이는 내 죄목이면 고등군법회의에서 오히려 더 무거운 처벌을 받을 수 있다며 항소를 포기하라고 종용했다. 재필이는 나를 도울 형편이 아니었다. 입대하여 이병 계급장을 달고 후방 부대에서 근무하느라 면회 한 번 오기도 힘든 처지였다.

형무소에 근무하는 사람들은 웃거나 밝은 표정을 지으면 안 되는 것 같았다. 헌병들은 모두 키가 컸고 덩치가 좋았으며 번듯해 보였다. 입소한 죄인쯤은 한 방에 때려눕힐 수 있을 것 같았다. 육군형무소에서 옥살이를 하는 것보다 정신병원으로 실려가는 게 편할 것 같았다.

조선조 병자호란의 가슴 아픈 역사가 엄혹하게 서려 있는 남한산성의 고통이 내게 고스란히 밀어닥치는 걸 온몸으로 체험하기 시작했다. 형무소에서는 면회도 쉽지 않았고 연필 한 자루, 공책 한 권도 구할 수 없다고 했다. 뭐든 주저리주저리 글을 쓰면 미쳐 발광할 것 같은 정신줄을 잡는 데 도움이 될 것 같았는데 아예 아무것도 구할 수 없었다. 가족과의 서신교환도 쉽지 않았고 편지 내용은 담당 장교가 철저하게 검열한다고 했다.

형무소 위관장교 다인실은 독방이라고 해도 좋을 만한 크기였다. 먼저 수감되어 있던 선임 장교는 대위 계급장을 달고 있는데 인상이 사나워 보였다. 중위 계급장을 단 장교는 옛날 같으면 장군감이란 소리를 들었음 직한 덩치에 얼굴에 칼자국 같은 흉터가 있었다.

"한 소위, 진짜 빨갱이냐? 빨갱이는 이마에 뿔 달린 줄 알았는데, 겉보기는 멀쩡하네. 빨갱이답게 위장했겠지. 저 가면을 좀 벗겨보자."

신고식을 마치자마자 김 대위가 내 얼굴을 빤히 바라보며 말했다. 빨갱이가 아니라고 천부당만부당하다고 말하고 싶었지만 보안대에서 조사받을 때가 떠올라 고개만 떨구었다.

"빨갱이가 아니란 거지? 내 그럴 줄 알았지. 그럼, 조작됐다는 거냐?"

그의 목소리나 표정, 따지는 태도가 보안반장을 연상케 했다. 빨갱이가 아니라고 주장하는 순간 주먹이 날아들 것 같았다. 그렇다고 인정하는 순간 그 말이 어디로 어떻게 번질지 모른다. 항소심에서 김 대위가 증인으로 나설 수도 있기 때문이다. 내 마음은 자꾸 나약해지기만 했다. 같이 감옥살이를 하는 입장에서 진정성 있는 호소를 하면 들어줄 수도 있을 것 같고 주먹질당하지는 않을 거라는 기대를 품고 있었다.

"반공법에 국가보안법 위반인데…… 겨우 5년 형 받았다는 게 말이 되냐?"

김 대위는 나에 대해서 다 안다는 투였다. 묵묵히 듣고만 있을 순 없었다.

"변론 요지와 최후진술, 상고이유에서 자세히 밝혔듯이 상당 부분 오해가 있습니다. 저는 비록 반공법과 국가보안법을 위반했다고 하지만, 얘기를 들어보시면 오해가 있었고 이상하게 상황이 꼬였다는 걸 알 수 있습니다. 보통군법회의에서 밝혀졌듯이 저는 북한을 추종하거나 적군을 옹호한 적이 없고 대한민국의 정통성을 부정한 적도 없습니다. 절대로 없습니다. 오해받을 행동일 수도 있지만…… 제가 최전방을 지키는 소대장이란 생각보다 그 순간엔, 제가 죽인 건 아니지만 우리 소대의 전과이고, 적군이긴 하지만, 침투했으니 죽어 마땅하지만, 혹시 원혼이 있다면 달래줘야 한다는 생각을 했습니다. 그래서 별다른 의미 없이, 이승을 떠나 안식하라는 뜻으로 기도한 것뿐입니다."

할 말이 무척 많았다. 몇 날 며칠이라도 할 수 있을 만큼 얘기가 쌓여 있었다. 김 대위와 박 중위는 내 눈을 쳐다보지 않았다. 김 대위가 내 가슴을 손바닥으로 툭 쳤다.

"빨갱이치고 말 못하는 놈이 없다더니……. 안 그래?"

박 중위가 큰기침을 했다.

"빨갱이를 겨우 징역 5년 때리다니 가당찮네요. 이런 종자는 사형시켜야 하는데. 북괴 같으면 현장 즉결 처분이겠죠."

"삼족을 멸했겠지. 6·25 전쟁 안 나고 통일했으면 우리가 미쳤다고 군댈 가겠냐. 저런 인간들 때문에 나라가 두 동강 나고 우리가 옥살이를 하고…… 빨갱이는 광화문 한복판에 매달아놓고 패 죽여도 시원찮어."

김 대위와 박 중위에게 무슨 사연이 있는지 모르지만 자신들의 억울한 일이 마치 나 때문인 것처럼 몰아붙였다. 그들의 말은 나를 더 주눅 들게 만들었다. 뭔지 모르지만 그들이 내게 화풀이를 할 것만 같았다. 보안대에서 없는 죄까지 실토하고 싶을 정도로 얻어맞고 고문당한 시간들이 선명하게 떠올랐다.

"어쨌든 제 잘못입니다."

그들을 진정시키려고 얼른 이렇게 말했다.

"뭘 잘못했나?"

"……"

대꾸할 말이 떠오르지 않았다. 김 대위가 손바닥으로 내 머리를 때렸다. 어찔했지만 어금니를 힘껏 물었다.

"뭘 잘못했냐고 물었다. 대한민국 국군을 능멸하고 북괴를 추종하는 빨갱이는 때려죽여도 잘했다고 박수받는다."

김 대위기 이렇게 목청을 세우자 박 중위가 내 엉덩이를 걷어찼다. 쓰러진 내 등 뒤로 김 대위가 올라타더니 뒷목과 어깨를 팔꿈치로 찍었다. 비명소리를 막으려고 박 중위가 담요로 내 입을 틀어막았다. 숨 쉴 수가 없었다. 주먹질과 발길질에 몸을 비틀며 악을 쓰자 사타구니를 찍었다. 복부를 가격한 김 대위가 소리 내어 웃었다. 보안반장도 이렇게 내 사타구니를 걷어차며 웃던 기억이 떠올랐다. 박 중위가 내 두 팔을 뒤로 꺾자 김 대위가 태권도 선수처럼 명치를 가격했다. 쓰러져 신음하는 나를 보고 두 사람은 재미있다는 듯 킬킬거리며 웃었다.

"이게 제법 엄살부릴 줄도 아네. 진짜 된맛을 봐야 정신 차리지."

남한산성 육군형무소 장교 감옥은 규율이 엄격한 대신 구타와 인격 유린 같은 건 없다고 한 걸 믿은 건 아니지만 입감 신고 순간부터 주먹질과 발길질이 시작될 줄은 예상치 못했다. 병사 감방에는 흔히 구타, 가혹 행위가 있다고 했다. 그래서 군대에서 '남한산성 보내줄까'라는 말 한마디가 '빨갱이 같은 놈'과 비슷한 공포심을 주었다. 군대에서 죄짓고 남한산성에 가면 반은 죽은 것이고 감옥에서 풀려나도 후유증으로 평생 병고에 시달린다는 무시무시한 얘기도 들었다.

생존 문제 앞에서 계급이나 체면은 아무짝에도 쓸모가 없다. 몸이 망가지느니 무작정 굴복하기로 했다. 그러지 않고는 살아 나갈 수 없을 것 같았다. 살아 있기에, 몸뚱어리가 있기에, 죽지 않았기에 고통이 따르는 거라고 애써 나를 달래기 시작했다. 그들에게 무릎을 꿇었다. 비굴한 내 모습에 죽고만 싶었지만 달리 도리가 없었다. 애절하게 두 손을 비볐다. 수치심 따위는 내버린 지 오래다.

"잘못했습니다. 제가 못나고 어리석고 생각이 짧아서 그랬습니다. 그래서 엄벌에 처해진 것이니 죽을 때까지 속죄하고 참회하고 반성하겠습니다."

부모에게도 고개 숙여 빌어본 적이 없던 내가 무릎 꿇고 두 손 모아 용서를 구했다. 보안반장에게도, 그 무시무시한 고문을 당하면서 무릎을 꿇었지만 두 손을 비비지는 않았다.

"나라와 민족을 배반한 놈이 뻔뻔하게 살 궁리를 하느라 반성하는 척하는 거겠지. 내가 그런 음흉한 속내를 모르겠냐. 김일성이하고 빨갱이들 때문에 수많은 국민이 죽고 나라가 동강 나고 도탄에 빠졌어. 너 같은 놈은 총알도 아까워 우리에게 응징하라고 보낸 거다."

김 대위가 말을 마치자마자 내 아랫배를 걷어찼다.

"형님! 상처 안 나게 해야 합니다."

박 중위가 낮은 목소리로 김 대위에게 속삭였다.

"이런 놈은 패 죽여도 잘했다고 할 거다. 이런 반역자를 죽이면 박수받을 거 아냐. 6·25로 죽은 영혼들이 이런 놈은 패 죽이라고 하겠지. 빨갱이들 때문에 억울하게 죽은 사람이 수백만인데, 그 원혼들이 이런 놈을 찢어 죽이라고 하지 않겠냐고!"

두 사람은 마치 민족 반역자를 처단하라는 임무를 부여받은 투사처럼 말했다. 남한산성에 가면 신고식부터 혼이 빠질 거라더니, 각오는 했지만 이렇게 무자비하게 나올 줄은 몰랐다. 무릎 꿇고 두 손 비비는 내 모습은 정녕 육군 소위의 꼬락서니는 아니었다. 그런 나를 내려다보던 박 중위가 느물거리며 물었다.

"살고 싶냐?"

그가 주먹질을 하면 뼈가 부러지고 온몸이 부서질 것만 같았다.

"네, 살고 싶습니다."

헌병이 저만치서 어슬렁거리며 다가왔지만 박 중위는 헌병에게 눈길도 주지 않은 채 또 물었다.

"정말 살고 싶냐?"

"네."

"살고 싶은 놈이 적을 떠받들고 아군을 능멸하고 대통령을 모욕하고 김일성을 존경한다 이거지? 그래 놓고 살기를 바라고 용서받으려 한다?"

박 중위의 목소리가 작지 않았는데 간수 헌병은 아랑곳없이 웃으며 장난스레 거수경례 흉내를 냈다. 새로 온 죄수의 죄명을 죄다 알고 있다는 게 의아하고 더욱 불안했다.

"용서해 주십시오. 다시는 허튼짓하지 않겠습니다. 정신 차리고 국가에 충성하며 살겠습니다."

나는 애국 애족이란 말을 좋아하지만 충성이란 말은 별로 좋아하는 편이 아니었다. 충성이란 말은 전제군주 국가에 어울린다는 생각이었다.

"국가에 충성하겠다는 거냐?"

"그렇습니다."

"그럼 국민교육헌장 외워봐."

뜬금없는 명령이지만 순간 위기를 넘길 수 있는 기회가 생겼다. 학훈단 훈련 중 달달 외울 수밖에 없었지만 쓸모가 있었다. 위기 본능이 뇌리를 재빨리 깨웠다. 나는 심호흡을 하고 눈을 지그시 감은 채 입을 열었다.

"우리는 민족중흥의 역사적 사명을 띠고 이 땅에 태어났다. 조상의 빛난 얼을 오늘에 되살려, 안으로 자주독립의 자세를 확립하고, 밖으로 인류 공영에 이바지할 때다. 이에, 우리의 나아갈 바를 밝혀 교육의 지표로 삼는다. 성실한 마음과 튼튼한 몸으로, 학문과 기술을 배우고 익히며, 타고난 저마다의 소질을 계발하고, 우리의 처지를 약진의 발판으로 삼아, 창조의 힘과 개척의 정신을 기른다. 공익과 질서를 앞세우며 능률과 실질을 숭상하고, 경애와 신의에 뿌리박은 상부상조의 전통을 이어받아……."

김 대위가 헛기침을 하더니 그만하라는 손짓을 했다.

"빨갱이치고 머리 나쁜 놈 없다더니 영락없구나. 이민에는 대한민국헌법 전문(前文)을 외워봐."

눈앞이 깜깜했다. 머릿속이 텅 빈 듯했다. 괜히 국민교육
헌장을 술술 외웠다는 생각을 했다. 가슴이 벌렁거렸다. 방
광이 가득 찬 건지 아랫배가 묵직한 게 느껴졌다. 가슴에
굵은 바늘이 꽂힌 것같이 아팠다. 허공에 무언가 맴돌고 머
리칼이 칼날처럼 느껴졌다.

"죄송합니다. 외워본 적이 없습니다."

"조선인민공화국 헌법 전문은 외우겠지. 내 말이 틀렸나?"

"……."

아니라고 하면 주먹이 날아들 것 같았다. 침묵이 최고의
방어책일 수밖에 없었다.

"너는 대한민국 헌법을 부정하는 진짜 빨갱이가 분명하
다. 장교가 어찌 헌법 전문을 외우지 못한단 말인가?"

"……."

내 머릿속에 헌법 전문의 앞부분 '유구한 역사와 전통에
빛나는 우리 대한민국은 3·1 운동으로 건립된 대한민국 임
시정부의 법통과 불의에 항거한 4·19 민주 이념을 계승하
고……'까지는 기억나는데 그다음은 가물가물했다. 생각 같
아서는 헌법 전문과 장교가 무슨 상관이냐고 대들고 싶었지
만 옥살이를 무사히 견디려면 알아서 기는 수밖에 없었다.

"국군 장교가 대한민국 헌법을 암송하지 못한단 말이냐?"

"앞부분은 기억나는데 뒷부분은 기억나지 않습니다."

198

"좋다. 그럼 언제까지 외울 수 있겠나?"

"일주일만 주시면……."

"일주일이라…… 빨갱이들은 잔머리를 잘 굴린다는데…… 사흘 주겠다. 알았나?"

"알겠습니다."

머릿속이 지끈거렸다. 뜨거운 돌덩이가 데굴데굴 구르는 것 같았다. 온몸이 만신창이가 된 것도 모자라 머릿속까지 헤집어놓겠다는 그들의 술수에 어찌해야 할 바를 알지 못했다.

"대한민국 국민이고 장교라면, 마땅히 빨갱이가 아니라면, 육군 소위라면, 3·1 독립선언서는 외울 수 있겠지. 해봐. 어서!"

벽에다 머리를 짓찧고 피를 낭자하게 흘리며 죽고 싶었다. 국민학교 때 독립선언서 앞부분을 외운 적이 있다. 학생들의 애국심을 고취하려고 담임선생이 시켰지만 낯선 문장들이라 억지로 외웠다.

"죄송합니다. 외우지 못합니다."

내 목소리는 기어들어 갔다. 마치 대죄를 짓고 사죄하듯 머리를 숙였다.

"그럴 줄 알았다. 독립선언서는 우리 민족에게 헌법만큼 소중한 가치가 있는데, 빨갱이가 인정할 리 있겠냐. 사흘 아

에 반드시 외워라. 한 자도 틀리지 말고 정확히 외워라. 그러
지 못하면 너 스스로 빨갱이란 걸 인정하는 거다. 알겠나?"

가슴에 대못 한 개가 콱 박힌 듯했다. 피가 철철 흐르는
느낌이었다.

"……."

나는 입을 열지 못했다.

"못 하겠다는 거냐? 이 새끼가 진짜 빨갱이네."

김 대위가 목소리를 높이자 박 중위가 기다렸다는 듯이
권투선수처럼 내 복부를 주먹으로 쳤다.

"하겠습니다. 꼭 하겠습니다."

살아남아야만 했다. 생존이 내게 가장 큰 숙제였다. 인생
에서 살아내는 것만큼 거창한 숙제가 어디 있겠는가. 죄도
없이 맞아 죽는 건 가장 비참하고 억울한 일 아닌가.

"빨갱이 새끼들은 반쯤 죽도록 패대기쳐야 정신 차리지.
사흘 뒤에 못 외우면 지옥이 어떻게 생겼는지 구경시켜 주
겠다. 알았나?"

"네, 명심하겠습니다."

생존은 번뇌다. 인생은 생존하기 위한 투쟁의 연속이다.
팔만 사천 번뇌라고 하지 않는가. 중생의 번뇌는 팔만 사
천 가지라고 했다. 내 인생에서 가장 짧은 시간에 수만 가
지 번뇌가 생겼다.

"형님, 훈민정음 서문도 외울 수 있어야 빨갱이가 아닙

니다."

박 중위의 입가에 싸늘한 웃음이 묻어났다.

"국문과 출신이니까 그 정도야 누워서 떡 먹기겠지."

훈민정음 서문은 길지 않아서 어렵지 않게 암기할 수 있었다.

"네, 할 수 있습니다."

"해봐."

김 대위 목소리가 거칠었다.

"나랏말싸미 중국에 달아 문자와로 서로 사맛지 아니할새 이런 전차로 어린 백성이 니르고져 할 배 있어도 마침내 제 뜻을 실어 펴지 못할 노미 하니라 내 이를 위하야 어엿비 여겨 새로 스물여덟 자를 맹가노니 사람마다 하여 쉽게 여겨 날로 씀에 편하게 할 따름이니라."

중학교 국어 수업 시간에 외우고 칭찬을 받았기에 생생하게 떠올릴 수 있었다. 그 시절 담임선생의 설명을 듣고 한 문장씩 곱씹으며 외우는 맛이 있었다.

"그럴 줄 알았다. 빨갱이 새끼들 특징이니까. 대한민국 헌법 전문과 독립선언서는 일부러 모른 척하면서 다른 건 귀신처럼 외우잖아. 저런 비열한 버르장머리를 뭘로 고칠 수 있겠나?"

김 대위 말에 박 중위는 주먹을 들어 보였다.

"죽이지는 말고, 죽을 만큼만 때려."

박 중위의 주먹이 내 아랫배를 갈겼다. 내가 쓰러지자 김 대위의 발이 내 목덜미를 찍어 눌렀다. 보안대에서 패대기질을 당하며 죄를 시인할 때를 떠올렸다. 신음 소리와 비명소리가 커지자 김 대위의 발길질이 더욱 거칠어졌다.

"엄살부리지 마. 빨갱이는 이 정도로 죽지 않는다."

엄살이 아니었다. 바닥을 뒹굴며 터질 것 같은 배를 움켜쥔 채 속으로 혼잣말을 했다. 내가 나에게 지껄이는 소리였다.

'설마 죽이기야 하겠냐. 보안대에서 여러 놈들한테 주먹질과 발길질도 당했잖아. 욕지거리에 온갖 수모와 막말도 견뎠고. 지옥 같다는 보안대에서도 살아남았어. 어쨌든 여기서 죽지는 않을 거다. 나를 살려놓아야만 대한민국에 감히 빨갱이 짓을 하는 군인이 생기지 않을 테니 죽이지는 않겠지. 나는 살아야 한다. 내가 빨갱이가 아니라는 걸 세상에 알려야 한다. 보안대 조사가 조작됐고 반공법이나 국가보안법을 위반한 사실이 없다는 걸 알려야 한다. 하느님은 아실 것이다. 한서진 소위가 빨갱이가 아니라는 걸. 무슨 짓을 해서라도 내 피는 빨갛지만 내 정신은 하얗다는 걸 증명해야 한다. 아이를 빨갱이 딸이 되게 할 수 없고, 지향이를 빨갱이 마누라로 만들 수는 없다. 죄 없는 아버지와 어머니를 빨갱이 자식을 둔 죄인으로 만들어서도 안 된다. 죽어서 지옥에 가는 한이 있더라도 빨갱이 누명을 벗어던져

202

야 한다. 어디 그뿐인가. 나를 빨갱이로 만든 인간들도 밝혀내야 한다. 나를 빨갱이로 만든 보안반장의 시국관이나 내가 저지른 일들이 어째서 빨갱이 짓이라는 올가미가 되었는지 밝혀야 한다. 이렇게 사느니 차라리 죽어버리면 모든 고통에서 해방되겠지. 아니다. 이대로 죽으면 나는 영락없는 빨갱이가 된다. 악착같이 살아야 한다. 살자, 살자, 살자…… 죽지 말고 땅이 꺼지고 하늘이 갈라지고 지구가 폭발하더라도 살아야 한다.'

목이 바짝바짝 타들어가는 순간에도 그들은 물을 주지 않았다. 그들은 빨갱이는 며칠간 물을 마시지 않아도 생존하는 능력을 가졌다고 했다.

"오늘은 첫날이라 봐주려 했는데, 빠진 게 있으니 마지막으로 한 가지만 더 하자. 신고식치고 우리만큼 봐주는 데가 없다."

또 무슨 일을 시킬지 가슴이 벌렁거렸다. 망나니가 잘 벼린 칼을 들고 모둠뛰기를 하는 것 같았다. 지금 내가 선택할 수 있는 것은 딱 두 가지뿐이었다. 굴복과 도전이었다. 무릎 꿇고 옥살이하는 내내 설설 기거나 한번 도전해서 고통을 크게 겪더라도 자존심을 지키는 것, 둘 중에 하나를 선택해야만 했다.

"애국가를 4절까지 불러. 음정 박자 제대로 맞춰야 한다. 목소리는 낮추되 발음은 정확하게 해라."

나는 김 대위의 눈을 똑바로 보고 말했다. 뭔지 모르지만 나를 다루는 솜씨로 미루어 계산된 행동이라는 생각이 들었다. 비굴하게 굴복하느니 잘 버텨보는 것도 괜찮을 것 같았다. 나도 저항할 수 있다는 걸 보여주고 싶었다.

"죄송합니다. 애국가 1절은 부를 수 있는데, 나머지는 외우지는 못해도 따라 부를 수는 있습니다."

"말 다 했나?"

"애국가를 4절까지 부르는 경우가 별로 없어서 잘 못 부를 수도 있다는 걸 솔직히 말씀드리는 겁니다."

뭐라고 말을 더 잇고 싶었는데, 김 대위가 발길질을 하는 바람에 나는 쓰러졌다. 조금만 움직여도 맞은 곳이 아픈데 계속되는 폭행에 차라리 죽고 싶은 심정이었다.

"차라리 나를 죽이쇼! 살고 싶은 생각도 없습니다!"

내 목소리에 내가 놀랐다.

"뭐라고?"

"죽이고 싶으면 죽이란 말입니다!"

더 지껄일 수 없었다. 박 중위의 주먹질에 나는 나자빠졌다.

"죽여라! 죽여! 죽이란 말야! 죽여!"

나는 악다구니를 썼다. 온몸으로 쏟아낼 수 있는 모든 힘을 다해 악을 썼다. 형무소 복도로 퍼져 나간 악에 받친 소리가 메아리가 되었다.

5장

남한산성이라는 지옥에서

혼자 하는 가위바위보

간수 헌병들이 달려왔다. 감방 문이 소리 내며 열리고 헌병들이 나를 끌고 나갔다. 의무실 침상에 눕혀져 팔다리가 묶였다.

나는 자해하려는 죄수가 되었다. 그들은 죄수가 자해하지 못하게 막아야 했기에 군의관은 강제로 주사기를 내 몸에 꽂았다. 건장한 헌병 세 명이 내 몸을 잡았다. 한 명은 내 두 팔을, 또 한 명은 두 발을 거칠게 잡아 움직이지 못하게 했고 다른 헌병은 내 가슴을 힘껏 찍어 눌렀다. 숨 쉬기 어려웠다.

그 순간 내 귀에 상두꾼의 상여메김소리가 들렸다. 상여의 앞소리꾼이 종을 흔들며 만가(輓歌)를 부르면 상두꾼이 구성지게 뒷소리를 받았다. 딸랑거리는 종소리가 연신 귓전을 맴돌았다. 누군가 냄새나는 수건으로 내 눈을 덮었다. 우리 어머니와 아버지가 상두꾼이 되었다가 지향과 재필이가 앞소리와 뒷소리를 메기기도 했다.

보안반장이 종을 흔들며 앞소리를 메기자 헌병대장이 뒷소리를 받았다. 철책선을 자르고 침투한 북한 장교들이 종소리를 따라 너울너울 춤을 추었고 군의관이 주사기를 표창 던지듯 내게 던졌다.

군복 차림의 심판관과 양복 입은 변호인이 함께 종을 흔들며 맴을 돌았다. 보안대 수사관은 붉은 보자기를 들고 헌병은 하얀 천을 들고 덩실덩실 춤을 추었고 장모는 무릎 꿇고 상여 앞에서 절을 했다.

천둥이 치고 빗발이 거세졌다. 하늘에서 새빨간 빗물이 쏟아져 온통 흥건해졌다. 군인들이 우비도 입지 않은 채 핏물을 받아 마셨다. 딸아이가 기저귀를 들고 마치 무당처럼 춤을 추었다. 고향 친구들이 상여를 메고 내 이름을 불렀다. 시가 어떻고 소설이 어떻고 지껄이던 문학반원들이 강강술래를 했다.

학훈단 동기생들과 보병학교 내무반에서 함께 훈련받은 소위들이 나를 에워싸고 맴을 돌았다. 그중에 덩치 큰 군복의 사내들이 나를 어깨에 태우고 유격훈련장으로 내달렸다. 유격훈련장에서 한 길 넘는 빨간 몽둥이를 든 교관이 내게 달려들었다. 몽둥이가 빨간 것은 붉은 빨랫줄이 칭칭 감겨 있기 때문이었고 몽둥이 끝에는 대검이 꽂혀 있었다.

나를 그 앞에 내던진 군인들은 사라지고 대가리 바짝 세운 수백 마리의 살모사가 내게 돌진했다. 살모사에 제비 같은 날개가 달렸고 코끼리 상아처럼 이빨이 드러나 있었다. 취사반의 무쇠솥에 물이 팔팔 끓었다. 보안반장이 나를 무쇠솥에 던졌다. 온몸이 뜨거웠다. 견딜 수 없어서 소리를 질렀다.

"아아악!"

그때 문득 눈이 번쩍 떠졌다. 환자용 침상에 묶여 있는 나는 일어날 수 없었다. 헌병이 눈짓으로 가만있으라는 시늉을 했다. 참을 수 없다고 말하자 헌병은 벽에 붙어 있는 벨을 눌렀다. 금세 군의관이 달려왔다. 군의관은 침상에 누워 있는 내 얼굴을 살펴보더니 손가락으로 눈꺼풀을 조심스럽게 열었다. 혀를 내밀어보게 했다. 청진기로 가슴을 확인하더니 작은 소리로 물었다.

"일어날 수 있겠어요?"

"소변이 급합니다. 목이 말라요. 물 좀 주세요."

군의관은 고개를 끄덕이더니 헌병에게 묶은 걸 풀어주라고 했다. 나는 물 한 잔을 단숨에 들이켰다.

"정신 차리지 않으면 또 묶여요. 조심해요."

헌병이 내 양손에 수갑을 채웠다. 차씨 성을 가진 헌병이 나를 앞세우고 화장실로 갔다. 다리가 후들거렸다. 수갑 찬 손으로 바지 단추를 풀고 천천히 방광을 비웠다. 샛노란 오줌에서 독한 냄새가 났다. 차 중사가 뒤에서 헛기침을 했다. 내가 딴짓을 할 수 없는데도 허튼짓 말라고 신호를 보내는 것 같았다.

"대변도 봐야 할 것 같습니다."

변기에 쪼그리고 앉아 헝클어진 마음을 다스리고 싶었기 때문이었다. 도대체 내가 왜 이 지경에 이르렀으며 아까 왜 그리 미친 듯 날뛰었는지, 앞으로 감옥살이를 어떻게 견뎌야 할지를 곰곰이 생각해 보고 싶었다. 의무실에는 감시병이 있고 감방에는 되알지게 닦달하는 선임들이 있으니 생각할 여유가 없었다. 그래서 잔꾀를 낸 것이다. 잠시 망설이던 차 중사가 말했다.

"문을 조금 열어놓아도 되겠습니까?"

"네, 그럼요."

"그럼, 얼른……."

오로지 홀로 있을 수 있는 기회였다. 차 중사는 오른 손목의 수갑을 풀어주었다. 변의가 없었지만 홀로 있고 싶었다. 홀로 있을 수 있다는 게 자유라는 걸 실감했다.

자유가 너무나 그리웠다. 감시받거나 주목받지 않은 채 홀로 있을 수 있다는 것에 안도했다. 화장실에서 나가는 순간 자유를 빼앗긴다는 생각에 조바심과 분노가 들끓었다. 죽고 싶었다. 차 중사가 반쯤 열린 문 저쪽에 있지 않으면 정말 온 힘을 모아 벽에 머리를 찧고 싶었다. 죽으면 자유인이 될 것 같다는 생각도 했다. 자유인이라는 말의 의미를 이제 겨우 생각하게 되다니…….

"이제 그만 나와요."

차 중사의 목소리가 메아리처럼 화장실에 울렸다.

"잠시만요. 조금만……."

나는 온 힘을 아랫배에 쏟으며 대꾸했다.

"빨리 나와. 빨리!"

누군지 모르지만 복도 쪽에서 차 중사를 채근하는 소리가 들렸다.

"잠시만요, 나갈게요."

내 말꼬리를 치고 들려오는 소리는 컸다.

"빨리 끌고 나오지 않고 뭐 하나!"

선임 헌병이 분명했다. 나는 항문이 빠질 만큼 힘을 주었다. 그 순간 오장육부가 마구 뒤틀리는 느낌이 들었다. 헌병이 화장실 문을 벌컥 열었다. 그리고 내 몸 안의 장기가 모두 물이 된 듯 설사가 시작되었다. 어디에 그 많은 게 숨어 있었는지 소리도 요란했다. 헌병은 얼른 문을 닫았다.

내 배 속의 모든 것이 녹아내리는 듯했다. 한동안 시간을 끌다가 종아리와 허벅지와 발목이 아파 더 쪼그려 앉아 있을 수가 없어 밖으로 나왔다.

어쩌면 죽음이 가장 완벽한 자유일지 모른다는 생각을 했다. 이 지경으로 살아 있는 건 지옥을 헤매는 것이고 죽으면 고통이 일시에 사라지는 것 아닌가. 이제 죽음을 두려워하지 말자. 나를 괴롭히는 자가 있으면 그 앞에서 보란 듯이 벽에 머리를 짓찧어 죽어버리자. 고통을 견디려 하지 말고 이승을 하직하자는 결심을 했다.

"살아야 하잖아요. 그냥 하라는 대로 하세요."

차 중사가 귓속말하듯 내 팔을 잡으며 속삭이듯 말했다.

"……."

들으나 마나 한 소리여서 대꾸하지 않았다.

"김 대위와 박 중위는 여기서 군기 반장을 하는 장교예요. 신입이 온다든가, 정신줄 잡아야 하는 죄수가 오면 그 방에 넣어서 말 잘 듣는 개처럼 될 때까지 훈련시키는 거죠. 저항하면 몸이 망가질 때까지 패거나 독방에 갇힙니다. 그냥 시키는 대로 하세요. 더구나 소대장님은 반공법과 국가보안법 중죄인이잖아요. 여기서 몇 년을 보내야 하는데 몸 상하면 안 됩니다. 팔자려니 하고 견디세요. 살다 보면 이골이 나겠죠. 그 방에서 가능하면 빨리 빠져나오는 게 좋습니다. 제 얘기는 비밀로 해주세요."

기운이 없어서 주저앉고만 싶은 나는 말 없이 고개를 끄덕였다.

212

"당분간 그 방에서 고생 좀 할 겁니다. 결혼도 했고 딸까지 있다면서요. 눈 딱 감고, 죽는 것보다 낫다 그렇게 생각하세요. 장교잖아요. 대한민국 장교. 대학도 나왔잖아요. 살아서 돌아가야 억울한 것도 풀 수가 있죠. 죽으면 안 됩니다. 죽으면 영원히 빨갱이가 되잖아요. 5년은 길다면 길겠지만 인생 전체를 놓고 보면 일부겠지요. 소설을 쓴다고 들었는데, 원고지와 펜은 없지만 마음으로 소설을 쓰면 되잖아요. 감옥은 소설 공장이라고, 감옥 갔다 온 선배가 소설 공모전에 당선된 날, 술에 취해서 한 말입니다. 아시죠? 저도 소설 쓰다가 입대했으니까 이런 얘기를 할 수 있습니다."

처음부터 그의 눈길이 따뜻했다는 걸 떠올렸다. 그는 식은땀을 흘리며 겨우 두 다리로 버티고 서 있는 내 손을 굳게 잡았다.

"세상만사가 다 소설감이라고 하잖아요. 살아 돌아가서 소설로 성공하세요. 잘 견디세요."

살아서 돌아가란 말이 내 마음을 마구 흔들었다. 여기서 죽어나간 사람이 있다는 소리처럼 들렸다.

"차 중사, 고마워요. 살아서 돌아가야죠. 이 은혜 잊지 않겠습니다. 작품도 쓸 거구요."

보안대에 끌려가고, 헌병대에서 조사받고, 보통군법회의에서 판결받고, 남한산성까지 오는 동안 나는 줄곧 죽음을 생각했나. 이런 상황에선 별수 없이 죽는 것만이 세상에 대한 복수이자 결백을 입증하는 거라고 생각했다. 가족을 떠올리면 내가 이대로 죽어서는 안 된다고 생각했지만, 어쩌면 내가 죽어야 그들의 고통이 사라질 거라는 생각도 했다. 빨갱이 가족이라는 굴레는 사형선고와 다름없지 않은가.

"보안대원이 소대장님의 정신을 개조해야 한다고 했답니다. 어떠한 경우에도 몸 상하면 지는 겁니다. 반공법과 국가보안법 위반 사범이면 중형인데, 5년 형이면 큰 죄는 아닐 겁니다."

"혹시 데뷔했나요?"

나는 차 중사가 소설로 등단한 작가일지 모른다는 느낌을 받았다. 나를 각별하게 챙기는 모습이 섬세한 문학적 감성의 소유자로 보였다.

"몇 년째 낙선만 했습니다. 제대하면 쓸거리가 엄청 많을 것 같습니다. 소대장님 얘기를 비롯해서 말이죠. 제 소설에 소대장님이 비극의 주인공이 안 되기를 바랍니다."

내 얘기가 감동을 주는 소설이 되려면 희극보다 비극이 돼야 할 것이다. 소설이 명작이 되려면 비극의 주인공을 등장시켜야 한다는 교수의 말이 떠올랐다. 우리는 더 이상 말을 주고받을 수가 없었다. 선임 헌병이 뒤에서 사납게 밀었다. 병실과 복도에는 소독약 냄새가 코를 찔렀다.

내가 의무실에서 지옥 같은 감방으로 되돌아간 것은 입

214

감 신고식이 있은 지 나흘째 되던 날이었다. 군의관이 내 처지를 살펴줘서라기보다는 감방으로 돌려보낼 수 없을 만큼 날마다 설사를 하고 혼자 일어설 수도 없을 정도로 쇠약해졌기 때문이었다. 지사제를 강하게 투약했는데도 설사가 멈추지 않자 군의관은 국군수도통합병원으로 이송하는 게 좋겠다고 판단했지만 형무소 측에서 허락하지 않았다는 것을 나중에 차 중사가 알려주었다.

입감될 때 차 중사는 내 옆구리를 슬쩍 찔렀다. 말은 하지 않았지만 더 많은 얘기를 눈빛으로 전했다. '견뎌야 한다. 이 고통도 결국 끝날 것이다. 가족을 생각해서 나쁜 생각을 지워라. 굴복하면 비참한 빨갱이가 될 뿐이다…….' 그가 이런 말을 전하는 것 같았다.

철문을 열고 들어서자 김 대위가 소리 내어 웃었다. 어이가 없다는 표정이었다. 박 중위는 눈을 부릅뜬 채 나를 노려보았다. 내 손목에는 붕대가 감겨 있었다. 차 중사가 일부러 며칠 동안 왼손을 잘 못 쓰는 척하라며 붕대를 감아주었다. 아직 몸이 다 낫지 않았다는 표식이었다. 온몸에 멍이 들고 움직일 때마다 여기저기 안 아픈 곳이 없었다. 병실을 나서기 전에 차 중사가 붕대를 감으며 말했다.

"며칠 동안 아주 많이 아픈 척하세요. 군의관님도 알아서 하라고 했어요. 하루에 한 번씩 의무실에 와서 치료받게 해놨으니까 계속 더 아프다고 하세요. 그래야 구타하지 않죠.

대신 다른 걸로 괴롭힐 거예요. 참고 견뎌야 합니다."

"이 은혜 꼭 보답할 겁니다."

차 중사는 무표정하게 말을 받았다.

"그러고 싶으면 건강하게 돌아가세요. 여기서 있었던 일은 다 잊어버리고 남부럽지 않게 살아야죠."

나는 고개를 끄덕였다. 차 중사가 이동하지 않고 계속 나를 살펴주면 좋겠다고 생각했다. 사람이 다급하면 이기적인 생각을 하는 것 같았다.

나는 김 대위와 박 중위에게 거수경례를 했다. 그들 역시 장교였다. 정식으로 경례를 받았다. 환자복을 입고 있을 때는 아파도 자유로웠는데 군복을 입고 입감하니 자유를 반납한 듯했다. 김 대위가 나를 부동자세로 세워놓고 말했다.

"분명하게 말하겠다. 다시 한번 명을 거역하거나 대들면 그땐 너를 처단하겠다. 너 같은 반역분자 빨갱이가 상관의 정당한 명령을 거역하면 죽여도 처벌받지 않는다. 이제 넌 지랄발광을 하다가 실려간 전력이 있는 미친놈이고…… 우리에게 무슨 짓을 저지를지 모르니까 감시할 수밖에 없다. 발광하다가 우릴 죽이려고 했으니까 정당방위로 너를 처단한다. 그것이 곧 헌법에 보장된 정당방위다. 알았나?"

어이없는 억지 주장이었지만 나는 고개를 숙였다.

"네, 명심하겠습니다."

"대한민국이 참 좋은 나라다. 너 같은 빨갱이를 살려두는 걸 보면. 북괴 같으면 진작에 총살하거나 총알이 아까워서 그냥 묻어버렸겠지. 정신 좀 차렸나?"

"네, 정신 차리겠습니다."

차 중사와 군의관의 얼굴이 떠올랐다. 지향이와 아기의 모습도 아른거렸다. 면회하고 돌아가던 아버지와 어머니의 얼굴도 떠올랐다. 나는 살기 위해, 의무실에 있으면서 대한민국 헌법 전문과 애국가 4절과 독립선언서를 다 외우고서야 잠자리에 들었다.

차 중사가 챙겨준 수면제를 몰래 삼켰다. 의무실에 있을 때는 수면제 효과가 좋았는데, 감방에 들어와서는 도통 수면제가 제구실을 하지 못했다. 잠들어야 한다는 강박관념이 내 정신을 더 말똥거리게 했다. 김 대위와 박 중위는 코를 골며 자고 있었다.

의무실에 가서 차 중사와 커피를 마셨다. 몰래 마시는 커피 맛은 기가 막혔다. 며칠 더 붕대를 감고 지내라며 새 붕대로 감아줬다. 다시 감방으로 들어서자 박 중위가 작고 동그랗게 생긴 손거울을 보여주었다. 감방에는 거울을 둘 수 없었다. 깨뜨리면 무기가 될 수 있기에 반입 불가 품목이었다. 허리띠마저 못 하게 하는 곳이었다.

"빨갱이가 한쪽 팔을 못 쓰면 육체적 고통을 피할 수 있다고 생각했겠지. 빨갱이 악귀가 눌어붙어 있으면 그럴 수 있다고 하더라. 빨갱이를 벗어던질 기회를 주기로 했다. 마음 크게 먹고 도전해 봐."

도대체 무슨 꿍꿍이인지 알 길이 없었다. 그는 곧 거울을
벽에 붙였다. 테이프도 반입 불가 품목이었다. 김 대위가
고갯짓을 하자 박 중위가 내 등을 밀었다.

"거울을 뚫어지게 쳐다봐라."

"네, 보고 있습니다."

영문을 몰라 내 목소리는 점점 기어들어 갔다.

"저 깨끗한 거울은 수수만년 유구한 역사를 품은 대한민
국이자 한민족이다. 지금부터 네가 이길 때까지 가위바위
보를 해라. 이길 때까지 거울하고 가위바위보를 하는 거다.
네가 이기면 빨갱이가 아니고……."

언젠가 영창에서 철창을 잡고 그만두라고 할 때까지 "맴
맴맴……" 하고 매미 소리를 내는 짓궂은 형벌이 있다고 들
었다. 아무리 빨갱이 소리를 듣는 죄인이지만 국군 장교에
게 거울을 향해 이길 때까지 가위바위보를 하라는 건 너무
잔인한 짓 아닌가. 차라리 실컷 얻어맞고 의무실로 실려가
는 게 낫지 싶었다.

"어? 못 하겠다는 거냐?"

김 대위가 나를 노려보며 어이없다는 듯 물었다.

"어차피 이길 수 없잖습니까?"

"해봤어? 해봤냐고 물었다."

"아닙니다. 안 해봤습니다."

218

"그래서 해보라는 거다. 너는 대한민국을 전복하려고 빨갱이가 됐잖아. 빨갱이 악귀를 벗어던질 기회를 주는데, 안 하겠다고? 진짜 빨갱이답다. 안 할 생각이냐?"

"정말 자신 없습니다."

"할 수 없다. 얼른 이 새끼 바지 벗겨!"

김 대위가 언성을 높이자 박 중위가 내 허리를 꺾듯이 잡아챘다.

갑자기 숨 쉬기가 힘들 정도로 그의 손은 억셌고, 신음 소리가 저절로 나올 만큼 맞은 자리의 통증이 심했다.

"이놈은 빨갱이지, 사내새끼가 아니다. 쓸데없는 좆대가리 싹둑 뭉개버리자고. 아예 못 쓰게 만들어! 자, 지난번처럼 소리 한번 질러봐라. 아무도 달려오지 않을 테니까. 어디 질러봐. 악다구니 써보란 말이다!"

괜히 하는 말 같지 않았다. 김 대위의 손에는 작지만 분명 칼처럼 보이는 게 쥐어져 있었다.

"정당방위라고 알려줬지? 정당방위! 우리가 살기 위해 어쩔 수 없이 정당방위를……."

그 말과 동시에 내 바지가 벗겨졌다. 나는 그 순간 무릎을 꿇었다.

"해보겠습니다!"

김 대위가 싸늘한 표정으로 웃었다.

"정말이냐?"

"네, 정말입니다."

"자유민주주의가 이기는지 독재 공산주의가 이기는지 분명히 알게 되겠지."

거울 속에 있는 내 모습은 한마디로 바보 같았다. 살 가치도 없는 멍청이였다. 비굴한 겁쟁이였다. 자신감을 잃으면 세상이 모두 적이 되고 자신감을 가지면 세상 모두가 내 편일 텐데, 내 자신감은 지금 털끝만큼도 남아 있지 않다. 지구상에 내 편이라곤 한 명도 없는 것 같았다.

"시작해라."

김 대위의 목소리는 매서웠다. 나는 천천히 오른손을 들었다. 거울 속에 바보 겁쟁이가 보였다. 나는 거울을 향해 주먹을 쥐어 보였다. 거울 속의 내 손도 주먹을 쥐었다. 가위를 내자 거울 속의 나도 가위를 만들었다.

"'가위바위보!' 외치면서 해라. 소리를 내야 하는지 안 하는지 알 거 아냐. 말로 하라고!"

김 대위의 말소리가 저승사자의 목소리 같았다. 나는 눈을 감고 작은 소리로 혼잣말처럼 중얼거렸다.

"가위바위보, 가위바위보, 가위바위보……."

침이 마르고 목이 잠기기 시작했다. 소리를 지르고 싶었다. 따지고 싶기도 했다. 입이 근질거렸다. 당연히 이기고 지는 일 없이 계속 비기기만 했다. 그들 말대로 거울 속 내 손이 자유민주주의고 내 손이 독재 공산주의라면 서로 평생 비기기만 하겠지.

"가위바위보, 가위바위보, 가위바위보……."

하다 보니 그냥 손으로만 하는 것보다 '가위바위보'를 지껄이는 게 그나마 좀 더 수월하다는 게 신기했다.

"가위바위보, 가위바위보, 가위바위보……."

거울을 향해 오른손을 들어 손가락을 폈다 접었다 하는 게 지겹고 자존심 상하고 어처구니없이 말도 안 되는 짓이긴 하지만, 온몸에 주먹질을 당하는 것보다는 견딜 만할 거라고 생각했는데, 시간이 흐르자 팔이 아프기 시작했다.

얼른 손을 바꿔 왼손으로 가위바위보를 했다. 왼손은 바위와 보는 어렵지 않게 되었지만, 가위를 내밀 때는 손가락 세 개가 펴지기도 했고 주먹이 쥐어지거나 손바닥이 펼쳐지기도 했다.

"똑바로 해라, 똑바로!"

김 대위가 내 어긋난 손동작을 봤는지 여전히 저승사자 같은 목소리로 명령했다. 그의 명령 뒤에는 주먹질이 도사리고 있다는 걸 알기에 따르지 않을 수 없었다. 왼쪽 팔과 손목이 아프고 손가락에 쥐가 날 것 같아 다시 오른손으로 시작했다. 이길 수도 없고 질 수도 없는 것을 알면서도 계속해야 한다는 건 참 견디기 어려웠다. 입이 마를 때는 물을 조금을 삼키고 다시 거울 앞에 서서 혼자 가위바위보를 하는 내 모습은 영락없이 저승사사에게 끌려가는 넋 빠진 시체 같았다.

"이제부턴 입 닫고 이길 때까지 해라!"

저승사자의 목소리가 내 귓속을 파고들더니 심장을 쥐어뜯었다. 소리 내지 말고 혼자 거울을 보고 굴욕적인 행동을 하라는 명령이었다. 창살 너머로 순찰 중인 헌병이 천천히 걸어오는 게 보였다. 앉아 있던 박 중위가 일어서더니 벽쪽을 향해 서서 나와 똑같이 가위바위보를 했다. 헌병이 지나가며 씨익 웃었다. 김 대위가 그에게 손을 흔들었다. 헌병이 돌아서자 박 중위는 하던 짓을 멈추고 헛기침을 했다.

은총이고 기적이란 말

그날 밤 나는 녹초가 되어 쓰러지고 말았다. 밤새 몇 번이나 발로 차는 박 중위 때문에 깨곤 했다. 내가 시끄럽게 코를 곤다고 했다. 발로 차는 바람에 깼지만 나는 또 금세 잠들곤했다. 잠자고 밥 먹고 용변을 보고 밖에 나가 운동하는 시간을 빼면 온종일 거울 보고 그 짓을 계속해야만 했다.

닷새 만에 나는 또 의무실로 실려갔다. 이번에는 지난번처럼 발광을 해서가 아니라 기진맥진해서 혼자 일어날 수도 없고 밥도 먹지 못할 만큼 기력이 쇠해서였다. 군의관이내 몸 이곳저곳을 손바닥으로 눌러보고 꼬치꼬치 캐물었지만 혹시라도 무슨 일이 생길지 몰라 그저 온몸에서 힘이 빠져버렸다고만 했다. 다만, 차 중사에게는 사실대로 말했다.

"정말 고생했네요. 그래도 이겨내야 합니다. 거울 너머 아이나 아내가 있다고 생각하면 조금 더 견딜 수 있습니다. 머지않아 고통은 굳은살처럼 무뎌지게 됩니다. 제가 말씀 드렸잖아요. 참혹하고 비인간적인 이 상황을 견뎌내고 건강하게 살아 돌아가 인간 승리의 결과를 작품으로 써야 한다고 말입니다. 소대장님이 못 견디면 더 심하게 하겠지만, 잘 견디면 재미없으니 그만둘지도 모릅니다."

"정말 견디기 힘드네요. 차라리 얻어맞고 병원에 실려가는 게 낫겠다 싶어요."

차 중사가 내 손을 힘주어 잡으며 말했다.

"누가 대신할 수 있는 게 아닙니다. 소대장님만이 할 수 있죠. 이겨내실 걸 믿습니다. 빨갱이라는 누명을 벗어던지고 보란 듯이 자기 자신을 지켜낼 겁니다. 기도하겠습니다. 소대장님이 꼭 이겨낼 수 있게 도와주십사고요……."

소리 없이 눈물이 차올라 주르륵 흘러내렸다. 그가 내 곁에 없었다면 나는 이 시간을 멈추기 위해 어떤 방법이든 쓰려고 했을지 모른다.

광주 보병학교 시절, 혹독하기로 유명한 유격훈련을 받을 때는 남들과 같이 하니 그런대로 견딜 만했는데, 온종일 맨땅에 원을 그리며 천천히 같은 자리를 맴도는 공수 훈련은 너무 지겨워서 미칠 것 같았다. 땅에 동그랗게 금을 그어놓고 반나절 내내 빙글빙글 돌다가 모래밭에 낙법을 하고 또 원을 그리며 천천히 돌다가 낙법을 하는 단순 반복 훈련에 교육생들은 모두 진저리를 쳤다. 그때는 혹독한 육체적 고통이 따르는 유격훈련이 차라리 낫다고들 했다.

그런 공수 훈련은 지겹더라도 몸을 움직이면서 고통을 이겨내지만, 감방 벽에 거울을 붙여놓고 혼자 서서 바보 같은 짓을 하루 종일 할 때는 피할 곳이 하나도 없었다. 혀 깨물고 죽고 싶은 충동까지 생겼다. 이 세상에 존재하는 그 어떤 고문보다 더 끔찍하다는 생각도 했다.

차 중사는 혹독한 고문을 당하기보다는 거울 보고 가위바위보를 하는 게 낫지 않겠느냐고, 마음을 편히 가져보라고 했다. 하지만 이미 나는 보안대에서 구타와 고문을 겪어본 터였다.

혼자 멍청한 짓을 반복해야만 하는 건 최악의 징벌이었다. 나는 사람이 아니라 기계 같았다. 의식이 없으면 모를까, 의식이 있는 기계로 견디느니 차라리 뭇매질을 당하는 게 낫지 싶었다. 죽으면 모든 고통이 일시에 사라지지 않을까. 막상 그만 살자는 생각을 하니 이대로 빨갱이가 되어 죽는 건 너무나 억울했다. 억울한데 죽을 수도 없으니 더욱 고통스럽기만 했다.

"이런 꼴로 계속 살아야 할까요? 세상에 이럴 수가 있어요? 무슨 방법 없어요? 차라리 죽도록 얻어맞고 싶려가는 게 낫지 않을까요?"

차 중사는 내 손을 꼭 잡고 힘을 주었다.

"산다는 게 죽는 것보다 어려울 때가 많지만, 고통은 통과해야지 멈추거나 돌아보면 안 된다고 했습니다. 강에서 헤엄치다가 지쳐 허우적거릴 때, 발이 바닥에 닿을 때까지 내려갔다가 차고 오르면 위기를 벗어날 수 있지 않습니까. 소대장님의 발은 아직 바닥에 닿지 않았지요. 거울을 향해 가위바위보 하는 건 지쳐서 물속으로 가라앉는 과정일 뿐입니다. 바닥에 닿을 때까지 기다리세요. 시건방진 말인지 모르지만 저는 베트남 파병 때 죽음을 앞에 두고 나름 깨달은 게 있습니다. 세상에 시련 없는 사람이 어디 있겠습니까? 시련이 없으면 인간이 아니겠죠. 이건 그냥 삶을 통과하는 과정입니다."

"이것보다 더 고통스러운 징벌도 있습니까?"

"물론 있습니다. 죽어가면서 겪는 고통입니다. 베트남전쟁에서 수류탄에, 총상에, 크레모아 파편에 죽어가는 군인들이 그 순간 얼마나 많은 생각을 했겠습니까. 그런 사람들을 보면 지금 내가 숨 쉴 수 있는 것만도 기적이란 걸 알게 됩니다. 뭔지는 알 수 없지만, 김 대위와 박 중위도 그럴 수밖에 없는 사정이 있는 것 같습니다."

"사정이 있다고요?"

"그럴 수도 있을 것 같습니다. 수감 생활의 억울함에 복수심이 생겼을 수도 있죠. 누구든 죄에 비해 형벌이 지나치다고 생각하니까 말입니다. 그런 원망을 털어내는 방법으로 세상에 대한 복수심을 품을 수도 있어요. 소대장님이 복수의 대상이 됐을 수 있죠. 그들은 군법 위반으로 3년 형을 받았는데, 소대장님은 반공법과 국가보안법 위반인데도 5년 형을 받았으니 불공평하다고 생각했을 수도 있습니다. 적어도 10년 형 이상이어야 한다고 생각할 수 있습니다. 북한이 전쟁을 일으키지 않았으면 자신들이 입대하지 않았을 수도 있고, 그렇게 군 생활 하다 감옥에 왔으니 북한 편을 드는 사람은 피가 거꾸로 솟을 정도로 싫을 수 있습니다. 소대장님을 괴롭히고, 고통스러워하는 걸 보면서 위안 삼을지도 모릅니다. 상부에서 소대장님을 그 방에 들여보낸 건 분명 이유가 있을 겁니다."

차 중사는 마치 어린아이를 달래듯 조곤조곤 말했다. 그가 다양한 경험으로 일러주는 말이어서 고개를 끄덕였지만 그들의 분풀이 상대가 하필 내가 되었는지, 참 팔자도 더럽지 싶었다.

"차 중사가 보기엔 이런 상태가 언제까지 갈 것 같습니까?"

"그들도 사람이니 어느 정도 지나면 풀리겠죠. 사람들은 반공법이나 국가보안법 사범을 나라를 좀먹는 죄인이라고 생각합니다. 예전에 가혹 행위를 견디다 못해 자살하려던 죄수가 숨이 막 넘어갈 찰나에 살려달라고 소리쳤답니다.

운 좋게 금세 발견되어 살아나서 다시 태어난 기적을 경험
했다며, 살아서 돌아가는 게 확실한 복수라고 했답니다. 그
가 모범수로 출옥할 때, 이곳으로 다시 오겠다, 죄수가 아
니라 하나님이 주신 생명의 존엄함을 전하러 오겠다고 했
답니다. 그분 정말 오신다고 들었습니다. 목사로서 죄수들
에게 정신적 지주가 되어주려고요."

언젠가 짐승도 자살한다는 글을 읽은 적이 있다. 사실 글
쓴이가 제대로 관찰한 건지 관심을 끌려고 과장해서 한 말
인지 알 수 없었다. 이전까지는 사람만이 스스로 목숨을 끊
을 거라고 막연하게 생각했다. 짐승들의 죽음은 실수나 사
고사일 거라고 생각했다.

"차 중사가 아니었으면 진즉에 나도 목숨을 끊었을지 모
릅니다."

"별말씀을 다 하십니다. 저 아니어도 소대장님은 잘 견디
셨을 겁니다."

"내가 끝까지 견딜 수 있도록 마음 써주세요."

"기도는 매일 합니다만…… 여기선 기도에 대한 응답을
기다리는 게 어려울 수 있어요. 원하는 건 하나니까요. 끝
까지 잘 견디고 나가는 것. 그것이 은총이고 기적이라고 생
각하세요."

나는 감방으로 돌아가며 혼잣말로 되뇌었다.

"견디는 게 은총이고 기적이다."

김 대위가 일어나 앉아서 거울 쪽을 올려다보는 내게 물었다.

"할 얘기가 무지하게 많은 표정이다? 안 그래? 할 말 있나?"

"아닙니다. 없습니다."

"거짓말하지 마. 네 얼굴에 다 쓰여 있어."

나는 시선을 바닥으로 내려버렸다. 언제든 시비를 걸고 싶으면 그런 식으로 말을 시켰기 때문이었다.

"좋다. 나중에 무슨 말이든 하면, 그때는 각오해라. 알았나?"

나는 몇 번이나 망설이다가 결국 가슴에 담아두었던 생각을 꺼냈다.

"솔직하게 말씀드려도 되겠습니까?"

"그럼, 솔직해야지."

"거울 보고 가위바위보 하는 건 이제 그만했으면 합니다."

김 대위가 별것 아니라는 듯 피식 웃으며 비아냥댔다.

"그럼 거울 안 보고 가위바위보만 하면 되겠네."

김 대위는 마치 가시를 세운 고슴도치 같았다.

"정말 그만하고 싶습니다."

"그거 너 고통스러우라고 하는 거야. 국가와 국민을 배신하면 무슨 꼴을 당하는지 알려주려고. 우리가 시키는 게 아니라 대한민국 국민의 명령이란 말이다."

김 대위는 걸핏하면 국가와 국민, 대한민국 국군과 빨갱이란 말을 입에 달고 살았다.

보안대 의무실에 있을 때, 군의관이 나를 다독이며 해준 말이 떠올랐다.

'사람은 쉽게 죽지 않아요. 죽을 작정을 하면 쉽게 죽을 수도 있지만 살려고 하면 가장 질기게 살아남는 게 사람이지요. 동물들도 살기 위해 애쓰다 덫에 걸리고 썩은 걸 먹거나 독초에 신음하지요. 간혹 강자와 맞서기도 하고요. 그런데 사람에게는 병원도 있고 의사와 약사도 있잖아요? 법도 있고요. 게다가 스스로를 지키는 자존심을 갖고 있어요. 나약해진 자신을 내버려두지 말고 잘 보살펴야 합니다. 자신을 존중하고 사랑해야 하고요. 억울할수록 힘든 나를 더 안아주고 사랑해야지요. 자기 자신을 쓸모없는 사람으로 취급하면 안 됩니다. 스스로 가장 좋은 친구가 되어 보살펴야 해요. 격려하고 지지해 주세요. 그들이 무슨 짓을 하든 이겨내려면요. 굳센 모습을 보여줘야 해요. 그래야 멈춥니다. 나약해 보이면 그들은 포식자처럼 즐깁니다. 미워할 것도 없어요. 그들은 스스로 민주주의와 인간의 존엄성과 평화와 자유에 대해 어떤 역할을 하고 있다고 생각할 수도 있으니까요. 그게 옳든 그르든 상관없이요. 제발 그런 사람들에게 지지 마세요. 버틸 때는 버티고 숙일 때는 무조건 숙이세요. 의무실로 실려오는 게 전략일 때는 실컷 맞아도 괜찮아요. 어떤 머리 좋은 죄수는 의사도 속을 만큼 기가 막히게 정신병자 노릇을 해서 석방되기도 했어요. 물론 나중에 그게 밝혀졌지만요. 그 사람 다시 잡혀와서 한 말이 뭔지 알아요? 살아남기 위해서라면 무슨 짓이든 또 하겠다고 하더라고요.'

군의관의 얼굴을 떠올리며 나도 모르게 이런 말이 나왔다.

"제가 지은 죄가 있어서 형무소에 왔고 중형을 받았습니다. 그러나 형무소 규정에 거울 보고 이길 때까지 가위바위보 하는 건 사적인 징벌이지 규정은 아닙니다. 사적인 징벌은 규정 위반입니다. 부탁드립니다. 목숨 걸고 말씀드리는 겁니다."

말이 끝나는 순간, 내가 어떻게 이렇게 대담해졌는지 스스로에게 놀랐다. 김 대위가 내 말에 어이없다는 듯 웃자, 박 중위가 너털웃음으로 받았다. 그런 행동들이 어떤 신호였는지, 박 중위의 주먹이 허공을 가르며 내 가슴에 와 꽂혔다.

"이 빨갱이 새끼가 간땡이가 부었나."

박 중위가 꺾은 팔을 펼 수가 없었다. 너무 고통스러워 비명을 질렀다. 이번엔 김 대위가 무릎으로 내 배를 걷어찼다. 바닥에 쓰러진 나는 순찰 헌병 들으라고 비명을 질렀다. 김 대위가 내 입을 막았다. 그의 손을 뿌리치고 악다구니를 썼다.

"죽여. 살고 싶지 않아. 죽이라구!"

일부러 너 익 빈친 소리로 내뱉었다.

"죽여! 이럴 거면 죽이라고! 더 살고 싶지도 않아! 제발 날 죽이라고!"

비명을 듣고 헌병이 달려오자 박 중위가 양팔을 펼쳐 아무 짓도 하지 않았다는 듯한 몸짓을 보였다. 헌병이 김 대위에게 작은 소리로 말했다.

"조용히 합시다, 조용히. 이 방에서 형무소 샀습니까? 소란 피우거나 규율 어기면 징벌방 수감합니다. 독방 수감!"

박 중위가 양팔을 든 채 헌병에게 대꾸했다.

"손댄 적 없으니 그런 줄 아쇼."

헌병은 손가락질을 하며 나를 노려보았다.

"계속 이런 식이면 징벌방 수감할 수밖에 없습니다."

나는 순간 움찔했다. 영화에서 봤던 독방은 햇빛이 들지 않아 음습하며 벌레도 들끓고 밤낮을 구분하지 못한 채 혼자 처박혀 있어야 하는 곳이었다. 며칠씩 굶기기도 했다. 이 형무소에 어찌 징벌방이 없겠는가. 나는 더럭 겁을 먹었다. 배가 차갑거나 목덜미가 시리면 대번에 콧물이 나고 감기에 걸리곤 했다. 더구나 차가운 바닥에 앉기만 해도 배가 아파 절절매기도 했다. 독방에 들어가면 괴롭히는 선임자는 없지만 냉기와 습기에 몸살을 앓게 될 것이다. 상상도 하기 싫었다.

"한 번 더 소란 피우고 소리 지르면 독방 징벌 요청합니다. 알아서 하십쇼."

헌병의 목소리는 어두운 동굴 속에 울려 퍼지는 맹수의 소리 같았다. 헌병이 돌아가자 김 대위가 벽에 붙여놓은 거울을 떼고 능글맞은 소리로 지껄였다.

"거울 보고 가위바위보 하기 싫다고 했겠다. 네가 빨갱이가 아니고 대한민국 육군 장교라면 이북에 있는 인민군을 모조리 명중시켜야 한다. 카빈총을 받았다고 생각해라. 탄창을 갈아 끼우지 않아도 된다. 인민군을 향해 서서쏴 자세로 사격해라. 손가락 끝은 인민군을 정조준한다. 알았나?"

입안이 찢어져 흐르는 피를 삼키며 비틀거리던 나는 숨을 몰아쉬며 겨우 일어나 앉았다. 그들과 눈길을 마주치지 않은 채 잠시 침묵했다.

"너를 독방에 처넣으면 우리도 편해. 하겠나?"

"하겠습니다."

김 대위가 시키는 대로 서서쏴 자세를 하고 오른손 검지로 방아쇠를 당기는 시늉을 했다. 벽을 향해 소총 쏘는 시늉을 했다. 차라리 '피웅피웅' 총소리라도 내는 게 좋겠다 싶었다. 벽을 보고 손가락으로 헛총질을 하는 건 거울 보고 가위바위보 하는 것만큼이나 지겨웠다. 누가 이따위를 만들었는지 모르지만 징글징글했다.

"정조준해서 명중시키지 못하면 네가 죽어야 한다. 서서쏴는 적에게 노출되기 쉽다. 앉아쏴를 해라. 적을 만 명 명중시키고 보고해라."

차라리 벽에 과녁을 그려주었으면 좋을 것 같았다. 앉은 자세로 벽을 향해 헛총질을 하는데 눈물이 솟구쳤다. 분노가 스며든 눈물이었다. 원망의 피도 그 속에 녹아 있었다.

헛총질의 지겨움도 서서쏴보다 앉아쏴가 편했지만 정말 견디기 힘든 건 엎드려쏴 자세였다. 목과 어깨와 팔목과 손가락이 아팠고 배가 차가워지며 아프기 시작했다. 오금이 저리고 종아리에 쥐가 났다. 박 중위는 엄살 피운다고 발길질을 했다. 그날 밤 나는 지쳐 쓰러져 혼곤하게 잠들었다가 설사 때문에 다섯 번이나 깼다.

이튿날엔 아침부터 헛총질을 해야만 했다. 엎드려쏴 자세를 하면서 배가 차가워지지 않게 하려고 이리저리 요령을 피우다가 또 발길질을 당했다. 그들은 민족 반역자에게 이 정도 징벌은 너무 가볍다고 했다. 저녁밥을 먹고 구역질을 하다가 토하기도 했다. 그날 밤도 곯아떨어졌다. 박 중위의 코 고는 소리가 발동기 소리 같았지만 자장가로 들릴 정도로 혼곤했다.

며칠 동안 헛총질을 하자 눈에 헛것이 보이고 김 대위가 박 중위에게 총 쏘는 꿈까지 꾸게 되었다. 제정신이 아니라고 생각했다. 설사는 멎었지만 배꼽이 홀쭉해지고 밥맛을 잃었다. 온몸에 땀이 흘러 싸늘하게 식어 오한을 느끼기도 했고 맞은 부위가 아파서 잠결에 신음하다 두들겨 맞기도 했다.

이제는 내가 무얼 하는지 알 수 없었다. 어느 날은 벽을 보고 헛총질을 하다가 느닷없이 김 대위와 박 중위를 번갈아 쏘기도 했다.

"피웅피웅, 명중이다. 죽었다. 죽었어! 명중이다. 명중!"

그 순간 박 중위가 육중한 몸으로 나를 덮쳤다. 김 대위의 발길질 역시 매서웠다. 목이 졸린 채 내가 왜 그따위 짓을 했는지 후회했지만, 이미 상황은 되돌릴 수 없었다. 곧이어 군의관의 목소리가 귓전을 맴돌았다. 미친 척해서 석방된 죄수 이야기였다. 차 중사의 목소리도 들렸다. 반드시 살아서 돌아가란 말이 꿈결에 들리는 소리 같았다.

"죽여! 죽이란 말이야. 죽이지 않으면 내가 니들 다 죽일 거야. 죽여!"

나는 고래고래 악을 썼다. 헌병들이 들이닥쳤다.

무등병

독방엔 창문이 없었다. 불빛은 한 줌밖에 들어오지 않았다. 복도 양옆으로 늘어선 직사각형 독방마다 한 명씩 들어앉아 있었다.

순찰 헌병은 쇠방망이를 들고 있었고 권총집에는 가스총이 들어 있었다. 독방에서 자살을 시도하거나 자해를 할 때는 가스총으로 먼저 제압한다고 했다.

독방에 끌려가며 들은 주의 사항은 첫째도 둘째도 셋째도 침묵과 절대복종이었다. 침묵과 절대복종을 위해 계급장을 떼고 입감했다. 보병학교에서 유격훈련 받을 때 계급장을 떼고 번호표를 부착하면 조교인 사병이 반말로 명령

해도 무조건 따라야만 했다.

징벌 감방인 독방에 들어서는 순간 나도 계급이 사라진 무등병일 뿐이었다. 군인은 입대하면 이등병이 되고 차례로 일등병, 상병, 병장으로 진급한다. 그러나 계급장을 빼앗기면 바로 무등병이 된다. 무등병은 군인이되 군인이 아니며 군인으로 보호받을 수 없다.

흐릿한 불빛이 나를 감시하고 있었다. 군의관과 차 중사의 얼굴이 자꾸 떠올랐다. 미웠다. 살아서 돌아가라고 말하던 그들은 내게서 자살할 선택권마저 앗아갔다. 자살도 인간의 권리라고, 이런 고통을 당하느니 차라리 죽어버리는 게 낫다는 생각이 간절했다.

이제는 그마저도 할 수 없는 독방에 갇혀 있다. 복도의 흐린 형광등 불빛 아래로 헌병이 자주 오갔다. 감시자 때문에 철창이나 벽에 머리를 짓찧을 수 없었다.

미쳐버렸으면 딱 좋을 것 같았다. 미친 척하는 죄수를 기가 막힌 방법으로 잡아내는 곳이 형무소라고 했다. 진짜 미쳐버리면 석방시킨다고 했으니 미쳤으면 싶었다. 평생 그렇게 살아도 그만이라 생각했다.

시간이 얼마나 흘렀는지 모르지만 배가 고팠다. 독방에 갇히면 하루에 두 끼만 제공한다고 했다. 침묵하지 않거나 명령에 따르지 않으면 한 끼로 줄이고 그래도 말을 듣지 않으면 아예 굶긴다고 했다. 규율을 어기면 한동아 물도 주지 않는다고 했다.

다행히도 독방에 갇히는 순간 어지럽던 마음은 좀 가라앉았다. 침묵하는 건 어렵지 않았다. 차라리 마음 편했다. 헌병이 가끔 일어나, 앉아, 차렷, 팔 벌려, 뜀뛰기, 경례, 물구나무 따위의 명령을 내리면 고분고분 따라 하면 그만이었다. 물구나무서기만 빼면 오히려 헌병의 명령이 나를 편하게 했다. 거꾸로 섰다가 일어나면서 어지러워 얼른 벽을 잡고 주저앉아 옆으로 누웠다. 헌병과 눈이 마주쳤다.

"지금 몇 시죠?"

나는 이렇게 말하고 깜짝 놀랐다. 규율을 어긴 것이다.

"입 닥쳐!"

흐린 불빛 아래 헌병의 눈빛은 사나웠다.

"잘못⋯⋯."

나도 모르게 또 침묵을 깨뜨리고 말았다.

"규율 위반!"

그는 기다랗고 끝이 뭉툭한 방망이를 창살 사이로 디밀었다. 뒤로 물러났지만 공간이 좁아서 피할 수 없었다. 방망이는 내 몸을 힘껏 찔렀고, 나는 반사적으로 비명을 질렀다.

헌병은 더욱더 사정없이 나를 찔렀다. 간수 헌병이 왜 방망이를 가졌는지 알 수 있었다. 철창 안에 있는 죄수를 철창 밖에서 제압할 수 있는 효과적인 무기였다. 죄수는 빈손에 허리띠조차 없기에 찌르는 대로 속수무책 견딜 수밖에 없었다.

벽에 붙어 최대한 멀리 피했지만 방망이가 내 등을 사정없이 찔렀다. 독방 안에 갇혀서 두 명의 간수 헌병이 휘두르는 방망이를 이길 방법이라곤 없었다. 오직 고통을 견디며 멈추기를 기다려야 했다. 방망이를 피할 수 있는 건 오직 마음뿐이었다. 그들에게는 내가 꽤 괜찮은 장난감일 것이다.

오락 중에 제일 재미있는 건 사람을 가지고 노는 것인지 모른다. 내가 응원하는 권투선수가 상대를 무차별 가격할 때의 통쾌함을 생각하면 그만한 재미있는 놀이가 달리 있겠나 싶었다.

두 간수는 나를 겨냥해 찌르며 죄수를 징벌하는 쾌감을 느끼고 고된 간수 생활에 대한 불만을 해소하는지도 모른다. 나는 얼굴을 다치지 않으려고 한 손으로 얼굴을 가리고 다른 손으로 방망이를 밀쳐내곤 했다. 침묵을 깬 징벌은 혹독했다. 비명도 침묵을 깨뜨리는 거라고 하니 입을 꾹 다물고 고통을 참아내는 게 더욱 참담하기만 했다.

"빨갱이는 잘 안 죽는대. 아프지도 않대."

헌병이 놀리듯이 지껄였다.

"대한민국을 능멸한 놈이니까 살려두면 안 되지."

다른 헌병이 맞을 받았다. 방망이질이 멈춘 것은 내가 간방 모퉁이에 쓰러져 일어나지 못할 때였다.

"입 열지 말고! 잘못했지?"

나는 그 지경에도 살 궁리를 하며 고개를 끄덕였다. 쇠방망이에 찔린 사타구니의 통증이 심했다. 불알이 터진 게 아닌가 싶어서 손을 넣어봤다. 물기가 서려 있었다. 손을 빼어 확인했다. 핏기는 없었다. 땀이 가득하다는 걸 알았다.

찔린 자리가 시간이 지날수록 견디기 어렵게 아팠다. 어깨, 가슴, 허리, 사타구니와 정강이가 쑤시고 시큰거렸다. 얼굴 빼고 성한 곳이 없었다. 두 개의 방망이로 찍히며 생긴 피멍이 흐린 불빛에도 선명했다. 심한 통증을 뚫고 군의관과 차 중사가 했던 말이 떠올랐다.

'살아서 돌아가세요.'

그 말을 되뇌었다. 통증은 조금도 가라앉지 않았고 더 심해지기만 했다. 아프다고 말하면 또 방망이질을 무자비하게 할 게 뻔했다.

밤은 내 몸과 마음의 통증처럼 깊어져갔다. 찔린 자리는 자꾸 부풀어 올랐다. 참을 수 없어서 결국 신음 소리를 내고 말았다. 신음은 침묵 규율을 어기는 게 아니라고 믿고 싶었다. 내가 하고 싶어서 하는 게 아니라 너무 고통스러워서 절로 나왔으니까.

내 소리가 거슬렸는지 간수가 방망이를 들고 다가왔다. 나는 구석에 몸을 웅크린 채 신음을 거칠게 내뱉었다. 이건 앓는 소리가 아니라 고통을 견디는 나만의 방법이었다. 헌병이 지켜보고 있으니 앓는 소리는 더 애절해졌다. 간수는 방망이로 나를 툭툭 건드렸고, 나는 더 거친 신음으로 응대했다.

"조용히 해라. 조용!"

의외로 그의 목소리는 누긋했다. 강자의 너그러움일지도 모른다. 간수에게는 당연한 징벌이었겠지만 당하는 나로서는 차라리 죽여주었으면 싶을 정도의 고통이었다.

대꾸할 수 없는 침묵을 강요한 건 일방적인 것이기에 나는 연신 신음으로 그의 말에 항변했다. 내버려두면 금세라도 죽어 나자빠질 것처럼 내질렀다. 신음은 의무실로 실려가기 위한 내 나름의 응급 처방술이었다.

"조용히 하라니까. 어기면 죽는다!"

나는 들은 체도 하지 않고 사방이 울릴 만큼 신음을 내질렀다. 다른 간수가 달려와 방망이를 내 목에 들이댔다. 나는 돌아누웠다. 그리고 방망이 끝에 내 목을 대고 말했다.

"콱 찔러! 죽이란 말이다. 알겠냐. 이 개자식들아! 죽여달란 말이다. 네놈들 손엔 안 죽는다. 내 손으로 죽을 테니까 어디 죽을 때까지 찔러봐!"

악에 받친 소리를 질러대자 철창문이 열리고 헌병 세 명이 들어왔다. 강제로 수갑을 채우고 무자비하게 팔을 뒤로 꺾은 재 밖으로 끌어냈다. 나는 쉰 목소리로 죽여달라고,

살기 싫다고, 목을 졸라달라고, 칼을 달라고, 총살하라고, 빨갱이를 왜 살려두느냐고 악다구니를 썼다. 수갑 찬 손목에서 피가 났고 코피도 쏟았다.

당황한 헌병들이 나를 의무실로 데려갔다. 군의관은 나를 끌고 온 헌병에게 얼른 수갑을 풀어주라고 했다. 헌병이 상관에게 보고해야 한다고 하자 군의관이 언성을 높였다.

"치료 책임은 나에게 있다. 풀어라."

헌병은 마지못해 수갑을 풀었다.

"치료할 테니 나가 있어."

헌병들이 나가자 군의관 옆에 있던 차 중사가 내 어깨를 가볍게 두드리며 말했다.

"죽을 작정이면 조용히 죽어야지. 이런 식은 아니죠. 살라고 치료해 준 거지, 죽으라고 해준 거 아니잖아요."

"죄송합니다, 너무 고통스러워 차라리 죽고 싶습니다."

"그걸 왜 모르겠습니까. 겨울에 죄수가 옥살이를 견디다 못해 취조실에서 조사받다가 죽을 작정을 하고 난로를 끌어안았다고 합니다. 죽지 않고 병원으로 실려갔다는데, 얼마나 고통스러우면 그랬겠어요. 조용히 편하게 죽는 방법 알려줄까요?"

무슨 말을 할 수 있겠는가.

"정말 죄송합니다."

"최고의 복수는 잘 견디고 돌아가는 거라고 했죠. 무사히 돌아가서 글 쓰겠다고 했잖아요. 그럼 살아야죠. 저도 군인입니다. 여기서 이 눈치 저 눈치 볼 수밖에 없습니다. 더 이상 눈치 보지 않게 해주세요."

나는 연신 고개를 끄덕였다.

"저하고 약속 하나 하세요. 죽기 살기로 한 번 더 견뎌보겠다고, 건강하게 돌아가서 실력 발휘해 작품 한번 제대로 써보겠다고. 잘 견디고 모범수가 돼서 나가겠다고 약속해요."

"그러지요. 꼭 그렇게 하겠습니다."

이렇게 말하자 군의관이 파르르 떨리는 내 손을 힘주어 잡았다. 엉덩이에 주삿바늘을 두 번이나 꽂았지만 통증을 느끼지 못했다. 몽둥이로 가격당한 자리마다 모진 통증이 점령하고 있었다. 차 중사가 담배 한 대를 불붙여 내밀었다. 군의관이 얼른 창문을 열었다.

육군형무소에 구속된 지 3개월 만에 고등군사법원에서 판결이 내려졌다. 군검찰은 반공법과 국가보안법 위반이 국군의 근간을 흔든 범죄이니 엄중한 징계로 국군의 위상을 보호해야 한다며 형을 늘려 7년 형을 주장했다.

고등군법회의는 군검찰의 구형이 일리가 있지만 피고가 깊이 반성하고, 반성문에 진정성이 있는 데다 재범의 가능성이 없으므로 보통군법회의의 징역 5년이 합당하다고 결정했다. 분하고 원통했다.

딸아이를 안고 있는 지향이와 눈길이 마주쳤을 때 서러움이 북받쳐 절로 눈물이 쏟아졌다. 지향이는 손수건을 얼굴에 대고 고개를 숙였다. 재필이가 딸아이를 들어 올려 내게 보여주려고 애썼지만 아이는 나와 눈을 마주치지 못한 채 두리번거렸다. 재필이가 자인이 등을 쓰다듬으며 애써 웃음을 지어 보였다.

딸아이와 지향이에게 달려가 힘껏 안아주고 싶었다. 휴가를 얻어 달려온 재필이와 얼싸안고 늘상 하던 애정 어린 욕이라도 해주고 싶었다. 지향이와 딸아이에게 이 세상 누구보다 사랑하고 평생 지켜주겠다는 약속을 하고 싶었다. 변호인이 고개를 돌려 작은 소리로 얘기했다.

"상고해도 소용없겠네요. 다른 죄목도 아니고 반공법과 국가보안법 위반이니까요. 대법원에서는 형량을 따지는 게 아니라 법 적용의 옳고 그름만 따집니다. 면회 때 자세히 알려드릴게요."

변호인의 말에 내 가슴은 철렁 내려앉았다. 수임료를 받긴 하지만 공안 사범을 변호하는 게 부담이 되는지도 모른다. 재필이도 변호인의 의견에 동의한다고 했다.

박정희 대통령이 삼선개헌으로 제7대 대통령에 당선된 것은 내가 보병학교에서 훈련을 받을 때였다. 세상에는 군 출신들이 득세했고 사관학교 출신들의 위세는 그야말로 대단했다.

항간의 소문에는 박 대통령이 젊은 시절 한때 공산주의자였고 곤욕을 치르며 전향한 전력이 있어서 반공법이나 국가보안법에 대해 더 강하게 처벌하는 경향이 있다는 소리도 들렸다.

보통군법회의 때 피고석에 나란히 앉았던 헌병 출신 피고인의 말에 따르면, 내 형기가 예전 같으면 3년 구형에 1년 징역형 정도였을 거라고 했다. 그런데 7년 구형에 5년 형을 선고받은 것은 시국을 잘못 만난 탓도 있고, 어쩌면 보안대 조사 과정에서 덤터기를 쓴 것 같다고 했다.

시절이 좋았으면 시말서쯤으로 마무리될 정도라고 위로하며, 삐라와 『피바다』는 문제 삼지도 않았을 거라고 했다. 시골집을 수색하여 찾아낸 『임꺽정』은 문학청년의 호기심이었으니 군에서 굳이 따질 사항도 아니라고 했다.

미루어 짐작해 보니 보안대에서 상부에 잘 보여야 할 사정이 있었거나 반공법과 국가보안법을 적용할 이유가 달리 있었을 것 같았다. 상고를 하면 대법원 판결까지 상당한 시간이 걸릴 수 있다는 게 변호사와 주변 사람들의 의견이었다.

변호사를 선임하지 않아도 피고인이 직접 상고장을 쓸 수 있다고 했다. 상고는 고등군법회의 판결 후 7일 이내에 제출해야 한다. 남한산성 육군형무소로 돌아가는 호송 버스 안에서 혼자서라도 상고를 하리라 결심했다.

고등군법회의에서 형이 확정되면 대법원에서 뒤집히는 경우가 별로 없다고 했다. 형기에 예민할 수밖에 없는 죄수들은 다른 죄수들의 선고 내용이 궁금할 수밖에 없었다. 나역시 그랬다. 감옥 안에 있으면 남의 판결을 통해 희망을 갖거나 절망하기도 했다.

형무소에서 틈틈이 상고장을 작성했지만 제출하지 않았다. 7일 동안 얼마나 많은 갈등에 휩싸였는지 모른다. 재소자 중에 재판 결과를 족집게처럼 예측한다는 장기수에게 내 사연을 솔직히 털어놓았더니, 그의 첫마디는 "상고를 포기하라"였다.

그는 법학을 전공한 것도 아니고 대학 문턱을 넘어본 적도 없다. 어릴 적에는 시골에서 서당에 다녔고 농사를 짓다가 입대한 사람이었다. 그런데도 수감된 죄수들의 군법회의와 대법원 판결 결과를 꽤나 적중률이 높게 맞춘다고 소문이 자자했다.

운동이나 식사 시간 때 그의 곁으로 재소자들이 모여드는 건 너무나 자연스러운 일이었다. 그는 죄수답지 않게 해맑은 얼굴로 벌씀벌씀 웃으며 입을 열었다.

"삼선개헌으로 박정희 정권이 반대 세력을 빨갱이로 몰아붙이고 제압하려면 공안 사범을 강력하게 다룰 수밖에 없죠. 박정희가 왕처럼 절대 권력을 누리는 건 군을 완전장악했기 때문이니까. 지금은 그 힘으로 나라를 손아귀에 쥐고 있지만 민심을 얻지 못해서 늘 불안한 거예요. 강대국 눈치까지 봐야 하고 지식인, 종교인 들 신경 써야지……. 민심은 용수철같이 누를수록 튀어오를 거고. 민심을 누르기 위해서, 북한이 쳐내려온다고 공포심을 키울 겁니다. 사람들이 먹고살 만하면 만족하고 살 테니까 경제를 활성화하겠죠. 군 출신을 여기저기 중용해서 군의 사기를 높이고 절대복종을 꾀하겠지요. 국민의 관심사를 분산시키기 위해 오락, 스포츠, 섹스 산업 같은 걸 활성화하고요. 국민을 보호한다는 핑계로 치안을 강화해서 통행금지를 풀지 않을 테고, 중앙정보국, 보안대, 치안국을 동원해 나라 구석구석 감시하고 통제할 겁니다. 그러다가 때가 되면 영구 집권, 절대 권력을 도모하겠죠. 그러니까 공안 사범은 중형으로 다스릴 수밖에 없어요. 상고를 포기하고 모범수가 되면 6개월 정도 감형받을 수 있을 거예요."

나는 계급장 없는 군복, 하얀 천 위에 '희망'이라는 검은 글자가 쓰인 옷을 입게 되었다. 내 이름과 계급은 사라지고 번호표를 새로 달았다. 육군형무소에서는 형이 확정된 수감자를 '감자'라고 불렀다. 머리칼은 아랫부분을 바싹, 둥그렇게 깎았는데 '단삭'이라고 했다. 가슴에 희망이라는 글자가 붙어 있었지만 형무소 어디에도 희망이라곤 찾아볼 수 없었다.

나는 이미 6개월 정노 삼옥실이를 했으니 5년 형기를 다

채우려면 4년 6개월을 보내야 했다. 단식된 감자로서 희망과 인권을 반납한 채, 오직 수형 번호로만 존재할 뿐이었다.

6장

이토록 처절하게 완벽한

아픈 고백들

고등군법회의에서 형이 확정되고 감방으로 돌아오니 김 대위와 박 중위의 태도가 다소 누그러진 듯했다. 나를 괴롭히는 게 더 이상 재미없어진 것 같았다.

"나도 고등군법회의에서 심판관이 보통군법회의 때와 똑같이 판결할 때 온통 세상이 깜깜했다. 지금 네 심정 누구보다 잘 알지. 하지만 다 지나간다."

김 대위가 처음으로 거친 말을 하지 않고 멀쩡한 눈빛으로 나를 바라보았다. 당황한 나는 엉겁결에 다리에 힘이 빠져 무릎을 꿇을 뻔했다.

"인생 질십에 그깟 몇 년 버린다고 그렇게 큰 손해 아니다. 젖먹이도 죽고 국민학생도 죽는데 이까짓 거 못 참을 게 뭐 있겠나. 그동안 우리가 심하게 대한 건 한 소위가 좌절해서 못 할 짓을 할 수도 있고…… 그래서 그런 생각 못 하게, 생각할 겨를도 없게 하려고 그런 거니까 이해해라."

눈물이 쏟아질 것 같았다. 그동안 나에게 해댄 행위들이 모두 나를 위한다는 명분에서였다니. 그런 걸 이해하라고 하다니.

특별한 경우가 아니면 고등군법회의의 판결이 대법원에서도 같은 형량으로 확정되기 때문에 고등군법회의 판결을 받은 날부터 수감자의 대우가 달라진다는 말을 들은 적 있지만 김 대위와 박 중위가 이렇게 돌변할 줄은 상상조차 해보지 못했다. 오히려 빨갱이로 확정되어 더 심한 가혹 행위를 할지 모른다고 걱정하던 차였다.

"우리가 너를 괴롭힐 수밖에 없었던 곡절이 있긴 하지만, 그걸 지금 털어놓는다고 이해하고 해결될 일도 아니다. 지난 일이니까 다 잊어버려라. 얘기하자면 복잡해. 그러지 않았다면 너도 우리도 모두 힘들었을 거다. 그럴 수밖에 없는 사정이 있었다는 걸 이해해라."

"아닙니다. 저도 잘한 거 없습니다."

이렇게 말하는 내 마음은 쉽게 가라앉지 않았다. 그들에게 당할 때마다 분노를 삭이지 못해, 세상이 다 무너져 끝나버리길 바라지 않았던가. 나중 일은 어찌 되든 한 마리

야수가 되어 달려들어 물어뜯고 싶었으며 밤마다 잠들지 못하고 여러 가지 복수극을 그려보곤 했다. 어디 그뿐이랴. 보안반장은 세상에서 가장 완벽한 범죄로 감쪽같이 사라지게 만들고 싶었다. 아니, 들켜서 내가 평생 감옥살이를 하더라도 그를 없애고 싶었다.

"나중에 기회가 되면 너를 그렇게 할 수밖에 없었던…… 그 얘기를 하게 되겠지. 그동안 우리가 미웠을 거야. 우리가 먼저 석방되어 나가겠지만 지금은 속에 맺힌 억울한 마음을 풀고…… 다 잊어버리고 오늘부터 셋이서 잘 지내보자."

김 대위가 손을 내밀자 박 중위도 가까이 다가왔다. 나도 얼른 손을 내밀었다. 도대체 무슨 사연이 있어서 날 괴롭힌 거냐고 따져 묻고 싶었다. 하지만 물을 수 없었다. 잘 지내자는 말이 당황스러웠지만 이렇게 대할 수 있었던 사람들이 내게 그토록 가혹하게 했다니 괘씸한 마음뿐이었다.

"네, 잘 알겠습니다."

알겠다고 말하면서도 나 자신에게 되묻지 않을 수 없었다. 그토록 복수를 다짐했는데, 가슴에 쌓인 한을 쉽게 용서하고 잊어버릴 수 있는 거냐고 내가 나에게 따졌다. 대체 내가 복수해야 할 대상은 누구인가. 날 가혹하게 학대한 김 대위와 박 중위인가, 보안반장인가, 고등군법회의 심판관인가, 아니면 그 모두인가…….

"살다 보넌 뜻내토 되지 않을 떼기 많아. 나도 어쩌다 적

수가 됐고. 나한테는 이런 일이 없을 줄 알았는데 어이없
게 이런 봉변도 당하는구나 싶고…… 세상에 대한 복수심
을 갖게 되더라고. 사실 너무 억울하게 감옥에 왔고 인생
을 망쳤으니 복수할 대상을 찾는데, 감방에서 복수할 게 뭐
가 있겠어. 시간이 빨리 가는 방법을 찾다가……. 보안반장
이…….”

박 중위의 말을 김 대위가 막았다.

“오늘은 그만하자. 우리 모두 팔자가 드러워서 이렇게 된
거니까……. 알아서 좋을 게 있고 아예 모르는 게 약일 수
도 있다.”

뭔지 모르지만 내게 숨기는 사연이 있는 것 같았다. 당장
은 느닷없는 친절을 받아들여야 했다. 내 처지에 이것저것
따지거나 캐물어서 득 될 건 없을 것 같았다.

“어쨌거나 한 소위가 맺힌 게 많을 테니 풀어줘야죠.”

“오늘은 그만하자니까. 어차피 저절로 알 때가 오겠지.
우리 지금 조심할 때야. 밤말은 쥐가 듣고 낮말은 새가 듣
는다고…… 여기서 누굴 믿겠냔 말이야.”

“그러네요. 이 드러운 세상에 어찌 할 말 다 하고 살겠습
니까. 그만하죠.”

그들의 친절 속에 무엇이 숨어 있는지 모르지만 캐묻지
않기로 했다. 작은 친절이라도 내게는 큰 위로가 되기 때문
이다. 그동안 나를 쥐락펴락하던 자들이었다. 수시로 내 마

음에 불을 질러 화염에 싸이게 했고 매워서 숨을 못 쉬게 만들었다가 무딘 톱날로 육신과 영혼을 갈가리 찢어놓기도 했다. 그러다가 뜬금없이 친절하게 대할 때도 있었다. 그들은 무슨 재주가 있는지 자주 면회하러 나갔고 사식도 챙겨 오곤 했다. 헌병들도 두 사람에게 비교적 친절한 편이었다.

결국 상고장 제출을 포기했다. 소주 한 잔과 담배 한 대가 간절했다. 달달한 커피도 마시고 싶었다. 영화의 탈옥 장면을 떠올리며 밤마다 상상의 나래를 펼쳤다.

구속된 지 1년 3개월여 만인 1972년 10월 17일, 박정희의 영구 집권을 위한 유신헌법이 선포되었다. 비상계엄 선포는 형무소 안까지 술렁거리게 만들었다. 박정희는 통일주체국민회의에 의한 간접선거로 압도적 찬성을 얻어내며 임기 6년의 제8대 대한민국 대통령이 되었고, 12월 27일에는 취임식이 거행됐다. 대통령 취임이나 국가적 행사가 있을 때 특사나 감형이 있으니, 죄수들은 누구나 특사를 기대했다.

나 역시 애타게 감형 소식을 기다리며 간절히 기도하는 사람 중 하나였다. 비록 내가 온 국민이 싫어하는 반공법과 국가보안법 위반 사범일지라도 작게나마 은사(恩赦)가 있을지도 모른다.

그러나 해가 바뀌어도 감감무소식이었다. 형기가 얼마 남지 않은 수감자들은 풀려나기도 했디. 그들은 모두 무범수라고 했다. 봄은 왔지만 남한산성은 터무니없는 이름으로 불리는 '희망대'에 봄을 허락하지 않았다. 구속되지 않았다면 나는 중위로 진급했을 테고, 철책선을 벗어나 페바(FEBA: 철책선의 후방 부대. 전투 지역 전단)로 이동했을 것이었다.

우리 감방에도 은사가 찾아왔다. 김 대위가 모범수로 출소하게 되었다.

그의 출소가 알려진 날에 특별한 회식을 했다. 커피 석 잔과 기름에 볶은 건빵 한 봉지, 육포 한 봉지와 소주 한 병을 들고 온 헌병이 김 대위에게 거수경례를 했다. 김 대위가 경례를 받고 말했다.

"화랑 하나만 주소."

헌병이 잠깐 망설이더니 화랑 담배 세 개비를 내밀었다.

"연기 새어 나가지 않게, 냄새 안 나게 해야 합니다."

담배에 불을 붙여준 헌병은 얼른 자리를 비켜주었다. 김 대위가 먼저 담배를 힘껏 빨았다. 연기를 내뿜지 않기 위해 빨아 삼켰다. 옆 감방에서 모를 리 없겠지만 우리는 가능한 한 연기가 퍼지지 않게 하려고 애써 연기 삼키기를 반복했다. 필터가 없어 금세 손가락이 따끔거렸다.

어지러웠다. 우리는 모두 벽에 기대어 그 순간을 즐겼다. 이다지도 황홀한 어지러움이 있다는 것을 처음 알았다. 김 대위가 먼저 드러눕고 박 중위가 따라 누웠다. 나는 벽에 기대어 반대쪽 벽을 바라보았다. 남김없이 마셔버리려고 빨아들인 담배 연기가 어지러운 내 콧속을 훑으며 참으로 묘한 쾌감을 주었다.

김 대위가 벽을 더듬으며 일어나 앉더니 소주병을 흔들었다. 먼저 한 모금을 마시고 박 중위에게 건넸다. 박 중위는 벌컥벌컥 마셨다. 김 대위가 얼른 소주병을 빼앗아 내게 주었다. 어서 마시라는 시늉이었다.

세 모금을 연달아 삼켰다. 어찔어찔했다. 이런 몽롱한 상태로 감옥살이를 할 수 있다면 잘 견딜 수 있을 것만 같았다. 비스듬히 누워 있던 김 대위가 나를 흘깃 바라보았다. 나는 여전히 몽롱함을 즐기고 있었다. 박 중위는 담뱃재를 손으로 비비더니 혀끝으로 맛을 보았다.

"한 소위, 이제 말할 테니 대신 비밀 지켜. 나는 출소하지만 박 중위는 형기가 남아 있고…… 비밀 지키겠다고 약속하면 말해 줄게."

정말 듣고 싶은 말이었기에 절실한 눈빛으로 말했다.

"반드시 비밀 지키겠습니다."

유추할 수 없었고 캐물을 수도 없었지만 뭔가 말 못 할 사연이 있다는 걸 짐작했다.

"형님, 나중에 제가 얘기할게요."

박 중위가 말문을 막았다.

"어차피 우리가 살려고 했고, 삼옥실이 편히게 하려고 그런 거니까 내가 말해야지. 출소한 뒤에 후회하지 않으려고 그런다. 내가 입 닫고 나가면 평생 후회할 수도 있고 재수 없으면 나중에 뒤탈이 날 수도 있어. 인생 더럽게 살고 싶지 않아서 그래."

박 중위가 고개를 돌렸다.

"한 소위, 비밀 지킬 거지?"

"반드시 지키겠습니다."

"우리가 왜 너를 닦달하고 못살게 굴었는지 짐작은 했나?"

"아닙니다."

"그랬겠지……."

"저는 반공법과 국가보안법 위반 사범이고 두 분은 군기 반장 역할이었으니까 그런가 보다 했습니다. 솔직히 말씀드리면, 제가 고분고분 복종하지 않아 더 미움받았다고……."

"네가 되바라지긴 했지."

"어떨 때는 형님들이 빨갱이 때문에 무슨 피해를 봤거나 집안에 큰일이 있었을지도 모른다는 생각도 했습니다."

"여기 형무소에 보안대원이 있다는 건 이미 잘 알 테고, 보안대에서…… 한 소위가 빨갱인데 겨우 5년 형밖에 안 받아서 우리 국군의 사기와 위신이 추락했다고 난리가 났어. 한 소위의 정신 상태를 바꾸려면 징벌 수위를 높여야 한다고. 전공을 세운 건 사실이니까 징계 수위를 좀 낮춰달라고 사단장이 요구하는 바람에 다행히 보안반장의 태도가 누그러져서 형기를 조율했다는 거야. 어쨌거나 한 소위를 세게 다루면, 우리를 모범수로 만들어주겠다고……. 결국 그렇게 해서 내가 먼저 출소하고 박 중위도 곧 나가게 된 거야. 변명 같지만, 우리가 아니더라도 보안대에선 또 다른 누군가를 시켜 한 소위를 모질게 다뤘을 거야. 차라리 우리가 악역을 하고 나중에 나가면서 사과하자고 했지. 이런 얘기가 알려지면 나도 그렇고 박 중위도 성치 못할 걸 알면서 너를 믿기 때문에 털어놓는 거야. 안 그러면 우리만 원망할 거 아냐. 난 억울해서 그렇겐 못 해. 너도 억울할 테니 훗날 세상 좋아지면 소설로 써버려. 나와 박 중위 실명을 빼고. 미안하다……."

김 대위는 박 중위의 손을 잡더니 나와 악수를 하게 했다.

"부탁 하나 할 테니 꼭 들어줘야 해. 약속해라."

나는 무슨 일인지 묻지도 않고 고개를 끄덕였다.

"말로! 약속한다고 말로 해야지. 얼른."

내가 사과를 받는 상황이니 뭘 약속하든 나쁠 것 같지 않았다.

"약속하겠습니다."

"그냥 용서받을 수는 없다. 우리 두 사람 따귀를 때려라."

김 대위의 목소리는 단호했다.

"아닙니다. 그럴 순 없습니다. 솔직하게 말씀해 주셨는데 용서고 뭐고 괜찮습니다. 이제 다 해결됐습니다."

내가 당한 일들을 생각하면 따귀 몇 대로 풀릴 수 있겠냐마는 사실 그들은 하수인일 뿐이었다. 뒤에서 조종한 자를 미워해야지 살아남기 위해 시키는 대로 한 사람들을 탓한들 뭘 하겠나. 어느 누가 감옥에서 보안대원의 지시를 거부할 수 있겠는가.

"때려라. 이건 명령이다. 우릴 도와주는 거라고."

실랑이를 해봤자 소용없다는 걸 느꼈다. 왼손으로 그들의 오른쪽 뺨을 세 대씩 때렸다. 힘을 주지 않고 허탈한 심정을 담아 가볍게 손을 내리쳤다. 나는 목울대가 솟도록 흐느껴 울었다.

김 대위가 석방된 지 2개월 후, 나는 감방장이 되었다. 박 중위 역시 모범수로 출소했다. 학훈단 출신 중위와 육군 제3사관학교 출신 소위가 입감했다. 나는 그들을 함부로 다루지 않았다. 이미 혹독한 경험을 했기에, 쓰라린 그들 마음을 어떤 경우에라도 더 아프게 만들기 싫었다.

감방장이 되고 1년이 거의 다 되어갈 무렵 예상치 못한 특별 면회를 하게 되었다. 헌병에게 특별 면회 신청자가 누구냐고 물었더니 일단 만나보라며 아무 말도 덧붙이지 않았다.

방으로 들어서자 사각 테이블과 의자 네 개가 놓여 있었다. 그리 넓지 않은 방에 재필이와 지향이가 굳은 표정으로 나를 맞았다. 반가운 마음에 얼른 다가가 재필이의 손을 덥석 잡았다. 그의 눈엔 이미 물기가 서려 있었다. 지향이는 내 손을 슬쩍 잡더니 눈길을 피한 채 창문 밖을 바라봤다.

"고생 많구나. 어쨌거나 형기의 반을 채운 셈인데…… 남은 시간 부디 건강해야 한다. 내가 아직 매인 몸이라 자주 면회 올 수 없어서 답답하다. 내 마음 너도 알겠지만……."

평소의 재필이답지 않게 말꼬리를 흐렸다. 뭔가 긴요한 얘기를 하려는 눈치였다. 잡은 손에 힘을 빼는 지향이는 여전히 눈길을 피했다. 느낌이 좋지 않았다. 불안이 밀려들었다.

"할 말 있구나. 내 꼴이 이 모양이 되면서 세상 무서운 게 없어졌어. 그러니까 망설이지 말고 할 말 있으면 얼른 해."

나쁜 소식이라면 빨리 듣는 게 나을 것 같았다. 좋은 소식을 전할 참이면 벌써 털어놓았을 것이다. 지향이가 잡은 손을 놓고 얼굴을 돌렸다.

"지향이 저년 성미에 오래도 참았다. 너하고 떨어져 산 지 3년이 다 되어가니…… 혼자 견디고 살기 힘들 거란 걸 너도 잘 알겠지만…… 아이 데리고 나가 살겠다고, 동네 부끄러워 집에 있기 싫다기에, 오죽하면 그럴까 싶어 전세방 하나 얻어줬더니…… 그래, 저년이 혼자 버티지 못하고 사내가 생겼단 말이다. 나쁜 년……. 그놈 새끼를 가졌으니 이제는 빼도 박도 못하게 생겼다. 그래서 오늘 죽일 작정을 하고 데려왔다. 저년을 어쩌면 좋겠냐? 죽여야 하냐? 살려야 하냐? 나도 죽고 싶다. 모든 게 다 내 죄지 싶다."

더는 들을 수 없었다. 면회도 오지 않고 편지도 가물에 콩 나듯 할 때부터 불안한 마음이 나를 포박하기 시작했다. 딸아이가 있으니 그래도 딴생각하겠나 싶다가도 이즈음 무슨 사달이 났을 수도 있겠다고 짐작은 했다.

그녀는 5년을 기다릴 여자가 아니었다. 가난한 집안의 외아들, 밥벌이조차 어려울 것 같은 남편, 소설 나부랭이나 쓴다는 남자…… 게다가 앞길을 예단하기도 쉽지 않은 상황에 시부모를 부양해야 하고, 한때 빨갱이로 몰린 적 있는 늙은 시아버지에…… 빨갱이로 몰려 5년 형을 선고받은 남편은 형을 다 살고 사회에 나와도 앞길이 막막할 것이다. 이 정도 참은 게 오히려 이상한 건지 모른다.

"면회 다니다가 그놈이 너를 도와줄 수 있는 사람이라고 하니까…… 사실 너를 돕고 싶었겠지. 이것저것 도와주긴 했나 봐. 그러다 보니 자주 만나게 되고…… 그렇고 그렇게 된 모양이더라. 그렇다고 저년을 패 죽일 수도 없잖아. 정말 참기 어렵겠지만 저년을 버려라. 저년도 저년이지만 애를 잘 키우려면 누군가는 있어야 할 테니까 말이다. 저년이 딴 놈한테 가도 아이는 누가 뭐래도 네 핏줄이고 네 자식이다. 너 대신 내가 당분간 키워준다고 생각하자. 내가 자주 들여다볼 테니까. 그리고 오늘부터 저년을 잊어버려. 나도 마음껏 미워해. 그렇지만 우리 우정은 죽을 때까지 변치 말자. 저년은 염치가 없어서 제 주둥이로는 말 못 한다기에 내가 끌고 왔다. 내가 저년하고 너를 인연 맺게 한 죄 평생 갚으마. 내가 죽일 놈이다."

지향이가 나를 면회하러 올 때마다 그 사람을 만났고 실제 도움을 받았다는 건 아무래도 거짓말 같았다. 그녀는 면회를 거의 오지 않았다. 어쩌다 보낸 편지도 읽어보고 싶지 않을 정도로 성의 없었다.

"그놈에게 내가 약속을 받았어. 내가 아는 놈이니까 솔직하게 터놓고 부탁했다. 네가 석방될 때까지 잘 돌봐달라는 것과 네 아이를 잘 키워달라고. 그놈이 약속했어. 내가 알기로는 5년 형을 받은 것도 그놈이 도와준 거란다. 저년이 네가 알다시피 본심이 나쁜 애는 아니잖아. 딸 하나 잘 키워보겠다는 속셈이 왜 없었겠냐. 너를 도와준다니까 혹했다가 정들었다고 하더라……."

우리는 서로 입을 봉한 듯 한동안 말을 꺼내지 않았다.

"저년은 입이 백 개라도 할 말이 있겠냐만…… 내가 자리 비켜줄 테니 할 말을 해. 머리끄댕이를 잡든 실컷 패든 맘대로 해. 차라리 저년이 감옥살이를 하고 네가 나왔으면 좋으련만……."

나는 재필이 내민 손을 마지못해 잡았다. 하고 싶은 말들이 목구녕까지 마구 치밀어 올랐지만, 무슨 말부터 해야 할

지 깜깜하기만 했다. 이미 엎질러진 물이었다. 되돌릴 수
없었다. 지향이는 이미 딴 사내의 아이를 가졌다고 했다.

"짐작했는지 모르지만…… 그놈은 저년이 너 만나기 전
에 만나던 놈이다."

나는 재필이의 입을 막고 싶었다.

"됐어! 그만해!"

내 목소리에 분노가 묻어났다. 재필이는 고개를 숙이며
내 손을 힘주어 잡았다.

밤마다 꿈속에서 어두운 산길을 헤매며 지향이와 딸아이
가 살고 있는 집을 얼마나 애타게 찾아다녔는지 모른다. 찾
을 수가 없었다. 어둠 속에서 가도 가도 어딘지 알 수 없는
거리에서 집을 찾느라 얼마나 애태웠는지 모른다. 밤마다
어둠 속에서 처자식을 찾아다니며 울부짖을 때 지향이는
딴 사내와 정을 통했다니 더 이상 무슨 얘기를 하겠는가.

어찌 감옥에 있는 나를 두고 그놈과 정을 통해 아이까지
가졌느냐고 소리치고 싶었지만 너무 엄청나 어디서부터 얘
기를 해야 할지 입이 열리지 않았다. 지향이를 불행하게 만
들고 싶은 분노가 치밀었다. 할 수만 있다면 두 인간을 천
길 벼랑에 세워놓고 힘껏 걷어차고 싶었다.

아니 지금이라도 뉘우치고 내 곁으로 돌아온다면 모든
걸 없던 일로 하고 용서할 수 있을 것 같았다. 그립고 보고
싶어서 꿈속에서 미친 듯이 그녀의 이름을 부르곤 했다. 나

없이 혼자 살 수 없다는 소리를 하던 그녀가 지금까지 참았다면 오래 견뎠다는 생각이 들었다.

"둘이 할 얘기가 있으니 나가 있어."

재필이가 지향이를 돌아보며 말했다. 그녀는 기다렸다는 듯이 일어섰다.

"그놈하고 오래 못 살 거다. 내 동생이지만 죽일 년이야. 저년을 데려간 놈은…… 이진구라고 너를 조사한 보안반장 이진구 대위, 바로 그놈이다. 너를 돌봐준다고 약속했어. 저년이 전에 만나던 그놈이야."

나는 눈을 감고 책상 앞에 꼿꼿이 앉아 있었다. 가슴속에서 무거운 쇳덩이가 쿵 떨어지고 온몸이 떨렸다.

"우리 집에서 하숙했던 그놈이야. 지향이하고 헤어진 뒤에 결혼했는데 교통사고로 마누라를 잃었다더라."

내 인생에서 결코 지울 수 없는 놈이었다. 나를 그리도 모질게 다루고 빨갱이로 몰아붙인 자, 내 인생을 분쇄해서 가루처럼 만들어놓고 5년 형을 받게 한 자, 그사이에 지향이와 살림을 차리고, 나를 돌봐주겠다고 약속하고 구렁텅이로 쑤셔 박은 자, 나를 잡아넣기 위해 갖가지 술수를 부려 육군형무소에 박아 넣고 지향이와 딸아이를 빼앗아간 자…….

눈물도 나오지 않았다. 옆에 있으면 부숴버리고 싶었다. 내가 눈을 감고 아무 말도 하지 못한 채 책상 모서리를 잡고 몸을 부르르 떨자 재필이는 나를 힘껏 끌어안았다.

"내가 죽일 놈이다. 저년을 너와 인연 맺게 한 내가 죽일 놈이야. 나중에 복수해. 악착같이 건강한 몸으로 나와서 복수를 해. 나는 죽을 때까지 네 편이야. 내 입으로 무슨 말을 더 할 수 있겠냐……."

간수 헌병이 특별 면회 시간이 다 됐다고 몇 번이나 채근했다.

"나도 복수의 대상으로 삼아라. 죽을 짓을 했으니까. 죽어도 저년이 그놈하고 못 살게 했어야 했는데……."

나는 고개를 들고 말했다.

"지향이 들어오라고 해."

자리를 지키며 기록하고 있던 헌병이 문을 열고 밖에다 대고 손짓을 했다. 지향이가 사무실 안으로 들어왔다. 나는 손을 들어 가까이 오지 말라고 했다. 그녀가 멈칫거리며 나를 쳐다봤다.

"돌아서. 날 보지 말고 돌아서."

그녀는 천천히 옆으로 돌아섰다. 도저히 그녀의 얼굴을 볼 수가 없었다.

"아이 잘 키워. 내 존재를 반드시 알려주고. 다른 건 몰라도 아이는 제대로 키우겠다고 맹세해. 내 딸 행복하게 잘 키우지 않으면 내 손에 죽는다."

지금 당장 할 소리는 아니라고 생각했는데, 나는 이렇게 지껄였다.

"꼭 그럴게. 맹세할게."

재필이가 나를 한참 끌어안았다. 두 사람이 돌아가자 나는 그 자리에 주저앉아 통곡했다. 간수 헌병이 문을 닫아주었다. 내 애절한 사연을 옆에서 기록하며 지켜봤기 때문에 혼자 울부짖게 내버려두는 것 같았다.

한참을 울고 나자 목이 잠기고 눈두덩이가 부어올랐다. 감방으로 데려가던 헌병이 내 등을 손바닥으로 두드려주었다.

복수, 복수, 복수

나는 그날부터 복수의 화신이 되었다. 건강하게 살아 돌아가야만 한다. 그냥 돌아가는 건 별 의미가 없다. 몸을 만들고 마음도 만들어야만 한다. 단련하여 급소 한 방으로 감쪽같이 해치울 실력을 쌓고 복수의 계획을 완전범죄로 만들어야 한다.

어쩌면 급소 한 방보다 처절한 고통을 느끼게 만드는 방법을 찾는 게 좋을 것이다. 그놈은 내가 이런 계획을 세우고 있는 걸 모를 것이다.

지향이에게 내 수감 생활을 돕겠다고 한 약속을 그놈은 지켰다. 다른 수감자들보다 면회를 자주 할 수 있게 해주었고 책 반입을 허락해 주었다. 그렇다고 공책과 필기구까지 구할 수는 없었다.

나는 건강에 대한 공부를 한다는 핑계로 한방 관련 서적, 침구 서적 등을 구했고 무술 관련 서적도 살 수 있었다. 주변에서 특혜라고 했으니 그놈이 도와준다는 말이 사실인 듯했다.

감방 동료가 된 정 중위와 배 소위는 내 독서력과 운동능력에 반했다고 했다. 왜 그렇게 책을 많이 읽고 운동을 열심히 하느냐고 물을 때 나는 담담하게 대답했다.

"살아서 돌아가는 게 최고의 복수예요. 들키지 않고 원수를 처단해야 하니까요. 아주 완벽하게 말이죠."

정 중위는 나보다 임관이 늦은 후배였고, 배 소위는 임관한 지 1년도 안 돼 구속된 장교였다. 나는 그들에게 반말하지 않고 깍듯하게 대했다. 그들은 부담스럽다고, 말을 편하게 해달라고 했지만, "당신들을 존중하는 게 곧 나를 존중하는 것이다. 형제처럼 마음 편하게 지내자"고 했다.

입감할 때 두 사람은 잔뜩 겁먹은 얼굴이었고, 조심하느라 나와 눈길도 마주치지 못했다. 하지만 나를 곁에서 지켜본 그들은 나를 믿고 내가 하는 방식을 따라 하기 시작했다.

"운동 열심히 해서 몸을 단련해야 해요. 이 안에 있으면 마음이 병들 수밖에 없거든요. 몸이 강해지면 마음을 다스리기 수월하죠. 그리고 모범수가 되도록 애써야 합니다. 가능하면 하루빨리 여기서 나가야죠. 형무소에 들어오는 순간부터 탈옥을 생각하지 않을 수 없어요. 불가능하다는 걸 알면서 말이죠. 멋진 탈옥을 하려면 몸을 강하게 만들어서 잘 견디고, 솔선수범해서 모범수가 되는 게 최고예요. 빨갱이라는 누명을 쓰고 5년 형을 받았는데도 내가 감방에서 견딜 수 있는 건, 완벽하게 복수할 방법을 날마다 개발하고 상상하고 있기 때문이죠. 탈옥 대신 완전범죄를 꿈꾸면서 그나마 견디는 겁니다."

그 이상의 얘기는 하고 싶어도 할 수가 없었다.

한의학이나 침구 관련 서적을 탐독한 건, 급소를 찔러 상대를 무기력하게 만들거나 검시를 해도 사인(死因)을 밝히지 못하게 만드는 방법을 찾고 싶어서였다. 무협소설을 읽으며 싸움의 기술을 학습했고, 체력 단련에 관한 책을 보며 인간의 급소를 가격하여 한 방에 때려눕히는 권법을 익혔다. 그렇게 내 몸을 무협지의 주인공처럼 만들겠다는 목표를 세웠다.

재필이는 이런 내 마음을 아는지 모르는지 내가 원하는 책을 열심히 구해서 감방에 넣어주곤 했다. 그건 지향이에게 복수해도 좋다는 응원이라고 생각했다. 물어본 적은 없지만 그럴 거라고 믿는 게 이 상황을 견디는 방법이기도 했다.

태권도, 유도, 합기도에 관련된 책뿐 아니라 각종 무술에 관한 책을 꼼꼼하게 읽고 또 읽었다. 급소를 찾기 위해 내 몸 이곳저곳을 학대했고 손이 잘 닿지 않는 곳은 감방 동료들에게 찍거나 누르게 하여 훈련했다.

좁은 감방에서 연습하다가 다치기도 했다. 운동 시간에 나가서 기합 소리를 내지 않고 단련했다. 내게 정신적 문제가 있다는 소문이 돈다는 얘기도 들었다. 운동하다가 발목이 삐끗하여 의무실에 들렀을 때 군의관이 내게 물었다.

"왜 그렇게 운동을 열심히 합니까?"

"최고로 멋진 복수를 하려고요."

군의관은 고개를 저었다.

"지나치게 운동하다 몸을 버리는 수가 있어요. 뭐든 적절한 게 좋지요. 강한 몸보다는 유연한 몸을 만들어야 해요. 고수들은 유연한 몸짓으로 상대를 제압하죠. 독사는 몽둥이보다 회초리로 후려쳐야 하고 날아다니는 파리는 몽둥이로 잡는 게 아니라 파리채로 잡듯이 말이죠. 운동을 지나치게 하다가는 탈이 나기 십상이죠. 몸을 강하게 만들기보다 유연하게 만들어요. 고양이처럼 날렵하고 삵처럼 단숨에 급소를 물 수 있게 말이죠."

전문가는 역시 달랐다. 군의관의 말에 반박할 수가 없었다. 차 중사 때문이겠지만, 후임 군의관 역시 내게 친절했다.

"어떻게 하면 그런 몸을 만들 수 있습니까?"

"완벽한 복수는 들키지도 않고 뒤탈이 없어야 합니다. 적의 급소를 찾기 위해서는 마음이 유연해져야 합니다 처하장사라도 권총 한 방이면 무너지죠. 몸을 단련하려면 시간이 필요하고, 상대를 쓰러뜨릴 기술도 연마해야 하잖아요. 상대의 노예가 되어 끌려다니는 게 아니라 상대에게서 완전히 벗어나야 합니다. 자유인이 되는 거죠. 용서한다기보다 잊어버리고 그보다 더 멋지고 행복하게 살아버리세요. 그게 가장 유연한 몸만들기고 진정한 복수죠."

느닷없이 군의관이 미웠다. 잊을 게 따로 있지 어찌 그가 내게 한 일을 잊고 용서할 수 있단 말인가. 외아들이 빨갱이가 되어 형무소에 들어간 뒤, 늙고 병든 아버지가 술독에 빠져 살다 세상을 떠났다. 아버지가 죽고 석 달쯤 지나서야 그 사실을 알았다. 어머니가 내게 알리지 말아달라고 했다는 말에 눈물도 나오지 않았다. 따질 데도 없었다.

발목 치료를 마치고 감방으로 돌아온 나는 강한 몸보다 유연한 몸 만들기를 결심했다. 원수를 잊으라는 말은 얼토당토않았지만 몸을 유연하게 만들라는 말은 옳다고 생각했다.

나는 수없이 머릿속으로 되뇌었다. 난 해낼 것이다. 하늘도 모르게 완전범죄를 이뤄낼 것이다. 복수할 방법을 궁리하고, 권법을 끊임없이 갈고닦았다. 어디 그뿐인가. 모범수가 되기 위해 피곤하고 자존심 상해도 간수와 동료들을 위해 애썼다. 마치 간과 쓸개를 빼 던진 것처럼.

그놈은 모를 것이다. 내가 좀 더 편하게 형기를 마치도록 도와주는 게 훗날 어떤 결과를 초래할지. 나를 도와주면 고마워하고 과거사를 다 잊을 거라고 생각하겠지만 어림없다.

그놈은 진정 모를 것이다. 내가 무엇 때문에 부지런히 책을 읽고 몸을 단련하는지. 이곳에서의 남은 시간 동안 오직 완벽하고 통쾌한 복수를 하기 위해 단련한다는 걸 알게 될 날이 올 것이다.

나의 수감 생활을 견디게 해주는 것 중 하나는 복수심이었다. 날마다 머릿속으로 소설을 썼다. 악역은 당연히 그놈이었고 주인공은 나, 한서진이었다. 그놈은 막강한 힘을 쓸 수 있는 보안대 장교이고, 한서진은 억울하게 빨갱이로 몰리고 형무소에 갇혀 복수를 계획하는 주인공이었다. 복수는 한서진의 운명이자, 그의 존재를 증명하는 가치였다.

나는 무섭게 견뎠다. 살아남기 위해 언제고 납작 엎드렸고 누구한테든 공손했으며 한없이 고분고분했다. 그래서 모범수가 되어 감형을 받게 되었다.

형기 5년에서 6개월을 앞두고 출소가 결정되었다. 복수의 1단계를 성공하게 된 것이다. 출소하면 재필이를 통해 이진구의 근황을 알아내야 한다. 내 계획대로라면 완전범죄가 가능하다. 탄로 나서 잡히더라도 정당방위로 풀려날 수 있는 방법은 수두룩하다. 내가 쓴 소설은 곧 완성될 것이다.

어쩌면 뜻내로 이루어지지 않을 수도 있다. 그러나 법정

에서 내 억울한 사정이 알려져 감형될 수도 있다. 내가 쓰
는 인생이라는 소설은 완성될 수밖에 없다.

내 안의 그녀

육군형무소를 빠져나와 남한산성을 벗어나면 세상이 온통 아름답고 밝을 줄 알았다. 아니었다. 형무소보다 더 어두웠다. 갈 곳도, 반겨줄 사람도 없었다.

아버지는 세상을 떠났고, 어머니는 수녀들이 운영하는 양로원에서 병든 몸으로 목숨을 부지하고 있었다. 어머니가 면회도 오지 않고 편지도 없을 때부터 심상찮은 일이 있을 거라고 생각했지만, 눈앞에 닥친 현실은 암담해서 다시 남한산성으로 가도 그만이라는 절망감에 휩싸였다.

아버지는 빨갱이 자식 탓에 죽었고, 어머니는 아버지의 빚잔치로 수름바우의 낡은 집을 넘겨주고 동네 사람들의 도움으로 마을 끝자락 산말랭이에 방 한 칸짜리 집에 살다가 영양실조로 쓰러졌다고 했다. 성당에서 그런 사정을 알고 양로원으로 데려갔다고 했다.

어머니는 나를 겨우 알아봤다. 힘없이 내 손을 잡고 눈물만 하염없이 쏟았다. 참으로 독한 여자였다. 억울하고 분해도 울지 않으려고 어금니를 앙다물던 여자였다. 배가 등가죽에 붙어도 기를 쓰고 일하러 다녔고, 부부 싸움을 해도 조금도 지지 않고 대거리를 하며 숨을 몰아쉬었으며, 빨갱이 마누라라고 손가락질을 당해도 고개를 빳빳하게 세웠다. 발목이 부러졌을 때는 스스로 만든 부목을 대고 지팡이에 의지한 채 절룩거리며 남의 농사일을 거들던 여자였다.

그런 어머니가 빚잔치 후 혼자 살면서 두문불출하다가 끝내 양잿물을 마셨다고 했다. 그러나 감옥에 있는 아들을 보고 죽어야 한다는 생각에 손가락을 목구멍에 깊게 넣어 토하면서 마을 사람에게 살려달라고 악을 썼다고 했다. 천만다행으로 읍내 병원으로 옮겨져 위를 세척했지만 성대가 녹아버려 말을 못 하게 되었고, 먹을 때마다 자꾸 게워낸다고 했다.

어머니는 얼마나 하고 싶은 말이 많았을까. 하고 싶은 말을 눈물로 대신하며 오죽이나 가슴이 미어졌을까. 병든 어머니의 눈물샘에 저렇게 많은 눈물이 쟁여 있을 줄 상상조차 못 했다. 수녀님은 내 손으로 어머니의 손을 잡게 한 후

기도해 주었다.

"아버지께서 돌아가셨을 때, 어머니는 절대로 아들에게 연락하지 말라고 했어요. 빚쟁이들이 어머니 형편을 아니까 독촉하지 않았는데도 자식 앞으로 빚을 남기지 않겠다며 굳이 집을 빚잔치로 내놨어요. 참 고맙게도 마을 사람들이 십시일반으로 챙겨주고 김치며 된장이며 새우젓 한 줌이라도 거들어줬지요. 아직 빚 못 받은 사람도 있을 겁니다. 적은 돈이겠지만…… 그런 분들을 위해 기도하세요. 그분들은 받을 생각조차 하지 않아요."

어머니는 오래 살 수 없을 것 같았다. 양로원에서 돌보지 않았다면 진작 목숨줄을 놓았을지도 모른다. 양로원 문 앞까지 따라 나온 수녀님이 말을 이었다.

"어느 정도는 아시겠지만 아버지는 언젠가부터 술에 취하면 주사가 심했어요. 지서에 끌려가면 마을 사람들이 사정사정해서 데려오곤 했어요. 돌아가시니까 햇볕 잘 드는 땅에 산소 만들어주고, 오두막 짓는 데도 이것저것 챙겨줬어요. 마을 사람들이 모두 천사 같아요. 그러니 딴생각 말고 감사하는 마음으로 열심히 사셔야 해요. 알았죠? 지난 일은 다 잊어요. 앞으로 살날이 중요하니까요."

수녀님과 헤어진 후 나는 모자를 눌러쓴 채 땅만 보고 걸었다. 마을에서 아는 사람을 만나는 게 겁이 났다. 어떻게 인사를 할지, 무슨 말을 해야 할지 암담하기만 했다.

마을 사람들이 품앗이로 마련해 주었다는 집은 매서운 바깥 날씨와 다르게 온기가 스며 있었다. 방에는 이부자리가 깔려 있고 부엌에는 상보 덮인 밥상이 있었다. 상보를 들추자 먹음직스러운 반찬들이 가지런히 놓여 있었다. 누군지 모르지만 내가 출소한 걸 알고 마련해 둔 것 같았다. 당분간 몸과 마음을 추슬러야 내 계획을 실행할 수 있고, 실수는 용납되지 않았기에 이곳에서 머물며 차분히 계획을 세울 생각이었다.

지향이와 살림을 차린 그놈은 보안대 소령으로 진급했다고 했다. 내가 출소한 걸 알고 있을 것이다. 더구나 내가 형무소에서 운동을 열심히 하고 무술 단련까지 했다는 것도 알고 있을 것이다. 감방 동료들에게, 복수하기 위해 단련한다는 소리를 지껄인 게 후회스러웠다. 자꾸 물어보고 궁금해하기에 지나가는 말로 한 소리지만 보안대 요원들이 그 소리를 건성으로 들었겠는가.

형무소에 있을 때보다 마음이 점점 더 무거워지기 시작했다. 출소만 하면 바로 행동으로 옮기려 했는데 막상 자유의 몸이 돼보니 모든 게 예상했던 것보다 어려웠다. 그렇다면 들킬 걸 각오하는 수밖에 없지 않은가. 내겐 권총도 없고 그놈을 추적할 능력도 없다. 잘 벼린 칼 한 자루를 몸에 지니고 있지만 그것으로 그놈을 귀신처럼 없애고 감쪽같이 피할 수 있을지 의문이었다. 실패해도 감행할 수밖에 없다.

그것이 내 인생의 목표이고 그것이 내가 살아가는 명분이었다.

어머니에게는 남은 날이 그리 길지 않다고 했다. 취직하기 위해 서울로 가야 한다고, 어머니에게 무슨 일이 생기면 즉시 내려오겠다고 했지만 수녀님은 고개를 저었다. 의지할 데 없는 어머니의 임종을 지켜보는 게 자식 된 도리라고 했다. 어머니가 원해서 병자성사를 받았다고 한다.

차마 어머니의 마지막을 앞두고 떠날 수 없어 여기저기 수소문하여 이력서를 보냈지만 기대하지는 않았다. 학훈단 9기 출신으로 불명예 예편자가 되었으니 소위로 예편한 것만으로도 회사에서 의구심을 가질 게 뻔했다. 학훈단 2기까지는 소위로 예편했고 이후 3기부터는 의무 복무기간 2년 4개월을 복무하면 중위로 제대했다. 어쨌거나 어머니의 상태가 내 발목을 잡았다.

그사이에 나는 재필이를 통해 그놈이 서울 북쪽 지역의 군부대 운용과장으로 근무하고 있다는 걸 알았다. 그놈과 살림을 차린 지향이는 아들을 낳았고 내 피를 물려받은 딸아이는 유치원에 다닌다는 것도 알았다. 살림집은 서울의 북쪽 끝자락에 있고 그놈이 출퇴근하기 쉬운 곳이라고 했다.

지향이가 그놈을 따라가지 않고 나를 기다렸다면 지금 내게 살아갈 희망이 남아 있을 것이다. 하긴 내가 반공법과 국가보안법 위반으로 걸려들지 않았으면 지향이가 그놈을 다시 만나지 않았을 것이다. 아무리 생각해도 나를 잡아넣고 처자식을 앗아간 그놈이 내 인생을 처절하게 망가뜨린 걸 그대로 두고 볼 수는 없다.

이틀에 한 번, 정해진 시간에 어머니를 만나는 것 말고는 달리 할 일이 없던 나는 관촉사 근처 깊은 숲속 외진 곳에서 무술을 연마하곤 했다. 관촉사가 자리 잡은 반야산은 '깨달음의 산'이란 뜻을 지녔다. 반야산 자락에는 보물 미륵불이 세상을 널리 바라보고 있다. 국민학교 시절에 봄, 가을 소풍을 어김없이 관촉사로 다녔고 보물찾기 하느라 구석구석 휘젓고 다녔던 곳이다.

어머니는 나를 갖고 나서 명주실을 사다가 미륵불의 밑자락에 세 바퀴씩 아홉 번 감으며 간절하게 기도하고, 그 실을 풀어 실패에 감아두었다가 배내옷을 정성으로 지어 입혔다고 한다. 잘 먹이지 못해 허약하던 내가 멀쩡하게 잘 자란 것은 다 그런 효험 때문이라고 했다. 그런 내가 미륵불에게 차마 원수를 갚게 해달라고 기도할 수는 없었다.

수리조합 둑길을 따라 걷다가 우리 집 굴뚝에서 연기가 오르는 게 보였다. 느낌이 이상해 뛰기 시작했다. 부엌 앞으로 다가가 헛기침을 했다. 연분홍색 스웨터에 회색 치마를 입은 여자가 일하다 말고 고개를 돌려 나를 바라보았다. 누군지 단번에 알아보았다. 해원이었다. 건넛마을에 살던 그녀는 내가 고등학교 졸업 후 대학을 준비할 때 여고 3학년이었고, 나보다 한 살 적었다.

해원이는 도내 백일장을 준비하며 도와줄 사람을 찾다가 나를 찾아왔다. 내가 이전에 백일장 장원을 했다는 소문을 들은 것이다. 내가 뭘 잘 알아서 그녀를 가르쳐준 건 아니다. 사실 나도 왜 내가 장원이 됐는지 모른다. 행사 당일, 제목이 주어지자 그저 떠오르는 대로 썼을 뿐이다.

어릴 때부터 글자가 인쇄된 것이라면 시간 가는 줄 모르고 닥치는 대로 읽었기 때문에 저절로 문장력이 생긴 게 아닌가 짐작할 뿐이다. 읽을거리가 없으면 포장지로 쓰인, 구겨진 신문지까지도 펼쳐놓고 샅샅이 다 읽었다.

서울에서 대학에 다니는 해원이의 오빠가 방학 때 내려와 신작로에서 셋이 마주친 적이 있었다. 그는 동생을 도와줘서 고맙다고 말했다.

"해원이는 나보다 공부를 더 잘하는데 집안 형편 때문에 진학을 못 해 내가 미안하지. 그런데 우리 집안에 인물 좋은 사람이 별로 없는데 말이야, 얘는 내가 봐도 미인이야. 안 그래?"

내가 돌아보자 얼굴이 빨개진 해원이가 갑자기 뛰기 시작했다. 돌부리에 걸린 그녀는 넘어질 듯 휘청거리다 겨우 중심을 잡고 다시 뛰었다. 우리는 뒤에서 그 모습을 보고 소리 내어 웃었다.

백일장이 끝나고 해원이가 나를 찾아왔다. 장원을 했다고, 내 덕이라며 원고지와 만년필을 내밀었다. 그런 인연으로 우리는 가끔 만나게 되었다. 물론 핑계는 책을 빌려주고 받는 것이었다. 그녀는 시인이 꿈이었고 나는 소설가가 되고 싶었기에 우리는 독후감을 나누거나 각자의 소소한 경험과 가정사, 미래의 계획, 때로는 우스갯소리도 하면서 친해졌다.

재수하는 나도 걱정이 많았지만 그녀의 걱정은 부모가 대학 진학을 반대하는 것이었다. 해원이의 오빠가 서울에서 대학에 다니고 있어 등록금과 자취 비용을 대기도 힘겨운데 해원이까지 대학 보내긴 어렵다고 했다. 해원이가 입시 준비를 하겠다는 말만 하면 타박이 심하다고 했다. 집안 사정을 뻔히 알면서도 해원이는 어찌하든 대학생이 되겠다는 꿈을 포기하지 않았다.

커다란 미루나무 아래 눈부시게 하얀 교복 블라우스와 감색 치마를 입고 나를 기다리는 해원이의 모습을 볼 때면, 내 인생도 괜찮은 편이라고 느꼈다. 누군가 날 기다려주고 귀한 사람으로 여기며 특별하게 대해 주는 건, 스스로 더 좋은 사람이 돼야겠다는 생각을 불러일으켰다. 그녀에게 나의 좋은 모습을 보여주기 위해서라도 무엇이든 이루어야겠다고 결심했다.

오래도록 잊히지 않는 그 시절 해원의 모습은 발그레 상기된 흰 얼굴, 긴 속눈썹을 깜빡이며 얘기하다 활짝 웃으면 두 눈이 감기는, 눈웃음이 귀여운 양 갈래머리의 소녀였다. 그녀와 함께 있으면 어디선가 아카시 향기가 났다. 그녀가 며칠씩 보이지 않으면 궁금하고 걱정되던 시절, 그때는 그게 어떤 감정인지 잘 알지 못했다.

어느 날인가 함께 관촉사 다녀오는 길에 해원이 자작시를 암송했다. 나는 그녀의 머리 위로 책을 올려서 얼굴에 뙤약볕이 직접 닿지 않도록 그늘을 만들어주었다. 그녀의 얼굴에 미소가 번졌다.

"오빠는 내년에 꼭 대학에 갈 거예요. 신춘문예 당선도 될 거고요. 나도 열심히 공부해서 대학에도 가고 시인이 될 거예요. 그러면 오빠랑 나랑 같이 문단에서 활약할 수 있겠죠, 그쵸?"

실현 가능성을 떠나 즐겁고 행복한 상상이었다.

"집에서 대학 보내준다고 했어?"

"어림도 없어요. 딸은 자식도 아닌가 봐요. 오빠만 자식이고 나는 주워온 것 같아요."

"무슨 계획이 있는 거야?"

"서울에 있는 대학 중에 문예 백일장에서 장원을 하면 국문과에 장학생으로 들어갈 수 있는 데가 있대요. 대상 받으면 4년 장학생, 금상 받으면 2년 장학생이래요."

"그렇게 되년 참 좋겠다. 네 실력이면 될 거야. 내가 도와줄 게 있으면 말하고."

"어렵겠지만 백일장에 당선되면 등록금 걱정 없이 입학할 수 있잖아요."

"그러면 적어도 반대는 하지 않으시겠지?"

"아마도……."

"난 그런 게 있는 줄도 몰랐는데, 희망이 있네. 열심히 준비해 봐."

"그럴 리 없겠지만, 그때도 집에서 반대하면 도망칠 거예요. 오빠 있는 데로 갈래요."

그 순간 느닷없이 내 심장이 울렁거렸다.

"정말, 그럴 거야?"

"그럼요. 대신 오빠가 대학에 꼭 들어가야 해요. 소설이 당선돼서 꼭 소설가가 돼야 하고요. 그래야 내가 무슨 짓을 하든 서울로 가서 오빠랑 함께 공부할 수 있잖아요. 오빠, 나랑 약속해요. 대학에 가고 소설가가 되고…… 나는 백일장 장원에 시인이 되고……."

"근데 해원아, 사람들을 보니까 만났다가 언젠가는 헤어지는 건 어쩔 수 없는 일 같아. 인연의 유효 기간이 끝나면 원하지 않아도 멀어지는 것 같아. 억지로 그걸 막을 수도 없고, 그러고 싶지 않아도 그 인연의 수명이 다하면 헤어지고 또 다른 인연이 찾아오고 그러는 것 같더라. 우리도 지금은 언제까지나 계속 만날 수 있을 것 같지만 앞으로 우리 어떻게 될지 아무도 몰라."

"아니, 난 안 그래요. 절대로. 두고 봐요."

"너도 어쩔 수 없을걸."

"두고 보라니까요."

"그런 건 장담할 수 없어."

"그러니까 두고 봐요. 내가 어떻게 하나."

산자락을 내려와 오솔길을 걷던 우리는 땀이 나도록 서로의 손을 꼭 쥐었다.

이듬해 나는 대학에 진학했다. 해원은 백일장에서 상을 받지 못했고, 부모의 반대로 대학에 가지 못했다. 그래도 그녀는 좌절하지 않았다. 1년이고 2년이고 노력하면 좋은 날이 올 거라고 말했다.

우리는 참 부지런히 편지를 주고받았다. 대학 기숙사에서 편지를 나누어줄 때마다 친구들이 부러워할 만큼 해원이는 자주 편지를 보냈다. 매번 시를 적어 편지 속에 동봉했고, 나는 그리운 마음을 에둘러 적어 보내곤 했다.

여름방학을 맞아 논산에 있는 집으로 내려갔을 때, 그녀는 시간이 늦었는데도 기차역까지 마중 나와 내 짐을 나누어 들고 밤길을 함께 걸었다. 양 갈래로 땋았던 머리칼을 풀어 어깨에 드리운 모습은 한껏 성숙해 보였고 원피스를 입은 자태는 희사했다. 수름바우이 집에 도착하니 어머니는 그녀를 며느릿감 대하듯 반가워했다. 나 없는 사이 해원이가 우리 집에 드나들며 어머니의 일손을 도왔다고 했다.

그날 밤, 늦은 저녁상을 차려준 어머니는 해원이를 장차 며느리로 맞고 싶다고 말했다. 동네에서 해원이 칭찬이 자자하다고도 했다. 밥상을 물리고 그녀를 데려다주려고 수리조합 둑길을 걸었다. 나는 그녀의 양 볼을 두 손으로 감싸고 내 입술을 가만히 그녀의 입술에 댔다. 그녀의 입술은 따뜻했다. 방학 내내 우리는 손을 잡고 밤길을 쏘다녔다.

아카시 향기 같은 우리의 사랑은 오래 견디지 못했다. 그해 겨울방학, 해원이의 부모가 우리 집으로 들이닥쳤다. 아버지는 얼른 자리를 피했고 어머니는 죄인이나 된 듯이 두 손을 모으고 빌었다. 나는 결국 해원이 아버지에게 뺨을 맞고 무릎을 꿇었다. 다시는 해원이를 만나지 않겠다는 맹세를 할 수밖에 없었다.

빨갱이 새끼에게 딸을 줄 수 없다는 게 그들이 내세운 이유였지만, 우리 집 형편을 잘 알았을 것이고 족보도 모르는 우리 부모가 사돈이 된다는 게 가당찮다는 게 속내였을 것이다. 나는 사립문 밖에 웅크리고 있는 해원을 다시는 찾지 않겠다는 맹세를 하고서야 풀려났다. 그녀의 머리칼은 싹둑 잘려 있었다. 그녀도 다시는 나를 만나지 않겠다고 맹세하는 소리가 들렸다.

그녀가 시집갔다는 소식을 들은 것은 대학교 4학년 초

였다. 공주 계룡면의 부유한 집 아들과 맞선을 보아 혼례를
치렀다고 했다. 그리고 2년 만에 소박을 맞았다는 소문도
들었다. 해원이가 머리칼을 싹둑 잘렸던 옛일을 남편이 뒤
늦게 알게 된 탓이라고 했다. 가슴이 먹먹했지만 내가 어찌
할 방법이 없는 일이었다.

　지난번에 밥상이 차려져 있을 때 혹시라도 그녀가 아닐
까 생각한 적이 있다.
　"해원이구나…… 해원아."
　그녀는 눈물부터 쏟았다. 내가 등을 토닥거려도 울기만
했다. 머리칼 잘린 채 사립문 밖에서 울던 그녀가 또 울고
있었다. 그녀의 손을 잡았다. 따스했다. 부엌 아궁이에 지핀
불 때문인지 그녀의 얼굴이 붉게 물들었다.
　"울지 마, 우는 거 아냐. 울기로 따지면 난 석삼년도 더
울어야 해. 견뎌야지, 울지 말고……."
　해원이는 손으로 얼굴을 가리고 어깨를 들썩였다. 나는
그녀의 등을 살며시 다독여주었다. 결국 나도 울기 시작했
다. 울음은 전염되는 것 같았다. 한참을 서럽게 울고 난 그
녀가 내게 말했다.
　"오빠한테 그랬잖아. 내가 다시……."
　"그래, 이렇게 만났으면 됐어. 그만 울자."
　그녀는 우리 인연의 종말이 와도 나를 다시 찾아와 만나

겠다고 한 말을 지켰고 우린 다시는 헤어지지 말자고 약속
했다. 헤어지고 싶지 않지만 이번에는 복수를 위해 내가 먼
저 떠날 수도 있다는 생각을 했다.

결국 어머니가 세상을 떠나고 석 달 만에 나는 해원이 곁
을 떠날 수밖에 없었다. 서울에 취직자리가 생겨 상경한다
고 했지만 내 머릿속에는 온통 복수하려는 생각으로 가득
해 시골에서 하루도 견딜 수가 없었다. 어머니가 떠나고 난
후부터 부글부글 끓어오르는 분노를 더욱더 억제할 수 없
었다.

해원이는 나를 따라가겠다고 졸랐다. 내 마음을 알 까닭
이 없으니 그럴 만도 했으리라. 해원이 부모가 알면 또 무
슨 경을 칠지 모른다는 생각도 했다. 그들에게 나는 여전히
빨갱이 자식에다 대를 이어 빨갱이가 되어 감옥살이까지
한, 마주 대할 가치조차 없는 인간일 테니까.

어머니가 홀로 기거하던 시골집은 누가 거저 준다고 해
도 외진 곳이어서 살겠다는 사람이 없을 것 같았다. 해원이
에게는 취직하면 사글셋방이라도 얻은 뒤에 기별하겠다고
했다. 그녀는 부모와 오빠가 반대해도 이제는 소용없을 거
라고 했다.

7장

가장 아름다운 복수

고통을 즐기는 이유

나는 어둠의 권력자인 이진구 소령을 하루라도 빨리 처절하게 응징해야만 살 수 있을 것 같았다. 내가 안 죽고 살아 있는 이유가 바로 그것이었다. 재필이에게 한 번만 더, 취직할 때까지만 도와달라고 했다. 서울 변두리 문간방에 사글세를 살면서 낮에는 노동을 하고 밤에는 취직 시험 준비를 하겠다고 했다.

재필이는 망설이지 않고 현금을 내밀었다. 내가 감옥살이하는 사이에 재필이는 제법 큰 식당집 딸과 결혼했고 중소기업 홍보실에 취직하여 나를 도와줄 만한 여유가 있었다.

꼭두새벽에 인력시장이 열린 곳을 기웃거려봤지만 나를

데려가는 사람은 없었다. 그래도 한 푼 벌이라도 해보려고 여러 번 새벽 걸음을 했지만 차비만 아깝게 되었다. 허름한 문간방에 들어앉아 생각해 보니 복수는 고사하고 완전범죄라는 건 내 모자란 머릿속에서 맴도는 어리석은 생각인 것 같았다.

지향이의 집 근처를 며칠 동안 배회하며 지켜보니, 이진 구는 운전병이 딸린 군용 지프로 출퇴근을 했고 지향이는 아이들을 키우느라 그러는지 도통 바깥출입을 하지 않았다. 아무리 그래도 죽기를 작정하면 못 할 게 없을 것 같았다. 나는 실패하지 않겠다고 다짐했다.

5년에 가까운 시간 동안 하루도 원한을 내려놓은 적이 없다. 그럼에도 나는 무능하기 짝이 없는 인간이란 걸 알았다. 감옥에 있는 동안 완벽한 복수를 구상했는데 막상 풀려나 보니 그놈을 박살 낼 수 있는 묘안이 없었다. 그놈은 지프를 타고 권총을 찼다. 운전병은 그놈이 대문을 열고 집으로 들어갈 때까지 서 있곤 했다. 집안 구조도 알 수 없었고, 그놈이 권총을 어디에 두고 자는지도 알 방법이 없었다.

나에게 있는 거라고는 그마저도 어렵게 구한 잭나이프 하나였다. 정성껏 숫돌에 갈아 면도를 해도 될 정도로 예리했지만, 그걸 사용할 기회를 포착하기는 어려웠다. 도움을 청할 사람도 없었다. 재필이에게 사실대로 말할 수도 없는 일이었다. 나는 비로소 세상에 혼자 내던져진, 쓸모없는 존재라는 걸 절감했다. 모든 걸 포기하고 죽어버리고 싶을 정도로 절망적이었다. 그놈을 고통스럽게 하고 싶었으나 막상 아무것도 시도할 수 없는 상황이 나를 더욱 고통스럽게 했다.

그다음 복수의 대상은 지향이였는데, 그놈을 없애고 지향이를 늙어 죽는 날까지 고통스럽게 할 방법이 마땅찮았다. 내 억울한 사연을 정리해 모든 언론사에 보내고 광화문 한복판에서 몸에 석유를 뿌려 억울함을 알리는 방법도 생각해 본 적이 없는 건 아니지만, 그런다고 그 두 사람에게 처절한 복수가 될 것 같지는 않았다. 군 출신의 권력자들이 군대 문제를 사회에서 거론하지 못하게 언론 보도를 막을 수도 있고, 설사 보도되더라도 그놈의 그럴듯한 변명으로 나만 미친놈이 될지도 모른다.

그놈을 감쪽같이 없애고 그년도 평생 고통을 겪게 하려면 치밀하고 완벽한 방법을 찾아야만 했다. 마음 같아선 수류탄을 구해서 두 연놈을 한자리에서 폭사시키고 싶은 마음이 굴뚝같았다. 그게 가장 손쉬운 방법이겠지만 무슨 재주로 수류탄을 구하며, 자칫 잘못하면 나까지 다칠 수 있다.

문득 내 억울한 사연을 세상에 알리며 복수할 수 있는 방법이 떠올랐다. 억울하고 분한 내 사연을 써놓고 일을 저지르는 것이다. 내가 벌인 일이 밝혀지더라도 동정심을 얻어낼 수 있고 그것들에게 빚을 줄 수 있는 방법이라고 생각했다. 그놈과 그년의 심장을 오그라들게 할 수 있는 방법이라고 생각했다. 복수라기엔 좀 아쉽지만 그들을 불안과 공포 속에 살아가게 할 수 있는 방법임에는 틀림이 없을 것이다.

우선 돈이 필요했다. 굳이 서울 변두리에 머물 필요도 없었다. 집주인에게 고향의 어머니가 쓰러져서 외아들인 내가 보살펴야 한다고 거짓말을 하고 보증금을 받아냈다. 보증금을 빌려주었던 재필이에게는 시골 한적한 암자에 가서 취직 시험 준비를 할 거라고 둘러댔다. 국민학교를 졸업하고 화물차 조수였다가 지금은 화물차를 운전하는 고향 친구에게 이런저런 얘기를 꾸며대서 이삿짐을 시골집으로 옮겨달라고 했다.

지향이가 면회 때 데려와 세 살 무렵에 보았던 내 딸 자인이는 예전 모습 그대로 잘 자라 있었다. 짙은 눈썹과 오똑한 콧날이 나를 많이 닮아 한눈에 알아볼 수 있었다.

유치원 다녀온 뒤 놀이터에 놀러 나온 자인이를 한동안 바라보다가 조심스럽게 다가가 인형과 과자를 안겨주었다. 할머니한테 가자고 버스에 태워 달콤한 과자와 음료수를 먹였다. 창밖을 내다보며 간판을 읽고 종알대던 자인이는 오래지 않아 스르르 눈을 감았다. 시골까지 내달려도 자인이는 몇 번 뒤척일 뿐 깨지 않았다.

자인이는 내 딸이니 잠시 내가 데리고 있을 권리가 있다고 생각했다. 헤어질 때 자인이 문제를 결정한 기억은 없다. 자인이 문제를 거론할 겨를이 없었다. 엉겁결에 결혼한 우린 지향이의 입덧이 심해 혼인신고를 차일피일 미루다 내가 수감되는 바람에 자인이의 출생신고도 하지 못했다. 지향이는 나를 면회한다는 핑계로 이진구를 만났고 이진구와 혼인신고를 했으며 이자인으로 출생신고를 했다. 그러나 내 딸이 분명하니 당분간 내가 데리고 있어도 누가 뭐라고 하지 못할 것이다.

잠에서 깨어난 자인이는 엄마를 찾으며 울기 시작했다. 해원이가 어르고 달래며 과자를 안겨줘도 울음을 그치지 않았다. 해원이의 등에 업혀 울던 자인이는 엄마에게 데려다달라고 칭얼거렸다. 아이가 울다 지쳐 울음소리가 점점 약해졌다. 보다 못한 내가 사실은 너의 진짜 아빠는 나라고 알려주었건만, 자인이는 고개를 세차게 저었다. 알아듣는 눈치가 아니었다.

"저 아이, 여기서 절대로 못 키워요."

해원이가 지친 모습으로 말했다.

"며칠 지나면 괜찮지 않을까?"

"오빠, 솔직하게 말해요. 몰래 데려온 거죠?"

"……."

나는 그럴 수밖에 없었던 사정을 솔직히 털어놓았다.

"얼른 데려다줘요. 이건 유괴라구요. 제발 서둘러요."

배가 고플 때가 됐는데도 자인이는 물 한 모금도 마시지 않고 엄마만 찾았다.

"내 딸인데, 당분간 데리고 있다가 돌려보내면 되잖아."

"애엄마한테 허락받고 데려온 건 아니잖아요."

"하루 이틀 지내다 보면…… 하여튼 지금은 데리고 있을 수밖에 없어."

얼굴이 땀과 눈물로 범벅이 된 자인이가 배가 고픈지 울음을 그치고 물과 과자를 먹기 시작했다. 해원이가 애원했다.

"얼른 애엄마한테 연락해서 데려가라고 하든지, 데려다주든지 해요. 이러다 정말 큰일 나요."

해원이가 내 마음을 알 까닭이 없다. 이것이 작은 복수라는 걸 그녀에게 말할 수 없었다. 작은 복수는 적을 향한 게 아니라 그년을 겨냥한 것이다. 이진구에겐 의붓딸이지만 지향이에겐 친딸이니까. 그때 난 아이가 받을 충격까지 생각할 겨를이 없는 바보였다.

"나는 아주 깜깜한, 달빛은 고사하고 별빛마저 없는 어둠 속에서 넘어지고 자빠지고 쓰러지고…… 목적지가 어딘지도 모르면서 무작정 여기까지 달려왔어. 살려고 달려온 게 아니라 죽기 위해 달려온 거야. 하느님도 나를 말릴 수 없어."

그녀는 나를, 아이가 보고 싶어 막무가내로 데려온 뒤 정신 못 차리고 헛소리하는 사람으로 여기는 눈치였다. 자인이는 잠들었고 해원이는 계속 아이를 데려다주자고 했다.

지금쯤 그년은 제 몸 한쪽을 베어낸 것 같은 고통을 겪을 것이다.

"사람은 살기 위해 고통을 견디지만 나는 죽기 위해 고통을 즐기고 있어. 복수는 내 존재의 가치고 복수는 내가 살아 있는 이유야."

해원이는 내 마음을 이해하려고 하지 않았다. 감옥살이를 하며 정신적으로 약간 이상해졌다고 생각하는 눈치였다. 내가 감옥에 간 사이, 나를 감옥에 처넣고 고문을 자행한 그놈에게 아내가 시집을 갔다는 말을 어떻게 내 입으로 하겠는가. 복수를 위해 자인이를 데려왔다는 말을 어찌 털어놓을 수 있겠는가.

"데려다줘요. 정말 큰일 나요. 이건 범죄라고요. 이러면 안 돼요."

해원이가 내 손을 부여잡고 달랬지만 나는 눈을 질끈 감은 채 대꾸하지 않았다. 사달이 난 건 그날 저녁이었다. 마을 사람이 자인이가 우는 소리를 듣고 의아하게 여겨 해원이 어머니에게 귀띔을 했고, 해원이를 찾던 어머니가 아들에게 뭔가 심상찮다고 말한 탓에 해원이 오빠가 동네 장정들을 데리고 우리 집으로 들이닥쳤다.

해원이는 머리채를 잡힌 채 오빠에게 전후 사정을 실토했고, 그 바람에 나는 지서로 끌려갔다. 자인이는 놀라 울면서도 부모 이름과 아빠의 군 계급을 순경에게 말했다. 육군 소령 이진구가 자기 아빠라고 또렷하게 말했다.

강경경찰서로 이송된 나는 얼굴이 검게 그을린 형사의 주먹질과 발길질을 견디지 못하고 실토했다. 나는 수갑을 차고 끌려가면서 유괴범으로 대서특필될 거라고 기대했다. 어쨌거나 대학을 졸업하고 육군 소위로 임관했다가 반공법과 국가보안법 사범으로 중형을 선고받고 복역한 자가 유치원에 다니는 아이를 부모의 허락 없이 몰래 유괴했다는 얘기가 그럴듯하게 보도되면 기자들의 후속 취재가 있을 거라 기대했다.

논산훈련소에서 군인 두 명이 달려와 자인이를 데려갔고 해원이는 조사받은 뒤 풀려났다. 나도 경찰 조사를 받았으나 신문이나 방송에는 일절 보도되지 않았다.

검찰 조사를 받고 구속영장이 발부되던 날 지향이가 내 앞에 나타났다. 예상 밖으로 그녀의 표정은 담담했다.

"언젠간 다 알게 될 거야. 당신이 10년 이상 감옥살이한다기에 어떻게든 구해 내고 싶었어. 또 우리 자인이를 제대로 기르고 싶었고. 그이가 이리저리 손을 써서 당신 형기를 줄였고, 모범수로 만들었어. 자인이는 분명 당신 딸이야. 조금 더 크고 철이 들면 당신이 진짜 아버지라는 걸 알 수밖에 없잖아. 지금 잘못 말했다가, 아버지가 빨갱이로 감옥살이했다는 걸 알면 애가 충격받을까 봐 말을 안 했던 거야. 자인이가 얼마나 놀랐던지 한동안 병원에 다녔어. 잘못이 있다면 당신 죄가 제일 커. 자인이나 그이 잘못은 아니잖아. 내가 왜 그랬겠어? 우리 모녀를 두고 당신이 감옥에 간 건 잘한 일이야? 무책임하게! 우릴 조금이라도 생각했다면 그런 행동을 하지 않았을 거야. 대한민국 그 누구도 하지 않는 행동을! 자기 잘못을 좀 헤아려봐, 제발. 남 탓만 하지 말고!"

조곤조곤 말하던 지향이는 심정이 복잡한지 나에게 화를 내기도 하고 비아냥대기도 했다.

"아무튼 자인이는 내가 잘 키울 테니까 나중에 그 애가 당신을 만나고 싶다고 하면 그때 가서 만나……. 난 잘 키울 자신 있어. 지금 당신이 데려가면 키울 수나 있어? 겨우 입에 풀칠이나 하겠지. 자인이 앞에 나타나고 싶으면 당신 스스로를 잘 봐. 애 앞에 나서서 뭐라고 할 거야? 빨갱이도 아니고 아무 잘못도 없는데 감옥살이하다가 이제 나왔다고? 내가 웬만하면 이런 말을 안 하려고 했는데 해도 해도 너무하네. 남편은 둘째치고 아빠 자격이 있다고 생각해, 지금? 그것뿐이야? 아들 노릇도 제대로 못 하고, 사람 노릇 해본 적 있어? 누굴 원망해? 작작 해라, 좀!"

내 손목에 수갑이 채워져 있지 않았거나 수사관이 지키고 있지 않았으면, 그년의 목을 힘껏 졸랐을 것이다. 지향이와의 만남은 분노를 잠재우기보다 더 활활 타오르게 만들었다.

"다신 그런 짓 하지 않겠다고 약속하면 그이가 당신 죄를 최대한 감면해 주겠대. 나도 한편으론 미안하게 생각하니까 제발 지난 일은 잊어버려. 새 삶을 살라고! 정신 좀 차려!"

나는 고개를 저었다. 그녀를 괴롭힐 수 있는 가장 탁월한 행위였다. 그녀의 말을 믿을 수도 없었다. 순순히 헤어져주면 이진구가 감형시켜 준다고 했는데 그게 거짓말이란 걸 경험하지 않았는가. 어디 그뿐인가. 내가 죄를 실토하면 여러 가지 편의를 봐주겠다는 것도 거짓이었다.

그녀에게 따지고 싶은 게 너무나 많았다. 지향이의 옛 애인이었던 놈이 무슨 억하심정으로 나를 빨갱이로 몰아붙여 중형을 선고받게 했으며 그사이에 어찌 그놈과 정분이 날 수 있었는지 묻고 싶었다. 누가 먼저 꼬리 쳤는지도 알고 싶었다. 그놈일 거라고 생각하다가도 지향이가 먼저 유혹했을 거라고 생각하면 복장이 터져 죽을 것 같았다. 정말 무슨 짓을 해서라도 수류탄을 구해 그것들을 모두 한 방에 날려버리고 싶었다.

"자인이는 당신 딸이잖아. 보란 듯이 키워줄 테니 애는 건드리지 마. 약속해 줘. 약속만 해주면 그이가 죄를 가볍게 만들어줄 거래. 제발 좀!"

나는 눈을 감고 대꾸하지 않았다. 머릿속이 복잡했다. 그녀에게 가슴에 맺힌 소리를 왜 하고 싶지 않았겠는가. 수사관만 없다면 길길이 날뛰며 악에 받친 소리를 쏟아내고 싶었다.

'우리 아버지도 너 때문에 죽었고 우리 어머니도 너 때문에 죽었다. 내 인생도 너 때문에 폭삭 망했고 살아도 사는 게 아니야. 이제 내가 너 때문에 죽을 차례가 됐다. 혼자 죽을 수는 없고, 너도 데려가고 그놈도 데려가야 한다. 우리 함께 죽는 수밖에 없다. 나는 더 이상 살고 싶지 않아. 내가 어떤 복수를 하고 죽는지 똑똑히 지켜봐라. 난 억울해서 절대로 혼자 죽을 수 없어!'

이렇게 소리 지르고 싶었지만 입 밖으로 내뱉지는 못했다.

구치소에서 조사를 받으러 다니며 차창 밖으로 보이는 내 고향 풍경이 참 아름답다는 걸 알았다. 그냥 지구의 어디든 작은 시골 마을이 다 그저 그렇게 생겼으리라 여겼는데, 야트막한 산자락과 시냇물과 작은 집이 옹기종기 모여 있는 마을, 뛰노는 아이들 표정과 남루한 차림이지만 부지런히 움직이는 사람들을 바라보며 저런 게 행복이란 걸 느꼈다.

세파에 시달리며, 어려운 삶에도 서로 얼크러져 울고 웃으며 사는 게 행복이었다. 무엇엔가 묶여 있거나 몸이나 마음이 자유롭지 못하면 그게 곧 불행이라는 생각도 했다. 가난하고 몸이 고달프고 살맛이 안 나더라도 내 발로 걷고 가고 싶은 곳에 가고 만나고 싶은 사람을 만나고 별거 아닌 것도 나누어 먹을 수 있는 게 행복이란 걸 알게 되었다.

구치소에 있는 동안 지향은 면회를 세 번 신청했다. 나는 매번 매몰차게 거절했다. 그녀가 무엇을 원하는지 뻔히 알기 때문이다. 내 입에서 다시는 자인이를 몰래 데려가지 않겠다는 약속을 받아내려고 안달하는 모습을 나는 즐겼는지 모른다.

그녀를 그런 식으로라도 괴롭히고 싶었다. 그녀는 내 마음을 알 까닭이 없다. 마음에 뜬 달처럼 그리워하던 자인을 내가 어찌 해코지할 수 있겠는가. 지금 내 형편에 자인이를 데려올 수도 없고 설령 데려온다 해도 키울 수가 없다. 지향이의 말처럼 자인이가 대학을 졸업할 때까지는 그들이 키워주는 게 상책이란 걸 내가 왜 모르겠는가 말이다.

지금은 지향이를 겁에 질리게 하고 불안과 공포로 떨게 만드는 방법이 그것밖에 달리 없기에 면회를 사절하며, 내 마음의 고통은 죽는 날까지 멈추지 않을 거라는 말만 전했다.

예상대로 검찰은 2년을 구형했고, 법원의 1심 판결은 징역 6개월이었다. 재판장은 내게 양육권자가 아니니 자인에게 접근하지 말라는 경고도 했다. 항소하면 3개월 정도 감형될 수도 있다는 변호인의 주장과 재필이의 설득으로 항소를 했지만, 고등법원의 판결도 징역 6개월 그대로였다. 지향이의 말대로 다시는 자인이의 근처에도 가지 않겠다고 했다면 3개월 정도 감형되었을지 모르지만 나는 끝내 약속하지 않았다.

망가질 대로 망가진 내 인생에 그 정도 감형은 의미가 없다. 내가 버틸수록 지향이와 이진구는 불안한 나날을 보내게 될 것이다. 내가 6개월 수감 생활을 마치고 출소하는 날부터 그들은 날마다 긴장하며 살 것이다. 자인이를 졸졸 따라다니며 근심할 테고 새로 얻은 아들도 걱정될 것이다.

그놈은 집에서도 권총을 차고 살아야 할지 모른다. 분명 내 동정을 여러 경로로 지켜볼 것이다. 남한산성 육군형무소에서처럼 각종 무술을 연마하고 운동을 열심히 한다는 걸 알면 외국으로 이민 가고 싶을지도 모른다.

난 뼈가 으스러지도록 무술 단련을 할 것이다. 무기 없이 맨손으로 그놈의 급소를 가격하여 숨통을 끊어버려야 한다. 그놈이 권총을 꺼내는 것보다 더 빠르게 제압해야 한다. 권총은 권총집에서 꺼내 안전장치를 풀고 격발해야 한다. 그러나 내가 갈고닦은 권법으론 삽시에 급소를 공격할 수 있다.

나도 이런 지경으로 살아봤자 인생에 낙이란 게 있을 리 만무하다. 취업도 안 될 것이다. 소설 써서 밥술이라도 먹으리라는 보장도 없다. 피란민으로 남하한 부모 탓에 의지할 친인척도 없는 형편이다. 하늘도 세상도 나를 버렸다. 내게 남은 거라곤 복수하고 세상에서 사라지는 것뿐이다.

대법원에 항고하지 않기로 결정하자 마음이 편했다. 그 살벌한 육군형무소에서도 견뎠는데 일반 교도소에서 못 견딜 게 있겠냐 싶었다. 육군형무소에서 4년 6개월을 복역했다는 걸 안 감방 동료들은 나를 제법 대우해 주었다. 남한산성이 얼마나 혹독한 곳인지 다들 익히 들어 알고 있었다. 더구나 반공법과 국가보안법 사범이라 나를 남다르게 보았다.

감옥살이 6개월을 더 견딜 수 있었던 것은 머릿속으로 날마다 복수를 계획하고 구체적인 행동을 구상했기 때문이다. 무술 단련을 하며 몸을 만들었고 그 바람에 감방 동료들에게 부러움을 사기도 했고 더러는 내게 무술을 배우는 수감자도 생겼다.

나를 견디게 만드는 선물이 있었다. 한글을 익힌 자인이가 어쩌다 한 번씩 보내주는 편지를 받을 때마다 서러운 눈물이 솟구쳤다. 지향이가 가르쳐준 대로 그려 보낸 것이겠지만 색연필을 들고 있는 자인이의 모습을 연상해 보는 건 행복이었다. 자인이는 하얀 도화지에 그림을 그리고 삐뚤빼뚤 제 이름과 내 이름을 써서 가슴을 뜨겁게 했다. 내 마음을 풀게 하려는 지향이의 계략이 분명했지만.

나는 어떤 경우에라도 하나뿐인 혈육 자인이를 아프게 하고 싶지는 않았다. 그날 자인이를 시골집으로 데려간 것은 그것들을 아프게 하고 겁을 주려던 작은 복수에 지나지 않았다. 물론 자인이와 며칠만이라도 같이 있고 싶은 마음도 사무쳤다. 감옥에 있으며 자인이가 얼마나 그리웠는지 모른다. 세상에서 가장 보고 싶고 그립고 함께 있고 싶은 자인이였다.

나는 자인이의 편지를 받으며 더 완벽한 계획을 구상할 수 있었다. 결코 발각되지 않도록 일을 끝내고 자인이 아버지로서 부끄럽지 않게 살고 싶었다. 만약 들키면 자인이를 잃을 수밖에 없다. 자인이가 대학을 졸업할 때까지, 성인이 될 때까지 그놈이 기르게 할 수는 없다. 가능한 한 빨리 자인이를 데려오려면 더욱 치밀하게 실행해야만 한다. 그런 궁리로 나는 수감 생활을 견딜 수 있었다.

출소하고 시골집에 들어서자 꾀죄죄한 노파가 화들짝 놀라며 얼른 짐을 꾸려 나가겠다고 했다. 얼핏 둘러봐도 집안이 잘 정돈되어 있었고 부엌살림도 깔끔했으며 마당 구석구석도 깨끗했다. 내가 감옥살이하는 동안 노파가 주인 노릇을 한 것 같았다. 무슨 사정이 있느냐고 물었더니 오갈 데가 없는 몸이라 고물상을 운영하는 '따개귀신'이 주선해서 들어와 살았다고 했다.

노파는 따개귀신이 헛간에 만들어준 방에서 기거하며 내 아버지와 어머니의 산소를 관리했다고 말했다. 6개월 동안 집을 비워두었으면 보나 마나 벌레 소굴이 되고 여기저기 무너지고 갈라셨을 텐데, 야무지게 관리해서 한눈에도 정

갈해 보였다.

"저는 얼마 있으면 서울로 갑니다. 가실 데도 없는데……
어차피 빈방이니까 그냥 사세요. 따개귀신 아저씨가 여기
계시라고 했다면 그럴 만한 사정이 있을 테니까 그냥 여기
서 지내세요. 아셨죠?"

따개귀신은 아버지와 의형제를 맺은 고물상 주인이었다.
피란민으로 아버지와 마음이 잘 통하는 사이였다. 한때 빈
집털이를 귀신처럼 하다가 감옥살이도 한 적이 있다고 들
었었다. 따개귀신이란 별명은 소매치기 솜씨와 열쇠를 따
는 재주가 특출해서 지어진 것이었다.

아무리 그래도 남의 집에 어찌 그냥 들어와 사느냐며 짐
을 싸던 노파는 내가 몇 번이나 말리자 따개귀신에게 물어
보고 결정하겠노라며 나갔다. 한참 만에 돌아온 노파는 따
개귀신이 딴소리 말고 곁방살이를 하라고 했다며 내가 시
키는 대로 하겠다고 약속했다.

노파는 못 이기는 체하며 고마워서 어쩌냐고, 신세 갚을
길이 없으니 대신 살림을 잘 챙기겠다고 했다. 이튿날부터
마을 사람들이 찾아왔다. 다들 없는 살림인 줄 뻔히 아는
데, 보리쌀을 한 됫박 놓고 가기도 했고 계란 서너 개를 밀
어놓거나 된장이나 고추장을 부엌에 슬그머니 갖다 놓기도
했다. 빨갱이로 4년 6개월을 감옥에서 썩고 다시 유괴범으
로 6개월 동안 옥살이를 했는데도 마을 사람들은 그게 무

슨 대수냐며 반찬거리며 땔감을 가져왔다.

출소한 지 보름이 지났지만 재필이는 연락이 없었다. 나도 염치가 없어서 연락할 수가 없었다. 그는 내가 옥살이하는 동안 편지도 보내주고 옥바라지를 해주었다. 지난 일 다 잊고 소설 쓰라고, 산 입에 거미줄 치겠느냐며, 지금까지 고생하면서 마음 아팠던 얘기를 쓰면 좋은 작품이 될 거라는 격려를 아끼지 않았다.

노파의 말에 따르면 해원이는 내가 감옥살이한 지 3개월쯤 지났을 무렵에 아이 둘 딸린 혼처가 생겨 부모의 강권으로 시집을 갔다고 했다.

어느 날 밤, 불쑥 해원이가 찾아왔다. 할 말이 많았는데, 나도 해원이도 선뜻 말문을 열지 못했다.

"그냥 보고 싶어서 왔어요. 얼른 가야 해요…… 이제 정말 앞만 보고 살아요. 지난 일 다 잊어요. 나도 잊고요."

해원은 하얀 봉투를 방 한구석에 밀어놓고 자신이 돌아간 다음에 열어보라고 했다.

"내가 오빠하고 살 수가 없는 운명인가 봐요. 하지만 지금이라도 오빠가 가지 말라면 안 갈래요. 좋아서 가는 게 아니거든요. 그쪽 아이들이 저를 따르긴 해요. 하지만 오빠가 가지 말라면 안 갈게요."

"아니야. 나는 네 결정을 믿어. 넌 항상 옳았어. 그게 바른 길일 거야. 가서 잘 살아줘."

그녀를 따라 수리조합 둑방길을 걸으며 나는 속으로 말했다.

'내 인생에 사랑은 너 하나다. 그래, 다음 생에 꼭 만나서 여한 없이 살아보자.'

입을 열어 말할 수가 없었다. 그녀가 탈 없이 행복하게 살게 하려면 내가 입을 닫는 수밖에 없었다. 그녀 마음을 흔드는 건 죄짓는 거라고 생각했다.

"악착같이 건강하고 행복하게 살아야 해요. 나는 늘 오빠 곁에 있는 거예요. 달라진 건 없어요. 무슨 일이 생기면 연락해요. 나는 변한 것도 아니고, 아주 떠나는 것도 아니에요."

나는 그녀의 손을 힘주어 잡았지만 차마 사랑한다는 말은 하지 못했다. 그녀 마음을 혼란하게 만들 수 없었다. 속으로는 나를 두고 어딜 가느냐고, 가지 말라고 잡고 싶었다.

"집에 계신 할머니에 대해 알아요?"

나는 고개를 저었다. 아버지를 한때 숨겨주었던 사람이라고 했다. 아버지가 사고 치고 도망가서 거의 1년 넘게 피신했을 때, 중풍으로 쓰러져 달싹 못 할 때 따개귀신이 은밀히 보내 아버지를 간병했던 사연이 있는 사람이라고 했다. 그래서 우리 부모 산소도 챙기고 오두막도 정성으로 가꾸는 거라고 했다.

해원이를 산 아래 고샅길까지 데려다주고 돌아오는 길에 나는 서러움이 북받쳐 소리 내어 울었다. 집 앞에 다다르자

등잔 불빛이 문틈으로 새어 나왔다. 문을 열고 들어가 노파에게 말없이 무릎 꿇고 큰절을 올렸다. 노파가 당황하여 허리 굽혀 절을 받으며 거친 손으로 눈물을 훔쳤다.

　내 방으로 돌아가 해원이가 놓고 간 봉투를 열어보았다. 마른 꽃잎이 붙어 있는 편지지에 예쁜 글씨체로 나를 걱정하는 마음을 새겨놓았다. 그리고 지폐 한 묶음과 내 사진도 한 장 들어 있었다. 여고생이었던 그녀가 빼앗다시피 가져간 내 증명사진이다. 그녀는 이제 멀리 떠났다.

마지막 시도

나는 닥치는 대로 막노동판을 찾아다녔다. 내 처지로 취직하기는 어렵지만 돈을 모아야만 계획을 실행할 수 있다. 고린전 한 푼 없이 그 무엇도 성공시킬 수는 없는 일이다. 막노동 일도 찾으면 드물었다.

내가 서둘러 서울로 가지 않고 논산에서 버티는 것은 그럴 만한 계획이 있기 때문이다. 완벽한 복수를 준비하기 위해 논산만큼 좋은 곳이 어디 있단 말인가. 연무대 훈련소 무기고에는 보나 마나 수류탄이 있을 것이다. 하늘도 언젠가는 나를 도와줄 것 같았다. 노파는 나를 정성으로 돌봐주었다. 무딘 칼 한 자루와 소쿠리를 들고 산과 들과 냇가를 찾아다니며 먹을 만한 것이면 무엇이건 거둬들였다. 남의 집에 일거리가 있으면 새벽이건 깊은 밤이건 달려가 일을 거들고 보리쌀 반 됫박이라도 얻어왔다. 나를 자식처럼 챙기고 살펴줬다. 힘드니 그만하라고 말려본들 그만둘 사람이 아니었다.

나는 틈만 나면 연무대 부근을 이리저리 훑고 다녔다. 연무대 안심리에 있는 예비군 전용부대 제O대대를 유심히 살펴보기 위해서였다. 나는 4년 6개월이나 육군형무소에 수감되었기 때문에 예비군에 편성되지 않았다. 그 부대를 유심히 살펴본 것은 바로 내 계획의 결정타가 될 수류탄이 필요했기 때문이다. 그곳 무기고에는 연습용 수류탄도 있지만 진짜 수류탄도 있다고 했다.

여러 개도 필요 없다. 단 한 발이면 충분하다. 수류탄의 성능을 알기 때문이다. 물론 무기고는 어느 부대든지 경계가 철저할 수밖에 없다. 그러나 과거 사건 사고를 떠올려보면 기회는 있을 것이다. 경계병을 감쪽같이 따돌리고 수류탄 한 발만 탈취하면 내 계획을 화려하게 마무리할 수 있을 것이다.

장전된 총을 들고 지키는 경비병 두 명을 단번에 제압하고 무기고 문을 따는 것은 결코 쉽지 않을 것이다. 경비병 두 명쯤은 제압할 수 있을 것 같은데, 군부대에 들키지 않고 잠입하긴 쉬시 않을 것이디. 천채선 소대의 무기고도 단단한 철문과 이중 자물쇠가 채워져 있는데 어찌 대대 무기고 보안이 허술하겠는가.

재필이는 간간이 등기우편으로 소액환을 보내주었다. 길지 않은 사연을 담은 편지마다 마음 굳게 다지고 취직 시험 준비 잘 하라고 격려했다. 나는 안다. 재필이가 나를 챙기는 까닭을. 지향이가 자인이를 시켜 내게 편지를 쓰게 했듯이 지향이가 재필이를 채근하여 돈과 편지를 보내는 것이리라. 내 얼어붙은 마음을 녹이려는 수작이라는 걸 어찌 모르겠는가.

나는 어쩌다가 엽서 한 장을 보냈다. 이도 저도 아닌 애매한 표현으로 그들을 교란시켰다. 복수하기 위해서는 무슨 짓이고 해야만 했다. 머릿속은 늘 복잡하고 분주했다. 출소한 지 1년이 넘도록 나는 구체적인 묘책을 찾지 못한 채 가슴에 분노의 성곽만 쌓고 있었다.

읍내 공설시장 근처 공사판에서 만난 고등학교 후배 녀석이 제O대대 근무할 때 축구선수로 활동하며 친해진 동료들과 요즘도 만난다고 자랑했다. 부대 내부를 그림 그리듯이 훤히 알고 있었다. 예비군 중에 친한 녀석이 있으며 남몰래 개구멍으로 나가서 걸판지게 술 마신 얘기와 선술집 색시와 놀아난 얘기며 무기고 위치와 경비병 교대 방법까지 주르르 털어놓았다.

후배와 나는 기술자가 아니어서 허드렛일을 했는데 힘닿

는 데까지 그 녀석을 도와주곤 했다. 녀석은 나를 형님이라고 부르며 따랐다. 나는 눈치채지 않게 녀석의 군생활 얘기를 진지하게 들어주고 여러 가지 궁금한 척을 했다. 녀석도 내가 소위 계급장을 달았지만 군대 생활을 하지 못한 걸 알기에 복무 시절 얘기를 구수하고 재미나게 털어놓았다. 부풀려 자랑하는 것도 짐작했지만 그럴수록 맞장구를 쳐주곤 했다.

"요즘 세상에 어느 정신 나간 놈이 부대 병기고 근처에 얼씬거리겠냐구요. 말이 보초지 졸지 않으면 몰래 담배나 피우면서 상관 욕이나 직사하게 하고 연애한 자랑이나 하고 학교 다닐 때 힘깨나 썼다느니 건달 애들 쥐어 팼다느니……."

녀석은 무기고 경비 설 때가 제일 지루하다고 했다.

"부기고 경비는 두 시간마다 교대하거든요. 분대장이 인솔해야 하는데, 그냥 우리끼리 하는 경우가 많죠. 대대 주번 사령이 순찰 도는 경우가 있지만 거의 눈치챌 수 있어요. 주번 사령이 몰래 순찰 도는 게 아니라 수행하는 부하들이 있으니까요. 후라시를 비춰서 암행어사 출두를 알려주거든요. 만약 문제가 생기면 부대 전체가 난리 나니까……."

"무기고에는 시건장치가 있어서 보초가 없으면 못 열 텐데 ."

내가 이렇게 능치고 들었다.

"한번은 비상이 걸렸는데 무기고 열쇠를 못 찾아서 할 수 없이 연장으로 부수고 실탄을 지급한 적이 있어요."

"뭘로 부쉈는데?"

"빠루로 찍어서 열었지요. 절단기만 있으면 무기고 여는 건 일도 아니죠."

"예비군 전용 부대니까 무기는 많지 않겠네."

"그래도 비상시에 대비해야 하니까 수량만 적을 뿐이지 실탄과 수류탄, 각종 무기가 제법 많아요. 가끔 무기고를 열어서 닦을 때도 있으니까 대충 어떤 무기가 있는지 알죠. 수류탄을 닦을 때는 안전핀 때문에 선임 하사나 고참들만 작업해요."

"예비군 대대에도 수류탄이 있구나."

"들은 얘긴데, 내가 입대하기 한참 전이고 세상이 어수룩할 때였죠. 어느 날 수류탄 한 발이 사라졌는데, 누군가 모의 수류탄을 채워놓은 걸 검열할 때 들킨 모양예요. 부대가 난리 나고…… 얼마 뒤에 병사 한 명이 탈영했는데…… 무슨 문제가 있었는지 수류탄을 터뜨려 자살했다나 봐요."

나는 머릿속으로 무기고의 위치와 시건장치 따위를 그려보았다.

"수류탄 한 발만 구할 수 있으면 좋겠다. 이 드러운 세상을 놀래켜보게."

내가 농담처럼 말했다.

"세상을 놀래키려면 수류탄 백만 개는 있어야겠죠. 전쟁을 일으켜야 세상이 놀라죠."

"그래, 맞는 말이다."

"김일성이가 왜 가만히 있는지 모르겠네요."

녀석도 장난기가 동해서 이렇게 말했다.

"우리, 수류탄 한 발 훔쳐서 은행 한번 털어볼까?"

"나도 그러고 싶지만 무기고 터는 게 은행 터는 것보다 더 어렵겠더라구요. 여차하면 총 맞잖아요. 무기고 경비병은 실탄 장전하고 암구호 틀리면 갈겨도 그만이죠."

녀석 말이 하나도 틀리지 않았다. 아, 하늘이 나를 도울 날이 있을까? 더 이상 살고 싶지 않을 만큼 지쳤다. 막노동판에 나가도 지쳐서 중도에 두 손 들고 나올 때가 많았다. 감옥에 있을 때보다 더 힘들었다. 체중이 많이 빠져 거울을 보면 내 모습 같지 않았다. 점점 귀신을 닮아가는 것 같기도 했다. 살고 싶었다. 살기 위해 무슨 방법이든 찾아야만 했다. 밤마다 술을 찾았고 깊은 잠을 잘 수가 없었다. 이러다가 어느 순간 쓰러져 시신이 될 것 같았다.

방법이 있을까 싶어 고민 끝에 따개귀신을 찾아갔다. 아버지가 험하게 살 때 친형제처럼 지낸 사람이었다. 우리 아버지를 형님이라 부르며 따르던 따개귀신은 늙었지만 한때 건달로 소문이 자자했다.

그의 본색은 그 시절 말로 '쓰리꾼'이었다. 그에게는 전설 같은 얘깃거리가 꽤나 많았다. 서대전역에서 기찻길 따라 이리역까지 그의 관할이라고 했다. 그럼에도 감옥살이를 세 번밖에 하지 않을 정도로 귀신같은 재주를 자랑했다. 거느리는 쓰리꾼도 백여 명이나 되었고 그의 소매치기 수법은 조선 팔도에서 둘째가라면 서러울 정도라고 했다.

그의 귀신같은 솜씨 때문에 얻은 별명이 '따개귀신'이었다. 세상이 좋아져서 소매치기로는 입에 풀칠하기도 쉽지 않자 그의 손재주가 달리 쓰였으니 열쇠 귀신으로 변신했다. 천하 없는 자물쇠라도 그가 손만 대면 절로 열린다고 했다. 남의 주머니를 따는 것이나 잠긴 자물쇠를 따는 것이나 따는 행위는 엇비슷해서 그는 여전히 따개귀신 소리를 듣는다.

술 한 병을 사들고 따개귀신이 기거하는 고물상으로 갔다. 하도 반갑게 맞아주니 하고 싶은 말이 목에 걸려 나오지 않았다. 그는 내게 술잔을 자꾸 내밀며 할 말이 있으면 서슴없이 하라고 했다. 네댓 잔을 마신 김에, 나는 취직할 수 없는 신세니까 아저씨에게 기술을 배워보려고 찾아왔다고 털어놓았다.

"이늠아, 느이 아부지 피하고 내 피하고는 쌩판 따르다. 우리 서이미(형님)는 피난 내려와가지고 살길이 막막해도 줏대 있게 사느라 넘 등쳐먹거나 그래지 않았다이. 발근 소리만 하고 당겼다. 비굴하게 무럽 꿇디 않으려다가 빨갱이 소리까지 들었어도 껌뻑도 안 했다이. 같은 피난민이디만 내야 손재간 하나 믿고 넘 등쳐먹으면서 싹수없이 살았다. 우리 서이미는 잘난 척하는 놈, 넘 등쳐먹는 놈한테 발가메다(대들다가) 억울하게 빨갱이로 몰렸다이. 그런 우리 서이미 외자식이 이 데렙은 손버르쟁이를 뵈우겠다는 거이 말이 되니? 내가 살아 있는 한, 느가 고물 줏어오는 것도 그르고 손버르쟁이 뵈우는 것도 용서 못 한다."

따개귀신은 전후 사정을 들으려 하지 않고 술잔부터 내밀었다.

"그게 아니고…… 제가 찾아온 건……."

"어땠거나 뵈운 늠 아이야. 아무리 시상이 어렵다 해도 대학까지 나온 늠이 어디 굴러먹을 데가 없어서 여기까지 오냔 말이다. 다른 일로 찾아온다면 반갑아하지비……. 그따우 소리 할라믄 여기 걸씬거리지도 말라우."

그리고 또 술잔을 내밀었다. 그는 주머니에서 구겨진 지폐 몇 장을 내 주머니에 넣어주더니 밖에 있는 건장한 사내들을 불러 나를 데리고 나가라고 했다.

열흘쯤 뒤에 다시 따개귀신을 찾아갔다. 자물쇠 따는 기술을 배우려는 게 나쁜 짓을 하려는 게 아니라 피치 못할 일 때문이라고 통사정을 했지만 들은 척도 하지 않았다. 전처럼 술잔을 내밀며 모진 소리를 했다.

"우리 서이미가 하늘에서 베락을 칠 일이다. 정 원한다면 내가 직접 자물통을 열어주끄마. 어디메에 있는지, 무스 거 필요한지 말만 하라이."

대답할 수가 없어서 술잔을 들고 말했다.

"제 평생소원이 있어서 그럽니다."

"쥐인 허락 없이 문을 여는 거는 그거이 도덕이나 할 짓이다. 느이 조상님들은, 느이 아바지는, 니는! 하늘이 두 쪽 나도 도덕으로 살 수 없다는 거이 쟁심(명심)해라이. 만약 그런 일이 생기면 내가 니놈 목을 조를 거이야."

그날은 장정들이 나를 강둑까지 데려다주며 다시 찾아오면 그때는 정말 가만두지 않겠다고 했다.

세 번째 찾아가자 따개귀신은 안주상을 내오라 이르고 술잔을 하나만 올려놓았다.

"젊은 니늠이 운동도 마이 했으니 한 말쯤 마셔도 전데겠지. 내 앞에서 쓰러지디 말라이. 알았니?"

우리는 술잔 하나로 주거니 받거니 술을 마셨다. 안주가 푸짐했지만 연신 술잔만 비웠다.

"긴한 사정이 있는 모양인데 죽을 작정 했으면 말을 하고, 살고 싶으면 일어나서 오솝소리(조용히) 가라이. 지금 하늘에서 서이미가 우릴 지켜보고 있을 거이다. 이늠아 잘 살아야 한다. 느이 아배처럼 살디 말란 말이다. 시상은 바뀐다. 빨갱이 가면도 벗을 날이 반다시 올 거이야. 그저 열 씨미 사는 수밖에 없어."

아버지의 모습이 어른거렸다. 머릿속에 생각들이 자꾸 뒤엉켰다.

"소문에 듣자니 마당마다(매일) 산에서 무술을 다슬군다 하더이만…… 우리 서이미도 온판(원래) 강단이 좋아 오래 사실 줄 알았다이. 술쯤이야 거뜬하게 이길 몸이더랬지. 마음고상이 심해서리 인차 가셨디만, 니늠 때문에 인차 가셨다는 거이 잊지 말고 니늠이 아바지, 어마이 나시까지 오래 잘살아야 한다이. 그거이 진째 효도지. 그러니 딴생각 말고 정신 바짝 차리라이."

술병이 비워지자 따개귀신은 술을 한 병 더 꺼냈다. 나는 술 취한 김에 주저리주저리 억울한 사연을 늘어놓았다. 그리고 복수하지 않고는 살 생각이 없다는 말까지 해버렸다. 자물쇠 여는 기술을 배우려는 것도 무기고를 열고 수류탄 한 발을 훔치고 싶었다고 했다. 한참 동안 내 하소연을 듣던 따개귀신이 술상을 옆으로 치우더니 내 멱살을 잡았다.

"니늠은 사람 되긴 다 틀렸다. 니가 사름이 아이면 구신이겠지. 구신은 쥑여도 죄가 아이디. 내 온갖 잡구들하고 살아봤지만, 니같이 못된 구신은 본 적이 없어, 이늠아! 구신도 양심이란 게 있는 법이꾸마."

그는 내 닉살을 집고 방문을 열었다. 천하장사도 한주먹

에 해치웠다는 말이 허풍 같지 않게 나를 옴짝달싹 못 하게
했다.

"야들아, 이늠은 사름 새끼가 아이고 잡구다. 지푸게 파
서 묻어버리라이."

건장한 장정 두 명이 나를 우악스럽게 잡았다.

"삼춘! 살고 싶지 않아요. 칵 죽여주세요. 죽여달라구요!"

고물상 뒤꼍으로 나를 끌고 간 장정들은 담배 한 개비를
건네며 말했다.

"조용히 해. 떠들면 진짜 파묻는다. 큰성님께서 구덩이
파고 깊게 묻으라고 하셨지만 네 인생이 가엾어서, 묻었다
고 말할 테니 죽은 걸로 하고 이 근처에 다시는 나타나지
마. 지금부터 넌 세상에 없는 놈이여. 죽어서 묻힌 거여. 알
았는가?"

대꾸하지 않았다. 나를 해코지할 것 같지 않았다.

"구덩이 팔 테니 얼른 뒷문으로 도망가."

장정 두 명이 삽과 곡괭이를 들고 땅을 파는 시늉을 했
다. 나는 담뱃불을 비벼 끄고 뒷문을 열고 밖으로 나왔다.
밤하늘 별 무리가 유난히 밝았다. 개 짖는 소리가 아슴아슴
들렸다. 술을 꽤 많이 마셨는데도 취기가 오르지 않는 걸
보면 내가 겁을 먹은 것 같았다.

잰걸음으로 고물상을 빠져나와 개울을 끼고 돌아오며 읍
내 쪽 불빛을 돌아다보았다. 북받치는 서러움을 참을 수가

없었다. 나는 밭두렁에서 고양이처럼 소리 내어 울었다. 먼 데서 개들이 되알지게 짖었다. 새벽까지 싸다니다가 술이 깰 무렵에야 집으로 갔다. 노파가 콩나물국을 끓여주었다.

수리조합 둑 보수 공사 현장의 막노동판은 다른 공사장보다 몸이 고달플 수밖에 없었다. 장마 때 무너진 걸 보수하려면 흙과 뗏장을 지게로, 더러는 들것으로 날라야 했다. 보름 넘게 공사판에서 고생했다고 십장이 막걸리에 돼지고기를 푸짐하게 구워주었다. 얼큰하게 취해서 오두막으로 들어섰는데, 내 방에 신문지로 싼 물건이 놓여 있었다. 묵직했다. 신문지를 풀었다. 숨을 멈추었다.

'세상에! 하느님⋯⋯.'

나는 그걸 사과 궤짝 위에 올려놓고 절을 했다. 그 물건을 향한 절이었지만 그걸 몰래 내 방에 놓아둔 사람에게 올린 절이었다. 얼른 부엌에서 빈 단지 한 개를 가져다가 수류탄을 넣고 뚜껑을 조심스럽게 막았다. 습기가 차면 안 되기에 촛농으로 세심하게 틈을 메워 장독 옆에 조심스럽게 묻었다.

필요할 때 꺼내면 된다. 간절하게 기원하면 하늘도 들어준다고 했다. 밤새 잠들 수 없었다. 하느님이 분명 존재한다는 걸 알게 된 밤이라고 생각했다.

세월은 참 더디게 흘러가고 있었다. 마음은 한없이 급한데 이진구와 지향이가 사는 곳을 알아내지 못했다. 차마 재필이에게 물어볼 수 없었다. 이 궁리 저 궁리 하느라고 밤잠 설치기 일쑤였다. 그놈과 지향이의 경계심이 어느 정도 무뎌지길 기다리고 좀 더 치밀한 복수 방법을 궁리했다.

지난번에 자인이를 데려간 것 때문에 아무도 모르게 일을 치르기는 쉽지 않을 것 같았다. 수류탄으로 이진구만 감쪽같이 죽인다고 해도 우리나라 모든 군부대에서 수류탄 재고 조사를 하게 될 것이다. 혹시라도 내가 숨겨놓은 수류탄이 논산훈련소나 예비군 부대에서 분실된 것으로 밝혀지면 나를 의심할 것이다. 수류탄 출처를 밝히지 않더라도 이진구 소령과 원한 관계인 조사를 해보면 대번에 내 이름이 나올 것 아닌가. 그러니 더욱 고심할 수밖에 없다.

아니, 죽기로 작정하면 완전범죄 따위를 걱정할 필요가 없다. 나는 이제 대한민국에서 사람답게 살기는 틀린 인생이다. 이 땅에서 다른 것도 아니고 빨갱이로 낙인찍힌 인생은 살아도 사는 게 아니다. 이진구와 지향이를 죽이고 나도 죽어버리면 그만이다. 그년까지 죽이면 내 유일한 핏줄, 한없이 사랑하는 자인이가 걱정이다. 재필이가 보살펴줄 수도 있겠지만…….

어쨌거나 둘 중 하나다. 완전범죄를 해내느냐 같이 죽느냐. 빨갱이가 되어 형무소에 있는 동안 내 삶은 한 줌의 재가 되어버렸다. 지옥을 벗어날 수가 없었다. 복수할 수 없다면 살아야 할 이유가 없다. 현행법으로 그놈을 치죄할 길이 없다. 마땅히 하늘의 법으로 처단해야 한다. 하늘은 그를 살려두지 않을 것이다. 인륜으로 다스릴 수 없으면 천륜으로 다스려야 한다.

몇 번이나 서울 나들이를 하여 그놈의 거처를 수소문했지만 쉽게 추적할 수가 없었다. 이사했다는 건 알았지만 어디로 갔는지 알 수 없었다. 하늘을 대신하여 그 악당을 징치할 수 있는 권한이 내게 없다는 게 한스러웠다.

그렇기에 나는 탈을 쓰기로 작심했다. 저승사자의 탈을 쓰기로 했다. 하느님이 있다면, 인간을 창조한 하느님이 정말 존재한다면 파괴된 내 인생을 보상해 주기 위해 아내와 딸을 빼앗은 악당을 마땅히 처단하라고 하리라. 어쩌면 하느님은 당신 손이 아니라 내 손을 빌려 악당을 처단하려고 할지 모른다. 그래서 수류탄 한 발을 내게 은밀히 보낸 것이리라.

그날도 공사장 일꾼들과 어울려 거나하게 술을 마시고 들어왔다. 노파가 술국을 내 방에 디밀어놓고 콩알만 한 알약을 봉지째 내밀었다.

"술병에 좋은 약이라고 혀서 한약방 영감헌티……."

술 거른 날보다 마신 날이 많으니 노파가 걱정되어 한약방을 찾은 것 같았다. 얼내어싯 알쯤 먹으라고 했는데 속이 쓰려 얼추 반 주먹을 물로 삼켰다. 늦도록 잠이 오지 않아 노파가 담근 백화주를 서너 잔 마셨다. 어차피 내일은 일거리가 없는 날이니 새벽에 일어날 필요가 없다.

잠결인지 생시인지 모르지만 나는 분명 하늘의 소리를 들었다. 하느님의 목소리는 우렁차지 않았다. 여인의 목소리처럼 부드럽고 달콤했다. 그러나 내용은 단호했다. 이진 구를 처단하여 지옥에 빠뜨리라고 했다. 산산조각 내어 형체가 없어져도 괜찮다고 했다. 지향이도 지옥에 빠뜨리라고 했다. 간절히 기도하면 하늘이 응답한다더니 하느님이 내 간절한 기도를 듣고 있었다는 걸 알았다.

환청 같지 않았다. 며칠 동안 곰곰이 그 목소리를 되새겨 보았다. 나는 그 고운 목소리가 수녀님일지 모른다는 생각을 했다. 하느님이 수녀님을 통해 내게 하늘의 뜻을 알려주었을지 모른다고.

무작정 수녀님을 찾아갔다. 어머니를 보살펴주었던 수녀님은 반갑게 맞아주었다. 꿈 얘기부터 했다. 그리고 하늘에서 수녀님의 목소리로, 복수하라는 명령을 받았다고 했다. 수녀님은 웃으며 고개를 저었다.

"하느님께서 그런 명령을 내리실까요?"

나는 들었다고 우겼다. 비몽사몽 꿈인지 생시인지 분명 들었기 때문이다.

"가장 아름다운 복수는 용서지요."

"그럼 제가 수녀님의 목소리로 전해 들은 하느님의 명령은⋯⋯."

"복수하겠다는 일념 때문에, 그 간절함 때문에, 어쩌다 헛것이 보이듯 환청이 들린 거겠죠. 그런 소리를 너무 듣고 싶어 하다가 자기가 스스로에게 그런 소리를 할 수도 있을 것 같네요."

"그럼 제 마음속에 악마가 있다는 건가요? 하느님의 말씀이 아니라 악마의 소리였나요?"

"마음에 악마가 있는 게 아니라, 그런 생각에 깊이 빠지면 마귀의 유혹에 끌려다니게 되어 헛것이 보이거나 환청을 들을 수도 있지 않을까요? 제 추측이니까 너무 신경 쓰지 마세요."

수녀님은 찻잔을 내밀며 목을 축이라고 했다.

"제 인생을 망가뜨린 인간을 멀쩡하게 잘 먹고 잘살게 한 건가요? 하느님은 악마도 용서하라고 하나요?"

"정말 악마가 있다면 하느님이 응징하실 겁니다."

"그게 공정한 건가요? 죄인을 옹호하는 하느님을 믿는 게 종교인가요?"

나는 물러서고 싶지 않아서 수녀님과 계속 입씨름을 했다. 수녀님은 고집스럽게 우기는 나에게 웃으며 대답했다. 내가 나서지 않아도 원수는 하느님이 갚아주실 거라고 기다리라고 말했다. 내가 하늘의 소리, 하느님의 음성을 들었다는 걸 부정하지는 않았다. 내가 자리에서 일어나자 수녀님은 나를 위해 기도하겠다며 내 손에 묵주를 쥐여주었다.

며칠 지나 관촉사를 찾아갔다. 스님은 내가 하느님의 음성을 들었다고, 내 인생을 망친 자에게 복수하라고 명령한 소리를 들었다고 했더니 소리 내어 웃었다.

"당연히 들었겠지요. 얼마나 억울한 사연이면 하느님이 그렇게 명령했겠습니까?"

나는 비로소 내 편을 들어줄 스님을 만났다는 생각을 했다.

"하느님의 명을 거역하면 대죄가 된다고 합니다. 복수를 해도 되는 거겠죠? 하느님의 명령이니까요. 부처님도 그러라고 하겠죠?"

스님은 여전히 웃었다. 내 손을 힘주어 잡고 도닥거리며 말했다.

"부처님 시대에 살았던 앙굴리말라는 사람을 아흔아홉 명이나 죽인 악마 같은 사람이었지요. 부처님은 그런 사람도 잘못을 뉘우치고 개과천선했기에 제자로 받아줬어요. 거사님을 괴롭힌 사람이 용서해 달라고 빌었다면서요?"

"형식적인 인사치레였을 뿐이죠. 그것도 제가 감옥에 있을 때 면회 와서 말입니다."

"그 사람 마음속에 들어가봤나요?"

"안 들어가봐도 알 수 있습니다. 혹시라도 제가 복수할까

봐 달래느라고 그런 겁니다."

"복수는 상대를 아프게 하기보다 자신에게 고통을 줍니다. 상대보다 더 불행해지기도 하지요. 복수하려던 사람이 오히려 병고에 시달리거나 화병으로 먼저 쓰러지거나 말년에 크게 후회하곤 합니다. 복수하고 행복해지는 사람은 결코 없습니다."

"복수는 제 인생 목표입니다. 행복하려고 복수하는 게 아니라 같이 죽어버리려는 겁니다."

스님은 내 손을 자신의 가슴에 갖다 대고 말했다.

"내 심장이 지금 뛰고 있지요? 하루에 십만 번쯤 뜁니다. 기계 같으면 진작에 고장 났겠지요. 우리가 아무런 노력을 하지 않아도 쉬지 않고 평생 이렇게 뛴다는 건 기적이죠. 이런 기적을 날마다 맞이하지만 언젠간 우리 모두 하늘로 가야겠죠. 그런 가치 있는 시간을 살아가는 동안, 얼마 남지 않은 시간을 의미 있는 일을 하면서 보내야 합니다. 가장 좋은 방법은 사랑과 용서입니다."

"정말 저는 하늘의 소리를 들었습니다. 복수하라고 말입니다."

"복수를 포기하라고 하셨을 겁니다."

"……."

말이 통할 것 같았는데, 스님도 수녀님과 다를 게 없었다.

"앙굴리말라는 부처님 제자가 됐시만 그기 죽인 사람들

가족과 그를 증오하는 사람들이 돌멩이로 때려죽이죠. 그는 지은 죄를 인정하고 벌을 달게 받으며 죽었어요. 앙굴리말라는 깨달은 자가 됩니다. 그를 죽인 자들은 후회하게 되지요. 원수는 갚는 게 아니라 풀어버리는 게 참다운 복수고 아름다운 결말이지요."

스님과 입씨름을 하면 할수록 화가 치밀었다. 나는 스님이 내미는 염주를 들고 미륵불 앞에 엎드려 간절하게 빌었다. 완벽한 복수를 하게 해달라고.

희미해진 그림자

서울 변두리에 있는 그놈의 집은 단독주택이고 붉은 벽 돌담 너머로 옥상과 연결된 계단이 가팔라 보였다. 그리 멀지 않은 곳의 가로등 불빛에 키 작은 소나무들이 보였다. 비껴 멘 작은 가방을 조심스럽게 여미고 담을 넘었다. 조용했다. 달도 구름에 가려진 이슥한 밤이다.

불 꺼진 창 앞에 서서 심호흡을 했다. 가방의 고리를 풀었다. 심장이 방망이질을 했다. 내 인생의 막장을 예감했기 때문인지 모른다. 그놈과 그년의 거친 숨소리가 들린다면 더 좋겠다는 생각을 했다. 그들의 욕정을 정지시키고 수류탄으로 폭사시키는 게 더 늑석일 것 같았다. 마루 밑에 군화 세 켤레가 보였다. 내 숨소리가 생각보다 크다는 걸 느꼈다. 자꾸 마른기침이 나오려고 해서 침을 삼켰다.

영화의 한 장면을 떠올렸다. 그놈이 권총을 들면 걷어차서 제압해야 한다. 무릎 꿇고 살려달라고 애원하면 그 주둥아리를 가격해야 한다. 무슨 일이 생기든 삽시에 감쪽같이 해치우고 밤길에 여러 번 넘나들었던 산길로 도주해야 한다. 하늘이 나를 도울 것이다. 하느님이 명령하지 않는가. 날마다 간절하게 기도했더니 하느님이 응답하지 않았던가. 두 연놈들을 마당으로 끌어내 폭사시켜야 한다. 결코 자인이가 다쳐서는 안 된다. 폭사시키고 재빠르게 산길로 도주하면 절대 잡히지 않는다.

지문을 남기지 않으려고 얇은 면장갑을 꼈는데 손바닥에 땀이 배기 시작했다. 장갑을 끼고 수류탄 안전핀을 빼는 연습을 수없이 했으니 내 솜씨를 믿어야 한다. 떨지 말자. 떨면 실수할 수 있다. 기필코 처단해야 한다. 죄악은 반드시 그 대가를 받는다는 걸 알려줘야 한다. 창호지 바른 문짝을 걷어차 넘어뜨리고 전지를 비추면 눈이 부셔서 바로 일어서지도 못할 것이다. 수류탄 안전핀을 뽑으면 그들이 내 명령에 순응할 것이다.

문짝을 어깨로 있는 힘껏 밀어 문고리를 벗겼다.

"누구냐!"

사내의 목소리가 겁에 질려 있었다. 어느 틈에 사내가 머리맡 스탠드의 스위치를 눌렀다. 흐린 조명에 내 손에 들려 있는 수류탄을 본 사내는 두 손을 들었다.

"수류탄이다. 안전핀 뽑았다. 대들면 터진다."

사내는 무릎을 꿇었다. 지향이도 무릎을 꿇었다.

"그러지 말아요. 제발 하란 대로 다 할게."

지향이의 목소리가 떨렸다.

"살려주시면 정말 뭐든 다 하겠습니다. 잘못했습니다. 죽을죄를 졌어요."

사내는 두 팔을 들고 부들부들 떨었다.

"살려주시면 원하는 걸 다 해드리죠. 정말입니다. 뭐든 말씀하세요. 뭐든지요."

나는 그들과 말씨름을 할 틈이 없었지만 한마디 던지지 않을 수 없었다.

"지옥에서 만나자. 내 인생을 박살 낸 죄는 죽어서도 다 못 갚는다."

"오빠. 자인이가 아파. 옆방에서 자고 있어."

지향이가 머리를 조아리며 말했다.

"얼굴 들고 내 눈을 봐!"

사내와 계집이 얼굴을 들어 나를 쳐다보았다.

"너희는 인간이 아니다. 마땅히 죽어야 한다. 따라 나와. 어서!"

지향이는 고개를 들고 지껄이기 시작했다.

"자인이가 아파서 죽게 됐는데, 애를 이 사람이 외국에 데리고 가서, 골수 맞는 게 이 사람밖에 없어서 골수 이식을 했단 말야. 자인이를 살릴 사람야. 이 사람 아녔음 자인이가 죽었다구. 자인이 생명줄이라니까."

사내의 얼굴이 핼쑥했다.

"무슨 소리야, 그게! 사실이야?"

바로 그 순간, 방문이 열렸고 잠옷 입은 자인이가 방으로 들어왔다. 나는 수류탄 손잡이에 힘을 주었다. 자인이는 잠이 덜 깼는지 나를 힐끗 쳐다보고 지나쳐갔다.

"아빠!"

나는 순간, 온몸에 기운이 빠졌다. 자인이는 눈을 비비며 걸어가 이진구를 끌어안고 가슴에 얼굴을 묻었다. 내겐 자인이를 쳐다보고 있을 힘이 남아 있지 않았다. 눈을 감았다. 어지러웠다. 머릿속에 번갯불이 튀었다. 자인이는 눈물 맺힌 눈으로 나를 돌아다보았다. 이진구의 목을 끌어안고 훌쩍거리기 시작했다.

"아빠, 저 아저씨 무서워……."

"괜찮아. 안 무서워. 아빠 친구야. 저번에 봤잖아. 자인이 보고 싶어서 오신 거야. 인사해야지."

자인이는 나를 물끄러미 바라보다 고개를 돌려 이진구의 품에 안겼다.

'자인아, 사랑한다. 하늘만큼 땅만큼…….'

할 말은 밤새 쏟아놓아도 모자랐지만 가슴에 담은 채 밖으로 나왔다.

수류탄을 힘주어 잡고 산길을 내달렸다. 이미 뺀 안전핀은 다시 꽂을 수가 없었다. 으슥한 오솔길에 앉아서 숨을 고르며 운동화 끈을 풀어 수류탄이 터지지 않게 안전 손잡이를 여며 묶었다. 몇 번이나 밤길을 오가며 익숙해졌음에도 이상하게 낯설기만 했다. 새벽이 올 때까지 계속 걸었다. 가을에 접어들어 밤 기온이 서늘했지만, 온몸은 땀으로 흠뻑 젖었다.

버스 정류장에서 첫차를 타고 서울역으로 향했다. 호남선 새벽 기차가 서울역을 빠져나가면서 악을 쓰듯 기적이 울렸다. 어깨에 멘 작은 가방을 보물단지처럼 끌어안고 기차 난간으로 나갔다. 달리는 기차에서 뛰어내리고 싶었다. 내 인생 마지막 순간이라 생각하니 어머니와 아버지의 웃는 얼굴이 떠올랐다.

가방을 조심스럽게 열어보았다. 수류탄 안전손잡이는 내 운동화 끈으로 잘 묶여 있었다. 배가 고팠다. 뭐든 먹어야 정신을 차릴 것 같았다. 이진구가 신고했을 가능성이 있기 때문에 여차하면 있는 힘을 다해 도망쳐야 했다. 우리나라가 삼천리 금수강산이라지만, 쫓는 자는 삼천리가 너무 넓고 도망치는 자는 삼천리가 너무 좁을 수밖에 없다.

사이다로 빵을 목구멍에 밀어넣듯이 삼켰다. 그리고 공책을 꺼내 주저리주저리 적기 시작했다. 내 인생을 마감하는 마지막 글이었다. 남기고 싶은 말이 너무 많았지만 어찌 다 쓸 수 있단 말인가. 하고 싶은 말을 다 쓰려면 오늘 하루가 모자랄 판이다. 논산역에 도착할 때까지 쉬지 않고 글을 썼다. 손가락에 쥐가 나고 손목이 욱신거렸다.

역에 도착할 무렵 사방을 살펴보았다. 개찰구로 나가면 역사에서 기다리고 있던 형사가 덮칠지 모른다. 재빠르게 몸을 움직여 개구멍으로 역사를 빠져나와 밭두렁을 타고 관촉사 가는 길로 걸었다. 가끔 뒤돌아보았지만 나를 쫓는 사람은 없었다. 지금 잡히면 안 된다. 절대로 안 된다. 다시 감옥에 가느니 차라리 죽는 게 편할 것이다.

집에 들어가 소위 계급장 달린 군복으로 갈아입었다. 노파는 보이지 않았다. 남길 게 별로 없었다. 사진과 일기장을 아궁이에 넣고 불을 지폈다. 지향이와 주고받은 편지와 자인이가 보내준 편지와 사진도 아궁이에 던졌다. 여기저기 응모하느라 써두었던 소설 원고도 불더미에 던져 넣었다. 면도도 하고 몸도 씻었다. 속옷도 갈아입고 쓰고 남은 돈을 노파 방에 놓아두었다.

어머니와 아버지를 합장한 산소에는 시든 꽃송이가 끈에 묶인 채 놓여 있었다. 외진 산비탈에 있는 묘는 아카시 같은 마구 웃자란 나무들에 가려 있어 사람의 발길이 닿지 않았다. 보나 마나 노파가 들꽃을 꺾어두었을 것이다. 아무도 없는 산속에서 나는 소리 내어 울었다.

공책을 덮고 하늘을 올려다보았다. 어차피 이번에 잡히면 감옥에서 죽을 수밖에 없을 것이다. 아니, 감옥에서 풀려나도 살아갈 자신이 없었다. 지금쯤 집에는 형사들이 들이닥쳤을지도 모른다. 그들이 신고하지 않겠다고, 없던 일로 하겠다고, 서로 다 잊자고 말했지만, 어찌 그 말을 믿을 수 있단 말인가. 차라리 그들과 나 그리고 자인이까지 함께 폭사하는 게 좋았을지 모른다는 생각까지 했다.

깜짝 놀랐다. 아픈 자인이를 고통스럽게 죽게 한다는 건 천벌을 받을 짓이고 상상조차 해서도 안 될 일이다. 더구나 골수 이식을 받아 아직 회복이 안 된 자인이가 이진구를 아비로 알고 의지하고 있는데 어찌할 수가 없지 않은가. 내 것을 이식해 줬어야 했는데 그놈이 그 기회마저 앗아간 것이다. 자인이를 위해 내가 그놈을 용서해야 한단 말인가. 전혀 예상치 못한 상황에 맞닥뜨려 혼란스러웠다. 아픈 내 딸아이를 그놈이 살렸다니.

가방을 열었다. 가방 속에 공책을 넣어 산소에서 좀 떨어진, 사람 눈에 잘 뜨일 만한 곳에 걸어두었다. 내가 왜 이곳에서 수류탄을 터뜨려 자살해야 했는지를 알려야 한다. 미련을 버려야만 했다. 어쩌면 이렇게 내가 자살하는 것이 복수일지도 모른다. 그깟들이 평생 내 죽음을 마음에 담고 살아야 할 테니까.

부모님 산소를 향해 두 번 절을 올리고 읍을 했다. 수류탄
안전손잡이를 묶었던 운동화 끈을 풀었다. 곧 폭음이 울리
겠지. 마을 사람들이 달려오겠지. 소나무에 걸어놓은 가방
을 열어 유서를 읽어보겠지. 내가 죽고 없는 세상의 뒷일을
생각하면 무슨 소용이 있단 말인가. 누구나 한 번밖에 못 산
다. 나는 남보다 조금 먼저 갈 뿐이다. 덜 늙고 덜 아프고 덜
고생하고 덜 걱정하고 덜 고달프게 조금 빨리 갈 뿐이다. 그
냥 가자. 무작정 가자. 안전손잡이를 슬그머니 놓았다.

'하느님, 저를 굽어살피소서……'

하나, 둘, 셋……. 다시 하나, 둘, 셋……. 멈췄던 숨을 여
러 번 토해 냈다. 그리고 다시 눈을 떴다. 수류탄 안전손잡
이가 펼쳐진 채였다. 수류탄이 터지지 않았다. 손잡이를 마
구 흔들었지만, 폭발하지 않았다. 하늘이 나를 속였다는 걸
알았다.

그날 밤 나는 따개귀신이 머무는 고물상으로 갔다. 짖어
대는 개에게 따개귀신이 손뼉을 치며 말했다.

"구신이 와도 즛나!"

방으로 들어간 나는 가방에서 수류탄을 꺼내놓았다. 따
개귀신이 수류탄을 어루만지며 말했다.

"그눔 참 잘생겼다. 야랫 쥑였겠꾸마. 조선 팔도 저승사

자 죄다 불러 호령하게 생겼구마. 우리 애들 솜씨가 엔칸하
구나."

나는 무릎을 꿇었다.

"삼촌, 어째서 저 같은 놈을 살려두시는 겁니까?"

"한 번 쥑었다 살아났으니 오래 살 거이다. 이제 헤튼 생
각 말고 바로 살라. 다시 한번 헤튼 수작 하면 내가 느이 목
을 딸 거이까. 서이미가 하늘에서 지켜보고 있다이. 오늘은
긴말하는 날이 아이다. 아바지처럼 억울하게 죽디 말란 말
이다. 언제고 필요한 게 있으면 찾아오고. 서이미 산소에
가서 큰절 올리고 보란 듯이 살라우. 고저 삼춘 믿고 당당
하게 살란 말이다."

따개귀신은 벽장을 열어 봉투 한 개를 내밀었다. 그리고
구하기 쉽지 않은 양주 한 병을 내 손에 쥐여주고 등을 떠
밀었다.

"집에 가서 매이고(마시고) 푸욱 자라우. 만저 우리 서이
미께 딸코 올리고."

그믐쯤 되는 밤길에 고샅길 외등은 밝았다. 외등 불빛에
내 그림자는 희미하기만 했다. 나는 밤길을 더듬어 아버지
와 어머니가 함께 묻혀 있는 산소에 가서 술 석 잔을 따랐
다. 삼배를 올리고 일어서자 별똥별이 하늘을 가르며 떨어
졌다.

하늘의 뜻, 함께할 운명

아버지가 쓴 소설의 제목을 정하려고 이것저것 떠올려 봤지만 어느 것도 마음에 차지 않았다. 몇 가지를 적어 대학원의 지도교수한테 보였더니 원고에 써 있던 '죽어나간 시간을 위한 애도'가 그중에 가장 좋겠다고 했다. 아버지의 억울한 시간을 감내한 글과 어울리는 제목이라고 했다.

책이 출간되던 날, 마음이 조급해 서둘러 출판사로 달려가 책을 받아왔다. 곧바로 아버지의 산소로 내달렸다. 아버지는 산소를 봉분 없는 평장으로 하고 작은 나무 십자가 하나만 꽂아달라고 했는데, 외삼촌이 굳이 봉분을 올리고 화강암으로 만든 작은 십자가를 세워놓았다.

무덤 앞엔 고운 생화 한 다발이 놓여 있었다. 외삼촌이 다녀간 듯했다. 미리 알았으면 같이 왔으면 좋았을 거라고 생각했다.

아버지가 쓴 책을 무덤 앞에 놓고 소주병 뚜껑을 열었다. 작은 그릇에 술을 따르고 절을 했다. 외삼촌이 일러준 대로 무덤 주변에 조금씩 술을 붓고 한 모금 삼켰다. 목구멍이 싸아했다. 십자가에 손을 대고 일부러 소리 내어 말했다.

"아버지가 쓴 소설이 드디어 책으로 나왔어요. 이젠 하늘나라에서 편히 쉬세요. 아버지의 사랑을 잊지 않는 딸이 될 게요. 아버지, 바람은 그물에 걸리지 않는다지요. 그러나 사랑과 용서로 짠 그물에는 바람도 걸린다는 글을 읽은 적이 있어요. 아버지의 포기할 줄 아는 용기와 저에 대한 사랑을 가슴에 새겨둘게요. 하늘에서 편히 웃어주세요."

눈물이 쏟아졌다. 이제야 아버지를 만난 것 같았다. 아버지 앞에서 마음껏 울었다. 하늘에서 이런 내 모습을 본 아버지는 웃었을 것이다.

집에 돌아와 외삼촌에게 전화를 걸었다. 몸이 불편한지 조금 쉰 듯한 목소리였다.

"삼촌, 산소에 다녀가셨죠?"

"한 달쯤 됐다. 몸이 시원찮으니까 원행하는 게 전 같지 않아. 오늘 갔다 왔니?"

"생화가 한 다발 놓여 있고 산소가 말끔해서 삼촌이 다녀
가셨나 했어요."

"아, 그 사람이 다녀갔나 보다."

"누구요?"

나와 외삼촌 말고는 아버지의 산소에 다녀갈 사람이 또
있을까 싶었다.

"네 아버지가 병원에 실려간 걸 알려준 사람이 있어."

"아버지 소설에 나오는 해원이라는 여자 말인가요?"

"거길 갈 사람은 우리 말고는 그 여자밖엔 없지. 참 착하
고 고마운 사람인데."

"아버지 입원했을 때 병실에서 마주친 사람 있었는데 그
사람 아닌가 모르겠어요. 제가 가기 전에 보호자로 있어줬
다고 들었어요. 진작 알았더라면 원고 정리할 때 만나서 아
버지 얘기를 좀 더 들어봤으면 좋았을 텐데."

젊은 시절에 아버지를 사랑했던 여자였다는 생각에 한
번쯤 꼭 만나서 그 시절 얘기를 듣고 싶었다.

"그러게 말이다. 주유소 하는 집으로 시집갔다는 얘기만
들었지 어디 사는지도 모르지. 그런데 어떻게 내 번호를 알
았는지 서진이가 병원으로 실려갔다고 알려줘서 가봤더니
병원비를 미리 내고 갔더라고."

"세상에, 왜 그런 얘길 이제 하세요."

"아무한테도 말하지 말아달라고 하더라고. 그쪽도 무슨

사연이 있겠지."

"삼촌도 참……. 지금이라도 찾고 싶어요. 듣고 싶은 얘기가 많아요. 아버지가 어떻게 살았는지 그분은 알 것 같아요. 서로 참 좋아했잖아요. 혹시 시인이 되었을 수도 있을 텐데. 문학소녀였고, 그래서 아버지랑 그렇게 좋아했겠죠. 한번 찾아봐야겠어요. 참 성이 뭐였죠? 해원이란 이름이 참 예쁘다고 생각했는데."

"홍해원."

"만나보고 싶어요."

"연락처를 알려주지 않더라. 뭔가 사정이 있을 거 같아서 더 묻지 않았다. 모르긴 해도, 가끔 산소를 찾아갈 테니 언젠가는 마주칠 수 있을 거 같다."

꼭 만나보고 싶었다. 소설 속 해원이의 진실한 모습을 마주하고 싶었다. 아버지를 진정 사랑한 그녀를 통해 아버지를 만나고 싶었다.

"삼촌, 박 서방이 회사 홍보실장한테 부탁해서 사보에도 소개해 주고 신문사와 영화사 쪽도 알아봐준다고 했어요. 노동조합에 정신 팔려서 이쪽엔 아무 생각 없는 줄 알았는데 기특하게 원고 정리할 때부터 여러 가지 챙겨주고, 모아 두었던 비상금까지 주면서 출판기념회 하자고 했어요. 초대할 사람들 명단을 작성하더라구요."

"박 서방 참 든든하다. 네가 데모하다가 만난 녀석이라고 하는 바람에 느이 엄마하고 외숙모가 절대 안 된다고 반대할 때도 내가 싹수를 알아보고 그만한 사내가 없다고 했지. 네가 서진이 성깔을 빼다박아서 말린다고 듣겠냐고. 씨는 못 속여. 네가 가출한다고 우리 집으로 짐 싸들고 왔을 때 참 가관이었지. 소설 같은 얘기가 수두룩하구나."

"제 고집이 아버지를 닮았나 봐요."

"알긴 아는구나. 참! 아빠가 고마워하더라."

"뭘요?"

"네가 아빠를 전과 다름없이 대해 줘서."

"그거야 당연한 거죠."

"젊은 시절, 할머니 때문에 네 엄마와 억지로 헤어지고 나중에 다시 만났을 때 뭐가 씌었는지 눈에 뵈는 게 없고 죽기 살기로, 이젠 절대 헤어지지 않겠다, 하늘의 뜻이라고, 함께할 운명이라고 생각했대. 너를 잘 키우면 네 아버지한테 속죄하는 거라 생각했다더라고…… 자기를 업신여기고 모진 말로 쫓아낸 할머니 앞에서 보란 듯이 엄마와 잘 살고 싶었을 거야. 네 엄마가 저랑 헤어지고 못난 인간 만나 애 업고 옥바라지하면서 어렵게 사는 걸 도와주고 싶었겠지. 네 아버지한테 너무나 씻지 못할 죄를 저질렀다고 생각했을 땐 이미 돌이킬 수가 없었다고 그러더라고. 너를 볼 때마다 늘 마음이 편치 않았대. 그나마 너한테 골수 이식을 할 수 있어서 너무나 감사했다더라고. 아버지에게 저지른 죄를 조금이나마 속죄할 수 있는 기회를 주신 걸 하늘의 뜻이라 생각했대. 나도 널 살려줘서 고맙다고 했어. 그래서 내가 느이 아빠를 지금까지 보는 거 아니겠냐."

전화를 끊고 나를 세상에 태어나게 해준 친아버지 한서진과 새 생명을 주어 나를 살려낸 아빠의 삶을 또다시 생각해 보았다.

출판기념회가 열렸다. 외삼촌한테 전화를 걸었다. 꼭 참석하고 싶었는데, 못 와서 미안하다고 했다.

"괜찮아요, 삼촌. 나중에 만나요. 삼촌이 원고를 잘 보관해 주셔서 오늘 이런 자리가 만들어진 거예요. 기쁘시죠? 축하드려요."

"내가 지금 눈물이 난다……. 네가 서진이 죽어나간 시간을 찾아줬구나. 잘했다. 고마워. 서진이가 딸자식 하나는 잘 뒀어. 기특하다. 근데 아빠는 거기 안 왔지?"

"네……. 오자고 하지도 않았어요."

"자인아, 아빠가 평생 너를 끔찍이 챙겼어. 너라면 그저……."

"삼촌, 좋은 일이 또 하나 있어요. 이 책을 영화로 제작한대요."

"뭐! 영화! 이게 무슨 일이냐. 그게 어떻게……."

"저기! 아빠 오셨네요. 삼촌, 이따 다시 전화할게요."

나를 키워준 아빠가 커다란 꽃바구니를 든 동생과 함께 행사장 입구에서 두리번거리고 있었다. 나는 아빠를 향해 한 걸음, 한 걸음 다가갔다. 드디어 아빠가 내 생부에게 속죄하고 마음 편히 지낼 수 있는 때가 온 것이라 생각했다.

　'아빠, 내 친아버지 한서진은 이 세상에 없지만 그의 인생이 헛되지 않았다고, 너무나 수고 많았다고 위로해 주고 싶어요. 이제부터 나와 함께, 그의 삶이 어둠 속에서 별처럼 빛나도록 그의 이름을 널리 알리고 애도해요……'

〈끝〉

운명의 덫, 또는 이념의 압제와 사랑의 완성

김종회(문학평론가, 전 경희대 교수)

1. 다시 읽는 작가, 김홍신

김홍신은 한 시기 한국문학에서 낙양의 지가를 올린 작가다. 그의 밀리언셀러 『인간시장』을 비롯한 일련의 소설들은 1980년대를 풍미하면서, 문학이 어떻게 사회 현실의 비판을 구체적으로 수행할 수 있는가를 증명했다.

그 작품 세계는 다양다기해서 하나의 경향으로 한정하기 어렵지만, 대략 고향 논산을 배경으로 한 리얼리즘 경향의 작품, 부정적인 사회 현실을 비판적으로 그린 작품, 그리고 소설을 통해 인간의 본질을 궁구(窮究)한 작품 등으로 분류

할 수 있다. 참으로 쉬지 않고 많은 소설을 썼고 많은 쟁점을 생산했으며, 독자들의 가슴에 깊은 인상과 여운을 남겼다. 그러므로 그의 작품 하나를 논할 때는 그 세계 전체를 검토한 연후에 무슨 말이든 해야 옳다.

이러한 가운데서도 단연 주목해야 마땅한 작품은 대하장편 『인간시장』이다. 이 소설 공간을 휘젓고 있는 쾌남아 장총찬은, 지금도 많은 마니아에게 잊을 수 없는 추억의 캐릭터다. 이 소설은 조직 폭력배, 정경유착 집단, 부패한 권력층 등에 걸쳐, 동시대 기층계급의 일상에 침투한 온갖 모순과 사회악을 폭로한다. 그리고 이를 통쾌하게 응징하는 주인공을 통해 공감과 대리만족을 느끼게 한다. 그야말로 소설의 독자 수용이라는 기능과 간접 경험, 이야기의 재미에 경도되어 손에서 그 책을 놓을 수 없었다. 대중·통속소설과 본격·순수소설의 이분법적 구분도 별반 효력이 없었다. 필자 자신 또한 그 열화(熱火)에 휩싸였던 경험이 있다.

소설을 통해 그려낼 수 있는 온갖 삶의 형식에 있어서 김홍신이 더 크고 넓은 시각으로 역사의식과 민족정신을 환기한 작품으로 『대발해』『내륙풍』『칼날 위의 전쟁』 등이 있다. 특히 김홍신의 『대발해』는 고구려 멸망에서부터 발해가 거란의 침공으로 쇠망하는 시기까지, 장장 258년의 역사를 되살려낸 작품이다. 이와 같은 시대소설의 단계를 거쳐 남과 북의 합일 및 통일을 추구하는 작품에 이르기까지, 눈여겨보면 영일(寧日) 없이 달려온 작가다.

그리고 작품활동의 후기로 접어들면서, 『바람으로 그린 그림』을 비롯하여 우리 삶 속에 스며든 순정한 사랑 이야기를 소설로 썼다. 이러한 궤적은 한 작가가 세상을 바라보는 시각, 세계에 대한 관심의 척도를 보여준다. 그것은 곧 작가로서의 연륜이 더해갈수록, 그의 세계관이 조화롭고 유연한 삶의 이치를 소중히 여긴다는 후감을 갖게 한다. 이는 반세기 가까이 문필 생활을 해온 작가가, 그 삶의 경륜을 원숙하게 작품에 담아낸다는 말과 다르지 않다.

여기서 주마간산 격으로 살펴본 그의 작가 이력에 비추어볼 때, 그 작품들에 대한 한국 문단의 평가는 적잖이 인색했다. 과거 모두가 타매(唾罵)하던 상업주의 문학을 이제는 문화산업이라 바꾸어 부르면서, 문학의 일상성 또는 생활문학을 하나의 창작 유형으로 수긍하는 시기에 이르렀다. 상황이 그러하다면, 차제에 작가 김홍신에 대한 평가도 구태의연한 의고성(擬古性)의 각질을 벗고 솔직하고 공의로워야 할 때다.

김홍신의 소설은 텔레비전 또는 라디오 방송 등으로 한결 대중과 친숙한 악수를 나눈 경우가 많다. 그런가 하면 그는 작가로서만 생애를 보내지 않고 강연자로, 방송 진행자로, 또 대한민국의 제15~16대 국회의원으로 다층적인 능력을 발휘했다. 우리 헌정사상 유례가 없는 8년 연속 의

정 평가 1등 국회의원이 바로 그였다. 소속 정당의 당론과 다른 소신을 견지함으로써 박해와 불이익을 받은 적이 여러 번인 그는, 괴테의 시가 말하는 '눈물 젖은 빵'의 의미를 아는 사람이었다. 그러기에 당대의 세태를 반영한 그의 소설이 다중(多衆)의 심금을 울렸던 것이다. 이 모든 과정을 관류하는 하나의 키워드는 휴머니즘, 곧 인간중심주의다. 험악한 조폭의 현장에도 순정한 사랑의 국면에도 이 결곡한 중심이 살아 있었기에, 그는 사랑받는 작가이자 사랑받는 사람이었다.

2. 서사적 인물의 현실적 발화

『죽어나간 시간을 위한 애도』를 읽고, 필자는 한동안 시간을 정지한 채 생각에 잠겼다. 만만찮은 충격이 이 소설 가운데 있었기 때문이다. 서사의 줄거리는 필자에게 오래도록 익숙한 이데올로기 문제, 군사독재 시절의 압제에 관한 문제, 그리고 그 강고한 질곡을 넘어서 살아 움직인 사랑의 존재 양식 같은 것들로 이루어졌다.

그런데 이 낯익은 질료들을 조합한 소설의 담화와 플롯은 전혀 새로운 느낌이었고, 한편으로는 그 절박한 상황 전개에 모골이 송연해졌다. 분단의 비극과 실향민 아버지, 운명의 덫에 걸린 주인공 한서진의 기막힌 정황, 그를 가운데 둔 친구, 여자, 그리고 혈육인 딸에 대한 사랑이 읽는 이의 내부로 거침없이 육박해 온 까닭에서였다.

"제가 그들의 시신에 경의를 표한 것은, 인간에 대한 순수한 경외심 때문입니다. 시신 자체는 사람이 아닙니다. 이제 더 이상 사람으로서 기능할 수 없는, 물질일 뿐입니다. 제가 직접 사살한 건 아니지만, 우리 소대 부하들이 한 일이니 적의 죽음은 저와 무관하지 않다고 생각했습니다. 소설이나 영화를 보면 적장이 죽었을 때 모자를 벗고 예의를 표한 경우도 있습니다."

학군단 출신 육군 소위 한서진이 사상범이 되어 군법정에 서게 된 것은, 극히 사소한 부주의와 호기심 때문이었다. 그는 사살된 인민군 병사를 위한 기도를 했고, 홍명희의 『임꺽정』을 읽었으며, 북한 최고의 작품이라는 『피바다』를 입수하고도 곧바로 신고하지 않았다. 천주교인이자 신인 소설가의 어설픈 포즈가 그를 나락의 입구로 이끈 셈이다.

결정적인 사건은 그다음에 있었다. 나중에 밝혀지는 터이지만, 그를 취조한 보안반장 이진구는 아내 지향의 전 애인이자 지향을 되찾으려는 사였다. 이진구가 한서진을 결딴낼 작정이었던 것이 운명적 패망의 시작이었다. 한서진은 온갖 폭행과 고문 끝에 실형을 받고 남한산성에 있는 군형무소로 수감된다.

이 곤고한 과정을 사뭇 사실적으로, 그리고 소설 전개상의 설득력을 더하여 보여주기란 실로 쉬운 일이 아니다. 어쩌면 어지간한 작가로서는 접근하기도 어려운 경우라 할 것이다. 한서진은 풍전등화 같은 자신의 운명 앞에 좌절하기도 하지만, 결국은 복수를 다짐하며 다시 일어선다. 그러나 현실적으로 복수를 실행하지 못한다. 그가 갑자기 새로운 인격체로 변신하고 중심사상을 달리해서가 아니다. 자신의 친혈육, 이 이야기를 액자소설로 기록하고 있는 딸 자인 때문이다. 철천지원수 이진구가 자인의 의붓아비가 되어, 마침내 골수까지 준 사정을 알고 나서다. 자신의 박복한 삶을 기록으로 남긴 다음 그는 더 할 일이 없다.

그렇게 원고는 한서진이 써둔 내용 그대로 세상에 나왔다. 미숙한 인간이자 한 아이의 아버지, 시대의 아픔에 저항하다 고통과 번민 속에 살다 간 남자, 자신의 가장 부끄러운 치부를 세상에 밝히고 떠난 비운의 작가 한서진의 유고작이었다.

한서진이 남긴 원고는 우여곡절을 거쳐 책으로 세상에 나왔다. 아버지의 사후에 원고를 본 딸 자인은, 아버지의 친구이자 자신의 외삼촌인 재필에게 원고를 수정하자고 제의하지만 재필은 이를 거부한다. 만약에 이들이 원고를 고쳤다면, 『인간시장』에서처럼 응당한 복수를 결행하고 독자들의 안타까움을 풀어주는 이야기로 윤색할 수도 있었을 것이다. 그러나 그것은 만년에 이르러 온갖 세상 풍파를 넘어 스스로의 품격을 확보한 이 작가의 발화와는 거리가 있다. 바로 이 대목에서 김홍신의 소설 세계가 한 걸음 더 앞으로 나가서, 문학의 정신적 완전주의를 현현(顯現)했다고 할 수 있는 형국이다. 그는 이미 과거의 그가 아니다.

3. '인간'의 존재론적 의미

김홍신은 이 소설의 「작가의 말」에서 '사람은 무엇으로 사는가'에 대해 언급했다. 익히 알다시피 이는 러시아의 문호 톨스토이가 쓴 이름 있는 단편소설의 제목이다. 이 유별난 소설에서 결국 톨스토이가 말하고 싶었던 핵심어는 '사람은 사랑으로 산다'는 것이었다.

김홍신의 소설에서 한서진은 딸 자인을 위해 무엇이든 희생할 각오를 지녔다. 그만큼 각박한 사태를 겪은 반작용으로 온전한 사랑의 모형을 확고하게 일깨운 것인지도 모른다. 아무리 암울한 동굴 속이라 하더리도 한 줄기 햇빛이

비치는 법이다. 그렇게 한서진에게는 어려운 발걸음마다 헌병대장, 군의관, 차 중사의 호의가 있었고 어린 시절 좋아했던 홍해원이나 오두막집을 돌본 노파도 있었다.

나는 그날부터 복수의 화신이 되었다. 건강하게 살아 돌아가야만 한다. 그냥 돌아가는 건 별 의미가 없다. 몸을 만들고 마음도 만들어야만 한다. 단련하여 급소 한 방으로 감쪽같이 해치울 실력을 쌓고 복수의 계획을 완전범죄로 만들어야 한다.

어쩌면 급소 한 방보다 처절한 고통을 느끼게 만드는 방법을 찾는 게 좋을 것이다. 그놈은 내가 이런 계획을 세우고 있는 걸 모를 것이다.

"완벽한 복수는 들키지도 않고 뒤탈이 없어야 합니다. 적의 급소를 찾기 위해서는 마음이 유연해져야 합니다. 천하장사라도 권총 한 방이면 무너지죠. 몸을 단련하려면 시간이 필요하고, 상대를 쓰러뜨릴 기술도 연마해야 하잖아요. 상대의 노예가 되어 끌려다니는 게 아니라 상대에게서 완전히 벗어나야 합니다. 자유인이 되는 거죠. 용서한다기보다 잊어버리고 그보다 더 멋지고 행복하게 살아버리세요. 그게 가장 유연한 몸만들기고 진정한 복수죠."

앞의 인용문은 한서진이 가열차게 복수를 계획하는 대목

이고, 뒤의 인용문은 한서진을 돌보던 군의관의 후임 군의관이 '완벽한 복수'에 대해 일러주는 대목이다. 그런가 하면 아버지 친구였던 '따개귀신'의 불발 수류탄 또한 한서진의 파멸을 막으려는 간곡한 온정을 담고 있는 것이었다.

소설의 바깥에서 인생 수업의 지출명세서나 수지타산의 대차대조표로 보자면 한서진의 인생이 완전히 마이너스이지만은 않아 보인다. 항차 친구 재필이 시종일관 변함없는 우정을 공여하는가 하면, 딸 자인이 궁극에 이르러 생부를 이해하고 수긍하며 그 영전에 마음의 진정성을 바치고 있다. 이는 참으로 박절하게 살아온 한 인간에 대한 위무(慰撫)이자, 생명을 넘겨준 아버지에 대한 이해와 사랑을 뜻한다.

소설의 책장을 넘기면서 다시금 감각하는 것은, 이 작가가 태생적으로 이야기의 달인이라는 사실이다. 그 주제를 요약하면 한두 줄의 문장으로 그치고, 서사를 나열하더라도 몇 장이면 될 이야기의 재료로, 이토록 장대한 소설의 얼개와 콘텐츠를 만들었으니 말이다. 당대 사회의 정치적 억압과 군문(軍門)의 부조리한 제도들, 여전히 서슬 푸르게 잔존하는 이념의 허상들을 헤치고, 인간이란 무엇이며 왜 가치 있게 존중받아야 하는가를 이보다 더 적나라하며 실감 있게 서술하기는 어려울 것이다. 인간성의 근본과 삶의 심연, 그 바닥을 두드려보는 소설적 행위를 정확하면서도 유연하게 그려낸 것이 바로 이 소설이다.

작가는 현재와 과거를 병렬하기도 하고 전복하기도 하면서, 그 시간의 동선을 매우 자유롭게 활용한다. 한편으로는 미궁의 사건을 확인해 가는 추리적 기법이라고도 할 수 있다. 이 구성상의 형식은 사건에 긴장감을 더하고 재미를 유발하며, 독자로 하여금 마침내 작품을 통독하고서야 그 얽힘으로부터 자유롭게 한다. 이처럼 잘 짜인 이야기 방식을 통해 절망의 나락에서 희망의 언덕으로 거슬러 오르는 운명애, 환경의 속박을 넘어선 인간 의지의 개가(凱歌)가 제시된다.

작가 김홍신이 이 소설을 복수의 완성으로 쓰지 않고 모든 것을 내려놓는 감동의 결말로 가져간 연유로, 이념의 압제를 물리치고 사랑의 아픔을 넘어서는 값진 결말을 얻었다 할 것이다.

죽어나간 시간을 위한 애도

초판 1쇄 2023년 10월 10일
초판 4쇄 2025년 1월 10일

지은이 | 김홍신
펴낸이 | 송영석

주간 | 이혜진
편집장 | 박신애 **기획편집** | 최예은 · 조아혜
디자인 | 박윤정 · 유보람
마케팅 | 김유종 · 한승민
관리 | 송우석 · 전지연 · 채경민

펴낸곳 | (株)해냄출판사
등록번호 | 제10-229호
등록일자 | 1988년 5월 11일(설립일자 | 1983년 6월 24일)

04042 서울시 마포구 잔다리로 30 해냄빌딩 5 · 6층
대표전화 | 326-1600 **팩스** | 326-1624
홈페이지 | www.hainaim.com

ISBN 979-11-6714-070-8